THE SIGMA FORCE SERIES ⑮

ウイルスの暗躍

［上］

ジェームズ・ロリンズ

桑田 健［訳］

Kingdom of Bones

James Rollins

シグマフォース シリーズ⑮

竹書房文庫

THE SIGMA FORCE SERIES
Kingdom of Bones
by James Rollins

Published in agreement with the author,
c/o BAROR INTERNATIONAL, INC., Armonk, New York, U.S.A.,
in association with the Scovil, Galen, Ghosh Literary Agency, New York,
through Tuttle-Mori Agency, Inc., Tokyo

目次

上巻

主な登場人物

グレイソン（グレイ）・ピアース……米国国防総省の秘密特殊部隊シグマの隊員
ペインター・クロウ……シグマの司令官
モンク・コッカリス……シグマの隊員
キャスリン（キャット）・ブライアント……シグマの隊員。モンクの妻
ジョー・コワルスキ……シグマの隊員
タッカー・ウェイン……元アメリカ陸軍レンジャー部隊の大尉
ケイン……軍用犬。タッカーの相棒
シャルロット・ジラール……フランスの医師
コート・ジェムソン……米国の医師
ベンジャミン（ベンジー）・フレイ……イギリスの大学院生
フランク・ウィテカー……米国の獣医・ウイルス学者
ンダエ……コンゴ民主共和国のエコガード
ウォコ・ボシュ……クバ族のシャーマン
ファラジ……ウォコ・ボシュの見習い
ノラン・ド・コスタ……コンゴ民主共和国の鉱山会社ＣＥＯ
ドレイパー……ノランの部下
エコン……ノランの部下

ウイルスの暗躍　上

シグマフォース シリーズ ⑮

アフリカ
大西洋

中央アフリカ共和国
南スーダン
カメルーン
ベルカ島
イトゥリ
の森
コンゴ川
ウガンダ
コンゴ
共和国
キサンガニ
(旧スタンリーヴィル)
ガボン
コンゴ
民主共和国
ブラザヴィル
カサイ川
バンドゥンドゥ
キンシャサ
(旧レオポルドヴィル)
タンザニア
アンゴラ
ザンビア

パンデミックの間、勇気を持って、そして敢然と働き続けた、この国および世界各地の病院やクリニックのすべての医師、看護師、職員、関係者の皆さんに。ありがとう。

科学的事実から

本書はウイルスの不思議な生態について——特に感染を引き起こすこの微小な構造体が、目には見えない広大なネットワークで地球上のあらゆる生命体を結びつけていることについて、深く掘り下げている。私がこの物語を書こうと思い立ったのは、「コロナウイルス」が現在の我々の時代精神の一部になるよりも、COVID-19（新型コロナウイルス感染症）が世界的なパンデミックとして拡散するよりも、ずっと前のことだった。感染症が世界を席巻（せっけん）している中で、この小説を完成させるべきなのだろうかと自問した。現実の世界がどんなフィクションの作品よりもはるかに恐ろしい（そして悲痛な）状況にある中で、致死性のウイルスについての物語を執筆するのは不遜（ふそん）の極みなのではないか、そう感じたのだ。しかも、この時期にそのような題材に取り組み、世界中が苦しみにあえいでいる中で疫病についてのフィクションをエンターテインメントの材料にしようとするのは、無神経なのではないかとも思った。

読者の皆さんは本書を手にしているので、私の熟考がどのような結論に至ったのかはおわかりだろう。なぜこのような判断を下したのか？　まず、私は以前の小説（『ダーウィンの警告』『モーセの災い』）でもパンデミックの脅威を扱った。本書の狙いは過去の作品と同じではない。この物語の着想は疫病そのものを扱おうというのではなく、その起源を――ウイルスの奇妙な生態をより深く見ていこうというものだった。それは読者にとって関心の高い題材なのではないかと思った――今だからこそ、取り組むべき重要なテーマと言えるかもしれない。

本書の調査を進める間に、私はウイルスが実に不思議で、多様で、自然界のありとあらゆる場所に存在していることを知った。地球上には毎日、何兆という数のウイルスが空から降り注ぐ。この惑星の一平方メートルの面積には、一時間に約三千三百万個のウイルス粒子が落下する。[註1]

けれども、そこまで数が多いにもかかわらず、ウイルスには謎も多い。こんにちでも、ウイルスの生態についてはほかのどんな生物よりも情報が少ない。[註2] それに加えて、いまだに発見されていないウイルスの種の数は、何兆とまではいかないとしても、数千万に及ぶのではないかと推測されている。

その一方で、ウイルスが我々の進化の歴史とどれほど密接に絡み合っているのかについてはわかっている。ウイルスの遺伝コードは我々のDNA内に深く埋め込まれている。科学者たちの推計によると、人間のゲノムの四十パーセントから八十パーセントは、はるか昔のウイルスの侵入に起因する可能性があるとされる。[註3] しかも、それは我々人間に限った話ではない。先頃、科学者たちはウイルスが自然界全般に密接に織り込まれていることを発見した。ウイルスはすべての生命を結びつける存在なのだ。今では研究者たちは、ウイルスが生命の起源の手がかりを提供してくれるかもしれないと考えている。ウイルスこそが進化の原動力であり、人間の意識の源ですらあるかもしれないのだ。[註4]

そのため、この本はパンデミック小説ではないが、それよりもはるかに恐ろしい。

なぜか？

その理由は、私が科学者たちから聞いたある警告にある。ウイルスは、自然界に存在するものも、我々の体内に存在するものも、どちらも我々を変化させ、進化させてきたが、それを終えたわけではない。皆さんがこれを読んでいる今でも、その作業を続けている。

註1　ジム・ロビンス "Trillions Upon Trillions of Viruses Fall from the Sky Each Day（毎日何兆個ものウイルスが空から降ってくる）" 二〇一八年四月十三日付の『ニューヨーク・タイムズ』紙に掲載。

註2　ジョナサン・R・グッドマン "Welcome to the Virosphere（ウイルス圏にようこそ）" 二〇二〇年一月十一日号の『ニュー・サイエンティスト』誌に収録。

註3　ロビンス　前掲記事。

註4　ラフィ・レッツァー "An Ancient Virus May Be Responsible for Human Consciousness（古代のウイルスが人間の意識の源を作ったのかもしれない）" 二〇一八年二月二日に *Live Science*（ウェブサイト）に掲載。

歴史的事実から

「恐ろしい！　恐ろしい！」

これはジョゼフ・コンラッドの小説『闇の奥』で、悪役のクルツが死を前にして残した言葉だ。アフリカのコンゴの先住民に対する自らの非道で残虐な行為を、クルツ自身が認識した時のものだ。それは同時に、我々全員の心に存在するその闇に用心せよという警告でもある。

この話（一八九九年発表）はコンゴ川を行き来する蒸気船の船長だったコンラッド自身の経験に基づいて執筆されていて、彼は自らが目の当たりにしたコンゴ自由国による植民地支配の残酷さについて、「人間の良心の歴史を大いに傷つけた実に不快な略奪の所業」[註1]と描写した。十余年の間に、一千万人のコンゴ人が殺害された。英国の探検家エワート・グローガンも次のように記している。「すべての村が焼かれて灰と化し、私が国を逃れる時にはあらゆる場所に死体が転がっているのを見た。その死体の姿といったら――それが恐ろしさを如実に伝えていた！」[註2]

では、どのような経緯でこうした非道な行為が起きたのか？

悲しいことに、医学と科学技術の進歩がその原因だった。最初は十九世紀初頭のキニーネ――抗マラリア物質の発見で、これによって大陸の奥深くが世界に開かれることになった。それ以前からポルトガルとアラブの奴隷商人がコンゴに出入りしていたが、マラリアの治療法の登場とともにヨーロッパによる大植民地時代が始まった。フランスがコンゴの北部を奪う一方、ベルギー国王レオポルド二世は南半分の約二百五十万平方キロメートル――アラスカとハワイを除いたアメリカ合衆国の三分の一の広さに相当する地域――を、「いかさま同然の」協定[註3]で確保した。

次に登場するのは、スコットランドの獣医ジョン・ボイド・ダンロップによって開発された「空気入りタイヤ」だった。これを機にゴム資源版のゴールドラッシュが始まり、コンゴの木々がその一大供給拠点となった。コンゴの村人たちを奴隷として働かせて搾取すれば、突如として大いに利益が上がるようになったのだ。レオポルド二世はそれぞれの村に対して、供出するべきゴムと象牙（ぞうげ）の厳しいノルマを設定した。ノルマを達成できなければ、その代償として片手を切り落とされた。ほどなくして、コンゴ自由国の各地では人間の手のほか、切断された耳、鼻、性器、さらには頭部までもが、通貨の代用になった。それに加えてベルギーの将校たちは、男性、女性、子供を問わず磔刑（たっけい）や絞首刑に処すなどの、恐怖の大虐殺を実行した。[註4]

こうした所業は十年以上にわたって報告されることなく継続し、結果としてコンゴの人口の半数の虐殺および餓死につながった。コンラッドの『闇の奥』はそうした残虐な行為を文学という形で知らしめる役割を果たしたが、コンゴの人々が苦しめられていた恐怖の真相を世界に暴くことになったのは宣教師たちの活動で、その中心となったのが同地に滞在した長老派教会の黒人牧師でアメリカ人のウィリアム・ヘンリー・シェパードだった。[註5]

しかし、こうした残虐な行ないは、この血塗られた時代にシェパード牧師が経験した唯一の「恐怖」ではなかった。シェパードにまつわる別の話が骨の間に埋もれていた。それは地図、遺物、そして彼とは別の、もう一人のアフリカの有名な黒人キリスト教徒の伝説と関係する話だ。

ほとんどの人々はその物語を知らない。

今までは。

註1　ポール・ヴァレリー "Forever in Chains: The Tragic History of Congo（永遠の鎖につながれて：コンゴの悲劇の歴史）" 二〇〇六年七月二十八日付の『インデペンデント』紙に掲載。

註2　ロバート・エドガートン *The Troubled Heart of Africa: A History of the Congo*（問題を抱

えるアフリカの中心部：コンゴの歴史）（St. Martin's Press, 2002）百三十七ページ。

註3　ヴァレリー　前掲記事。

註4　ヴァレリー　前掲記事。

註5　エドガートン、前掲書　百四十三ページ。

人間の心はどんなことでも可能だ――なぜなら、ありとあらゆることが、過去のすべてだけでなく未来のことまで、その中にあるからだ。

――ジョゼフ・コンラッド『闇の奥』より

私の物語に登場する唯一かつ真の悪者は、肥大した人間の脳だ。

――カート・ヴォネガット『ガラパゴスの箱舟』より

プロローグ

一八九四年十月十四日
コンゴ自由国　カサイ地方

　ウィリアム・シェパード牧師は人食い人種が歯にやすりをかけている間、主の祈りを心の中で唱えながら待っていた。焚(た)き火の傍らにしゃがんだバソンゲ族の男は、片手に骨やすりを、もう片方の手に鏡を持っている。男は門歯の先端をとがらせ、自らの手際に満足した様子で笑みを浮かべると、ようやく立ち上がった。

　男はシェパードよりもかなり背が高く、背丈は二メートル十センチ近くある。長いズボン、きれいに磨いたブーツ、ボタン付きのシャツという、こざっぱりとした身なりだ。シェパードの母校、アラバマ州タスカルーサの南部長老派教会有色人種神学校の同級生に交じっていたとしてもおかしくない。ただし、人食い人種の部族ではよくあるように、眉毛とまつげをすべて抜いているためにその顔つきはどこか不気味で、にやりと笑ったその口からサメを思わせる歯がのぞいているからなおさらだ。

白いリネンのシャツにネクタイ、同じ色のサファリハットといういでたちのシェパードは汗をかいていた。首を曲げてザッポザップのリーダーの顔を見上げる。好戦的な部族はベルギーの植民地軍と手を結び、レオポルド二世の実質的な直属軍として機能していた。ザッポザップの悪名は彼らが所有する数多くの銃の発砲によって高まった。目の前の男も肩に長いライフルを引っかけている。その武器でどれだけの数の罪のない人々が命を落としたのだろうか、シェパードはそんなことを思った。

　村に入るとすぐ、シェパードはハエのたかった数十もの死体に気づいた。焼け焦げた骨が山積みになっていたことから、すでに食べられてしまった人たちもかなりの数にのぼるのは明らかだった。近くでは部族の男が、切断された太腿（ふともも）から血の滴る新鮮な肉片を切り分けようとしている。別のザッポザップの男は空洞になった頭蓋骨の中でタバコの葉を巻いている。シェパードとリーダーの間で燃える焚き火も、切断した手をタケに串刺しにして、炎であぶるために使われていた。

　シェパードは目の前の惨状を無視しようとしたものの、恐怖は容赦なく感覚に襲いかかる。真っ黒なハエの群れの羽音が空気中に響きわたる。燃える人肉の悪臭が鼻を突く。こみ上げる胃液を抑えつけながら、シェパードは相手に視線を向け続けた。ここで異議を唱えたり、少しでもひるむ様子を見せたりしたら、自分の目的の邪魔になるだけだ。

　シェパードはゆっくりと話し始めた。人食い人種は英語とフランス語を理解するものの、それほど精通しているわけではない。「ムルンバ、私はデプレ大尉と話をしなければならない。彼に話をしっかりと聞いてもらうことが、とても重要なのだ」

ムルンバは肩をすくめた。「ここにいない。出かけた」

「それなら、コラール、またはレミーは？」

再び肩をすくめたリーダーの表情が険しくなった。「出かけた。大尉と一緒に」

シェパードは眉をひそめた。デプレ、コラール、レミーはいずれもベルギー軍の兵士で、この地域のザッポザップを率いている。シェパードはコンゴ川の支流のカサイ川流域にキリスト教の伝道のための拠点を設立した後、その三人のことを知るようになった。ベルギー人たちがここを留守にするとは異例のことだ。村から「ゴム税」を徴収している最中だというのに――ただし、三人のうちの誰かがいるからといって、ここでの残虐な行為がやむわけではない。むしろ、三人はそうした行ないを奨励していた。デプレに至っては カバの皮から作った牛追い用の鞭を常に携帯していて、ほんの些細な違反であっても村人たちを制裁するために使用している。この数カ月間、大尉は自分たちの一団を率いてカサイ川沿いで暴虐の限りを尽くしていて、村を次々と恐怖に陥れながら北に進み続けていた。

シェパードがイバンジの伝道所を離れ、この一団を探していた理由はそこにあった。クバという別の部族の王がシェパードに使者を送り、殺人集団のザッポザップが自分たちの暮らす地域に入り込むのを阻止してほしいと訴えてきたのだ。シェパードはその求めを拒むことができなかった。二年前のこと、シェパードはクバ王国に入ることを許された初めての外国人になった。時間をかけて彼らの言語を学んだことが功を奏した。流暢に言葉を話せると証明した後は、王宮で丁重な待遇を受けた。部族の人々は誠実で勤勉だった。もっとも、彼らは魔術を信じ、王には七百人の妻がいたのだが。シェパードは誰一人として改宗させることはできなかったものの、この非友好的な地域においてクバ族は大切な味方に思えた。

〈そんな彼らが私の助けを求めている〉

少なくとも、デプレに対して意見を述べ、ベルギー人の大尉に殺戮の対象からクバ族を外すよう、説得を試みる必要があった。

「デプレとほかの二人はどこに行ったのだ？」シェパードは訊ねた。

ムルンバは東を見た。その視線はすぐ近くをゆったりと流れるカサイ川の対岸に向けられている。リーダーはバントゥー語で悪態をつくと、その方角に向かって吐き捨てるように言った。「そこには行くなと伝えている。そこはアラアニウェだ」

シェパードはその単語がバントゥー語で「呪われた」という意味なのを知っていた。また、このあたりの部族の間には迷信が深く根差していることも。彼らは悪霊や精霊の存在、呪文や魔術の効き目を信じている。シェパードは宣教師として、そうした異教の信念を打ち破り、それに代わって神の素晴らしい言葉を届けることがほとんど不可能だと痛感していた。それでも、彼は最善を尽くしながら、聖書とコダックの箱型カメラだけを武器に、ここでの恐ろしい所業の記録を続けている。

シェパードはもどかしさを覚えて眉をひそめた。三人の将校が引きつけられたからには、かなり重要な何かのはずだ。「ムルンバ、なぜデプレたちは出かけたのだ？　彼らは何を探していたのだ？」

「パンゴ」部族の男はつぶやいた。バントゥー語で「洞窟」の意味の単語だ。続いて顔をしかめながら何かを掘るような動作を見せ、シェパードが理解できているかどうか様子をうかがった。

シェパードは眉間（みけん）にしわを寄せて考え、理解した。「君が言いたいのは鉱山なのか？」

ムルンバが何度も首を縦に振った。「そう（ウイ）だ。鉱山。悪い場所にある。ムフパ・ウファルメに」

シェパードは人食い人種の最後の言葉を翻訳しながら、川の向こう岸を見やった。〈骨の王国〉

不吉な響きの言葉だが、シェパードはほとんど気にも留めなかった。道なきジャングルの先に未踏の地が数多く埋もれていることは知っている。実際、シェパード自身も新しい湖を一つ発見しており、王立地理学界からの招待で数カ月後にロンドンで講演することになっていた。その一方で、そうした土地で迷信よりも広くはびこっているのが、失われた財宝や隠された王国に関する無数の噂だ。そうした話に誘われて多くの人たちが命を落としている。

〈そこに三人のベルギー人が加わるということなのか〉

「どうして彼らはその鉱山を探していたのだ？」シェパードは問いかけた。「何が見つかると期待していたのだ？」

ムルンバが横を向き、年老いた部族の男に向かって怒鳴った。老人の顔には無数の模様が彫ってあり、この一団のムガンガ、すなわちシャーマンだということを示している。ザッポザップは移動の際には必ずシャーマンを同行させていて、自分たちの手で殺害した人たちが復讐（ふくしゅう）に燃える悪霊や霊魂と化した「ヴィスカ」および「ロホ」の呪いを防ぐ役割を担わせる。

しわだらけの老人が二人のもとにやってきた。身に着けているのは腰布一枚と、削った象牙や木製の魔除けの装飾が付いた首飾りだけだ。食事を終えたばかりで、唇は脂ぎった輝きを発している。ムルンバがムガンガにバソンゲ族の方言で何かを要求したが、シェパードには言葉が理解できなかった。

シャーマンは顔をしかめ、首飾りに連なるいくつもの装飾品を指で探った。そのうちの一つ、紐を編んで作った輪を首飾りから取り外す。輪には何かがぶら下がっていた。円形の物体は金属製のようで、大きさは親指の爪ほどしかない。老人がムルンバに向かってその物体を差し出すと、リーダーはそれを受け取り、シェパードに手渡した。

「デプレ大尉がこれを見つけた。別の村のムガンガの首輪に付いていた。大尉は村人たちを鞭で打ち、教えろと言った。悲鳴は二晩続いた。そしてムガンガはやっと、それをどこで手に入れたのか教えた」

「ムフパ・ウファルメで……」シェパードはつぶやいた。〈骨の王国で〉

うなずくムルンバの表情が険しくなった。何かに怒りを覚えているのは明らかだ。

シェパードはその装飾品を調べた。どうやら硬貨のようだ。表面は年月を経て黒ずんでしまっており、紐を通すための穴が中心に開けられている。片側の汚れはこすり落とされていて、その下から金色の輝きが顔をのぞかせていた。

シェパードは気持ちが沈んでいくのを感じた。

〈デプレがそれほどまでにむごいことをしたのも納得がいく〉

あのような堕落した人間にとって、黄金の可能性は象牙やゴムのノルマよりもはるかにまぶしく輝いて見えたことだろう。ジャングルに存在するとされる秘密の都市や隠された財宝の噂は数多くあれど、失われた黄金の話ほど欲深い人間の気持ちを高鳴らせるものはない。はるか昔から、探検家たちはジャングルを捜索し、そうした財宝を追い求めてきた。古代ローマの軍団が金鉱を掘り当てた後に姿を消したとの言い伝えは途絶えることがないし、旧約聖書のソロモン王の軍隊が黄金を発見したという伝説すらある。

シェパードはため息をついた。そうした無謀な捜索のせいでいかに多くの探検家たちが命を落としてきたことか。シェパードは金貨をムルンバに返そうとした――その時、太陽の光が硬貨の裏側に記された文字を照らし出した。再び目の前に近づけて斜めに傾けると、その表面にかすかに刻まれた文字が明らかになる。目を細めて硬貨を凝視していたシェパードは、はっとして目を見開いた。表面を指でこすって確認すると、そこにはラテン語で書かれた名前が記してあった。

プレスビテル・ヨハンネス。

シェパードは硬貨をきつく握り締めた。

〈ありえない〉

名前はラテン語で刻まれていたものの、シェパードはこの金貨がローマの軍団によって鋳造されたものではないとわかった。ソロモン王の軍隊が金鉱を掘り当てたわけでもない。ここに記された名前が示しているのは別の物語で、ほかの言い伝えにまさるとも劣らない突拍子もない話だ。

「プレスター・ジョン」シェパードはラテン語を翻訳してつぶやいた。

神学生だった当時、シェパードはアフリカの強大なキリスト教徒の王について学んだ。十二世紀にまでさかのぼる記録によると、プレスター・ジョンは古代エチオピアを一世紀近くにわたって支配していたという。飼い葉桶の幼子（おさなご）イエスのもとを訪れた東方の三博士の一人で、「黒いマギ」のバルタザールの子孫に当たると言われる。プレスター・ジョンの王国は無限の富と秘密の知識を有していたと信じられていた。その伝説の中には若返りの泉や契約の箱に関連したものまである。何世紀にもわたって、ヨーロッパの支配者たちはこの有名な王を探し求めてきた。何人もの使者を派遣したものの、その多くはジャングルに消え、戻ってくることはなかった。あのシェイクスピアも、『から騒ぎ』の中でこの失われたアフリカの王について触れているほどだ。

ただし、こんにちの歴史家のほとんどは、アフリカの広大な地域を支配下に置いた黒人のキリスト教徒の王に関するこうした話を、ただの作り話と見なしている。

シェパードは金貨に刻まれた名前を見つめた。自分の手の中にあるものはまがいものにすぎないと思いたかった。だが、奴隷の息子として生まれた彼には、そう思うことができなかった。むしろ、この言い伝えに対して、何世紀も昔の黒人のキリスト教徒の王に対して、多少の親近感を抱いていた。

〈それらの話の裏にいくばくかの真実があるとは考えられないだろうか?〉

デプレ大尉は黄金の魅力に誘われてジャングルに分け入ったが、シェパードも自らの願望を振り払うことができなかった——富を望んでいるのではない。この金貨が示唆する歴史への思いだ。

シェパードは金貨を下ろし、ムルンバを直視した。「デプレとほかの二人が出かけてからどれくらいになるのだ？」

ムルンバは首を左右に振った。「十二日。仲間を二十人、連れていった」怒りで歪(ゆが)んだ唇から、とがった歯が顔をのぞかせた。「俺の弟のンザレも。彼に行くなと言った。だが、大尉は無理やり連れていった」

シェパードはこの人食い人種の怒りの原因がそこにあるのだと察した――それがシェパードに好機を提供してくれた。「それならば、ムカタバを結ぼうではないか。君と私の間で協定を結ぶのだ」

ムルンバは毛のない眉根を寄せた。「ニニ・ムカタバ？」

シェパードはシャツの上から手のひらを心臓の位置に置いた。「私はムフパ・ウファルメに行き、君の弟を連れ戻す――ただし、君と仲間たちがここにとどまり、これ以上はクバ族の土地に立ち入らないと誓うならば」

ムルンバが焼け落ちた村の方に視線を動かした。申し出を受け入れるかどうか、考えているのだろう。

「三週間、待ってほしい」シェパードは訴えた。

ムルンバの表情がいっそう険しくなった。

シェパードはじっと返事を待った。少なくとも三週間あれば、クバ族の土地に暮らす村人たちは森に避難して隠れることができる。この作戦がうまくいけば、五万人の人々をここで起きた蛮行から救えるかもしれない。

ムルンバがようやく三本の指を立てた。「三週間。俺たちはここにとどまる」その目が散乱した死体の方を向く。「その頃にはまた腹が減る」

最後の言葉が意味する脅しに嫌悪感を覚えたシェパードは、体が震えそうになるのをこらえた。クバ族の王が暮らす整然とした村の様子を思い浮かべる。通りの両側にはかつての王の等身大の像が連なり、女性や子供たちの笑い声がこだましていた。その幸せそうな響きが悲鳴に代わり、清潔な道に血だまりができるかもしれないのだ。

シェパードはカサイ川の向こう岸に広がる暗いジャングルを見つめた。あの奥に失われた金鉱が本当にあるのかどうかはわからない。金貨にラテン語で刻まれた文字が、真実を示しているのかどうかすらも疑わしい。それに骨の王国にまつわる古くからの呪いの存在など、まったく信じていない。

その代わりに、焼けた肉と煙の入り混じった悪臭から、シェパードはある一つのことを確信した。

〈失敗は許されない〉

第一部

襲来

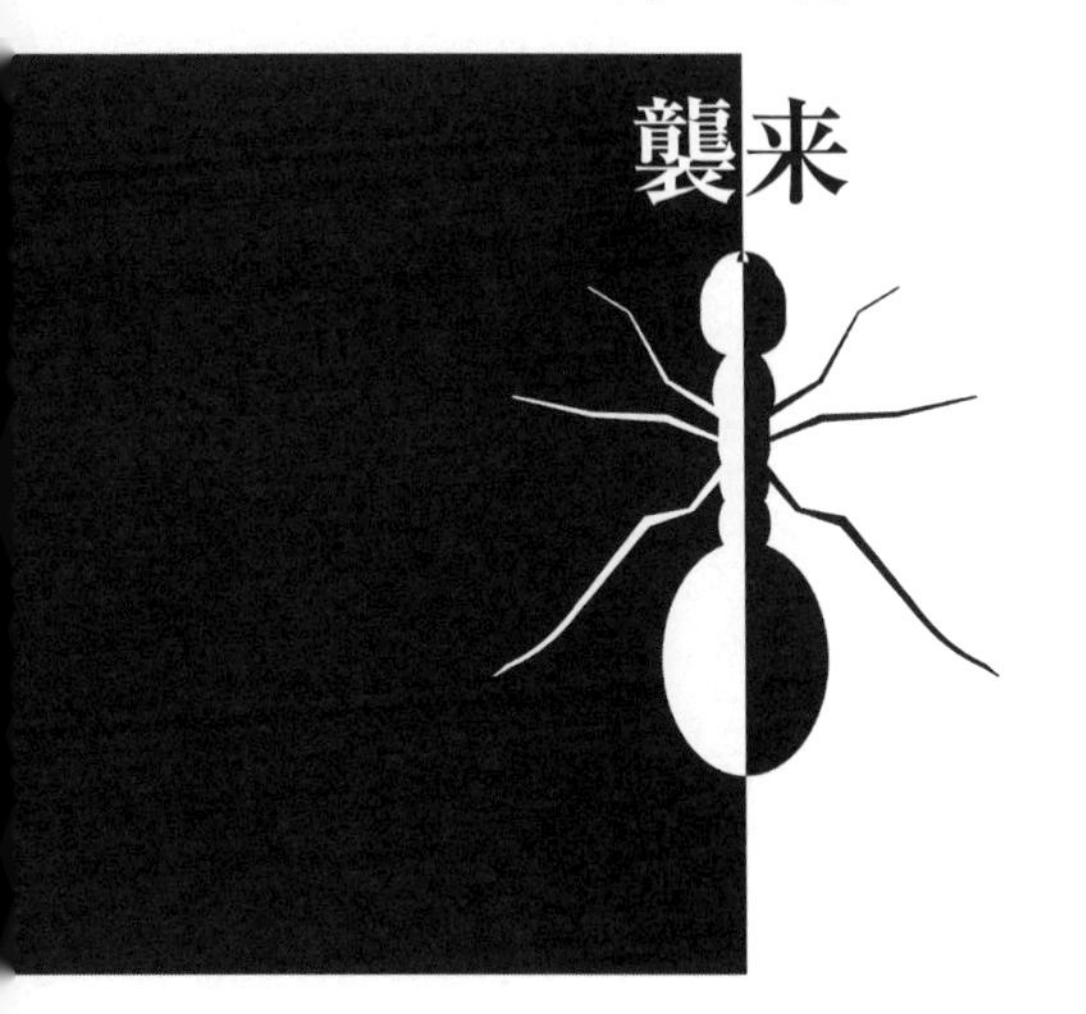

1

四月二十三日　中央アフリカ時間午前七時二十三分
コンゴ民主共和国　ツォポ州

　何かに刺された鋭い痛みで目覚めたシャルロット・ジラールは、自分が置かれている厳しい現実を再認識した。コート・ダジュールの家族の邸宅にある冷たく気持ちのいいプールで、裸で泳いでいる夢を見ていた。首を手のひらで叩きながらあわてて上半身を起こすと、自分がいるのは蒸し暑いテントの中だった。むせ返るような空気が襲いかかる。別の痛みがもう片方の手の甲に走った。はっとして腕を振ると、簡易ベッドのまわりに吊った蚊帳（かや）に絡まってしまった。

　フランス語で悪態をつきながら、ネットから腕を振りほどく。痛みをもたらした張本人は支援キャンプを悩ませているブヨだろうと思いながら視線を向けると、手首にしがみついていたのは赤黒い色をしたアリで、その体長は親指の爪と同じくらいある。大きな顎（あご）がシャルロットの皮膚に食い込んでいた。

びっくりして払いのけると、飛ばされたアリはネットに着地し、よじ登り始めた。動悸(どうき)が収まらないまま、シャルロットは簡易ベッドを囲む蚊帳を押し開けた。アリがいくつもの列を作り、宿泊用の大型テントの床を這(は)い、側面をジグザグに移動している。

〈これだけの数がいったいどこから？〉

シャルロットはサンダルをはき、列から離れてうろつく数匹のアリを蹴飛ばした。床の上に刻々と変わる地図を描くアリたちの間を、つま先立ちになって横切る。青の手術着と白いベストを着たまま寝ていたのはちょうどよかった。

壁に立てかけた鏡に映った自分が目に入り、シャルロットは一瞬その姿に戸惑いを覚えた。二十代後半の実年齢よりも十歳は老けて見える。黒髪をポニーテールにまとめておいたが、寝ぐせで斜めにつぶれてしまっていた。目は腫(は)れぼったいままだし、疲れのせいでくまができている。何日も太陽の光を浴びていたせいで、日に焼けた顔は皮がむけかけている。モンマルトルの行きつけの皮膚科医が見たら唖然(あぜん)とするだろうが、この奥地では高価な日焼け止めや保湿剤で手入れするような余裕などなかった。

昨晩は真夜中をとっくに過ぎた頃、疲れ果ててベッドに倒れ込みながら眠りに就いた。国境なき医師団から派遣されてキャンプで活動する四人の医療チームの中では彼女が最年少だった。ここから東側のジャングル一帯では降りやまない雨で洪水が続いており、避難民たちが続々とキャンプに押し寄せているため、人手がまったく足りない状況に陥っていた。

　八日前、シャルロットはユニセフのヘルシービレッジ・プログラムを支援していたキサンガニから、ヘリコプターでここに運ばれてきた。その直後から仕事に忙殺されている。二年前にソルボンヌ＝パリ＝シテ大学で小児科の研修を終えた後、社会に貢献したいと考え、国境なき医師団としての一年間の活動に応募した。その当時は自分の計画を大冒険のように思っていて、まずはそれを経験してから、どこかのクリニックや病院でお決まりの勤務に就こうと心に決めていた。それに加えて、子供の頃には隣のコンゴ共和国の首都ブラザヴィルで暮らしていた時期もあった。それ以来ずっと、いつかはあのジャングルを再び訪れてみたいという願望があった。あいにく、年月を経るうちに彼女のコンゴ観は美化されてしまっていたらしい。そのため、奥地での厳しい現実に立ち向かう心構えができていなかった。

〈ここではありとあらゆるものが虎視眈々と、食べたり、刺したり、毒を注入したり、だましたりしようと狙っているという事実が見えなくなっていた〉

　シャルロットは宿泊用テントの入口までたどり着くと、布地を肩で押し開け、雲にかすんだ朝の陽光の下に出た。明るさに顔をしかめながら、手をかざして光を遮る。右手には藁葺きの住居やトタン屋根の小屋から成る村が広がっている。すぐ近くを流れるツォポ川が大雨であふれたため、家の大半は浸水してしまっていた。左手にはテントや仮設の家屋がジャングルのはるか奥にまで連なっていて、水かさを増しつつある川からの避難を余儀なくされたほかの村からの避難民たちも身を寄せている。

しかも、ここには毎日さらに大勢の人たちが押し寄せ、手いっぱいの状態になっていた。キャンプ内ではいくつもの焚き火が燃えているが、その煙をもってしても汚水のにおいをかき消す効果はほとんどなかった。コレラの患者数がすでに増加しているし、医療チームは輸液や薬の不足に悩まされていた。昨日一日だけで、シャルロットは十二名のマラリア患者の治療に当たった。

パリで夢想していたのどかで自然豊かな世界にはほど遠い。

そのうえ、遠くでは雷鳴が不気味な音を響かせていた。二カ月前からこの地域は相次ぐ嵐に見舞われていて、乾季でも沼地の多い一帯はすでに水浸しの状態になっていた。雨量はこの百年間で最多を観測している――しかも、予報ではさらなる嵐の到来が見込まれていた。コンゴ中部の広い範囲に洪水の危険が及んでいるうえ、政治の腐敗と官僚主義のせいで救援物資の数が追いつかない状況にある。シャルロットはここの事態がいっそう深刻化する前に国連の医療支援が届いてくれるよう祈った。

医療用テントに向かって歩くシャルロットは、幼い子供が地面にしゃがみ、液状の便を排出している姿を目撃した。何匹ものアリがその女の子の裸足の足にたかり、ふくらはぎをよじ登っている。刺された女の子が泣き叫ぶと、母親と思われる女性がその子を抱きかかえ、脚にまとわりつくアリを手で払った。

シャルロットは急いで駆け寄り、まだしがみついているアリを取り除いてやった。続いてクリニックとなっているテントの方を指差す。スワヒリ語はまだ片言しかしゃべれない。「ダワ」シャルロットは女性と女の子を促しながら伝えた。「あなたの娘さんには薬が必要」

コレラが原因であろうと、あるいはほかの無数の病気が原因であろうと、脱水症状になった子供は一日も持たずに命を落としかねない。

「クザ、クザ」シャルロットは女性に声をかけ、案内した。

周囲では村人たちがあわただしく動き回っていた。多くの人がヤシの葉をほうき代わりに、侵入してくるアリの大群を追い払おうとしている。シャルロットは地面をはきながら医療用テントに向かうルバ族の人の後ろに回り込んだ。その男性の後について進むことで、クリニックの入口の防水シートまで無事にたどり着くことができた。中から漂う消毒剤とヨードのにおいが、一時的ながらもキャンプ内の悪臭を追いやってくれる。

別の医師――ニューヨーク出身で、白髪交じりの小児科医コート・ジェムソンがシャルロットに気づいた。「何の患者だ、ドクター・ジラール？」ジェムソンは医師たちの間で共通言語として使用されている英語で訊ねた。

「また下痢の症状」そう答えると、シャルロットは女性と女の子に続いて奥に入ろうとした。

「私が診察する」ジェムソンが湯気を立てるコーヒーの入ったブリキのカップを手渡した。「まずは燃料を補給したまえ。まだほとんど目が開いていないように見えるぞ。あと数分くらいは、我々だけで何とかできる」

シャルロットは感謝の笑みを返し、両手でカップを受け取った。コーヒーの芳香を鼻から吸い込む。香りを嗅いだだけで心拍数が上昇した。ここのコーヒーはシロップのように濃厚で、お気に入りのパリのレストランで提供されるコーヒーとは大違いだ。医療チームの全員がこの飲み物を手放せなくなっていて、冗談半分に点滴で摂取してはどうかという意見が出るほどだった。

シャルロットは入口から離れ、このつかの間の息抜きと濃く苦い液体を味わった。

視線の先にはベンジャミン・フレイのずんぐりとした体があった。二十三歳になるケンブリッジ大学の大学院生で、専門は生物学、博士論文の執筆中だ。鳶（とび）色の髪をした学生はカーキのサファリジャケットを着て、スラウチハットをかぶっている。真っ白なスニーカーをはいているのに、どういうわけかいつ見てもまったく汚れが付いてない。やや無愛想な態度や、時折見られるチックの症状から、シャルロットは彼が自閉スペクトラム症なのではないかと思っているが、そうだとしても高機能自閉症なのは間違いない。また、この青年はある話題に夢中になったら、聴き手が興味を持っていようがいまいがかまわず、難解な内容をしゃべり続ける傾向がある。

シャルロットは大行列を作ったアリの群れの近くにしゃがんでピンセットで一匹をつまみ上げたベンジャミンのもとに歩み寄った。この侵入に対して、キャンプを襲った新たな問題について、彼女も興味をひかれていたからだ。

シャルロットが近づくと、ベンジャミンが肩越しに振り返った。「ドリルス・ウィルヴェルティ」若者はとらえたアリを高く持ち上げて説明した。「サスライアリ。シアフとも呼ばれる。グンタイアリの中でも最も大きな属の一つ。兵隊アリは、こいつがそうだけれど、一・三センチにまで成長することもあるし、女王アリは五センチを超える。大顎はとても強くて、この土地で暮らす部族は傷口を縫合するのに利用している」

放っておくといつものようにこの調子で長々と続きそうだったので、シャルロットは話を遮った。「でも、これだけの数がどこからやってきたの？」

「ああ、彼らも避難民だよ。ここにいるみんなと同じように」ベンジャミンはアリを仲間たちのもとに戻してから立ち上がった。続いてピンセットの先端で大きくうねりながら流れるツォポ川の方を指し示す。「川の増水で営巣地から追いやられたということかな」

川の流れに浮かぶいくつもの黒い塊が瓦礫（がれき）の山ではないことにシャルロットが気づくまで、一瞬の間があった。赤黒い色のアリがつながって筏（いかだ）のように浮かんでいたのだ。

「ねえ、ベンジー、どうしてアリは溺れてしまわないの?」シャルロットは訊ねた。

「川の水に少し浸かったくらいで? あいつらにとっては問題ない。丸一日、水中にいても生きていられる。アリは小さいけれどもたくましい兵士だ。恐竜が生きていた頃から地球上に存在しているし、すべての大陸にコロニーを作ってきた。もちろん、南極大陸以外は、だけれど」

シャルロットは胸がむかむかしてきた。筏の一つが川岸にぶつかって陸地に乗り上げ、そこから広がり始めたのを目撃したからなおさらだ。侵略者たちの動きは統率が取れていて、あたかも事前にこの攻撃の作戦を立てていたかのように見える。

「賢いやつらでもある」同じことに気づいたのか、ベンジーが補足した。「脳細胞の数は二十五万個。地球上で最も賢い昆虫だ。しかも、それは一匹当たりの数だから。四万匹が一つになったら、僕たち人間に匹敵する数になる。ついでに言うと、サスライアリの巨大コロニーの中にはその数が五千万匹に達するものもある。想像できる? それだけの数をたった一匹の女王アリが率いていて、女王アリの寿命は三十年、これは昆虫の中で最長だ。だから彼らを見くびってはいけない」

不意にシャルロットは、この生物学者に近づいたことを後悔した。

「この大群が立ち去るまでは」シャルロットがその場を離れようとすると、ベンジーが警告した。「嚙まれる人がたくさん出ると覚悟しておいた方がいい。サスライアリは賢いだけでなく、気性が荒いし、それに見合う武器を備えている。彼らの顎は鋼鉄のようにかたくて、剃刀（かみそり）のように鋭い。行進中はその行く手にあるものすべてを食い尽くすことで知られていて、つながれていた馬の肉を食べ、骨だけにしてしまうことすらある。あるいは、家の中から出られなかった犬とか。幼児が犠牲になった例も」

シャルロットはこみ上げる吐き気を飲み込んだ。ただでさえここはたくさんの問題を抱えているというのに。「彼らがいなくなるまでにどのくらいの時間がかかるの？」

ベンジーは腰に拳を当て、眉をひそめた。川からキャンプ内に通じる列をじっと見つめている。「そこが不思議なところ。このような行動は珍しい。普通なら、サスライアリはここのような騒々しい場所は避けて、ジャングルの暗がりを好んで移動する」若者が肩をすくめた。「でも、今回の洪水も普通じゃない。だからいつにも増して攻撃的になっているのかもしれない。いずれにしても、そのうちに大人しくなってどこかに行ってしまうはず」

「あなたの言う通りだといいんだけれど」

ベンジーもうなずいたが、不安な様子で顔をしかめ、広がりつつある群れを見つめたまま。「僕もそう願う」

午前十一時二分

シャルロットはペンライトの光で生後三カ月の赤ん坊の両目を交互に照らした。男の子を抱いた母親は心配している様子だ。赤ん坊は親指をくわえているが、しゃぶってはいない。背中をぴんと伸ばしてこわばった姿勢のまま、母親の腕の中でじっとしている。瞳孔（どうこう）は開いていて、光にもかすかな反応しか見せない。呼吸をしていなかったら、蠟（ろう）人形と間違えてしまうかもしれない。皮膚には高熱を発している時のような艶（つや）があるが、体温は正常だった。

「どう思います？」シャルロットは相手の方を見ずに訊ねた。

すぐ後ろにコート・ジェムソンが立っていた。意見を聞きたいと考え、アメリカ人の小児科医に来てもらっていたのだ。二人がいるのは薄いプライバシーカーテンの奥で、病室と患者であふれる簡易ベッドからは仕切られている。

「私も昨日、似たような症状を見た」ジェムソンが答えた。「十代の少女だ。父親によれば、その子はまったくしゃべらなくなり、つついたりしなければ動くこともないとの話だった。少女はリンパ節が腫れていて、腹部に湿疹があった。この赤ん坊と同じだ。慢性期のアフリカトリパノソーマ症かもしれないと思ったのだが」

「睡眠病」シャルロットはその診断の可能性について考えながらつぶやいた。寄生原虫によって引き起こされる病気で、ツェツェバエに刺されることで感染する。初期の症状として、リンパ節の腫れ、湿疹、頭痛、筋肉痛などが見られる。治療をせずにいると、原虫が中枢神経系を攻撃し、発声が不明瞭になったり、歩行に困難を来したりする。

「女の子のその後は？」シャルロットは訊ねた。

ジェムソンは肩をすくめた。「脱水症状が見られたので点滴を施してから、ドキシサイクリンとペンタミジンを注射した。できる限りのことをしたよ。その子をここに入院させようとしたのだが、父親に断られた。後から聞いた話では、父親は自分の村の呪術師（じゅじゅつし）とやらに意見を求めたということだ」

シャルロットは仲間の医師の言葉から軽蔑（けいべつ）を感じ取った。ジェムソンを落ち着かせようと、そっと手を伸ばす。「彼女の父親もできる限りのことをしていたんですよ」

「そうだといいんだがな」

シャルロットは部族の男性の選択を批判できなかった。村の呪術師のシャーマンは、多くがその地方特有の病気に対しての薬草を使った治療法や秘薬を心得ていて、その手法は医学界がまだ発見していない、あるいは実証できていないものばかりだ。シャルロットは自分でもそのうちのいくつかを調べたことがあった。西洋医学によって柑橘（かんきつ）類の効能が確認されるずっと前から、現地の人々は尿路感染症の治療にグレープフルーツを使用していた。また、シャーマンたちは下痢の治療にアフリカンバジルを用いるが、このキャンプでも物資が底を突いた場合、医師たちはそのやり方に頼らなければならないかもしれなかった。

「この男の子は睡眠病にかかっているのではないと思います」シャルロットは判断を述べた。「最初は、瞳孔反射や威嚇反応がわずかしかなかったことから、オンコセルカ症――河川盲目症かもしれないと考えました。でも、その原因となる寄生虫は目の中に見つかりませんでした」

「それなら、君の考えは？」ジェムソンが問いただした。

「母親によると、男の子は二日前まで元気だったそうです。それが事実ならば、寄生虫疾患にしては発症までの時間が短すぎます。その速さを考えると、ウイルス感染なのではないかと」

「このあたりにはいくらでも例があるからな。黄熱病、ＨＩＶ、チクングニア熱、デング熱、リフトバレー熱、ウエストナイル熱。この子と昨日の少女の湿疹から、様々なポックスウイルスの可能性があるのは言うまでもない。サル痘、天然痘」

「どうでしょうか。症状はどれとも合わないんです。私たちは新しい何かに直面しているのかもしれません。新たなウイルスのほとんどは自然界をかき乱すことで発生しています。道路の建設、森林伐採、珍しい野生動物の肉の入手」シャルロットは同僚の小児科医を振り返った。「それに大雨も。蚊などの昆虫が媒介するウイルスの場合は特に」

その発言によって呼び寄せられたかのように、大きなサスライアリが一匹、男の子の肩によじ登り、首筋に噛みついた。大顎がやわらかい肉に食い込み、傷口から血が滴る。シャルロットは朝に噛まれた時の激しい痛みを思い出したが、男の子はぴくりとも動かなかった。親指を口にくわえたまま、泣き声一つあげない。痛みに驚いてまばたきすることすらない。抱かれたままじっとしていて、ぼうっと前を見ているだけだ。

同情して顔をしかめながら、シャルロットは手袋をはめた手でアリを取ってやった。指先でつぶしてからアリを投げ捨てる。

シャルロットを見つめたまま、ジェムソンは眉根を寄せ、不安そうな表情を浮かべた。「新しいウイルスが原因かもしれないという君の考えが間違っていることを祈りたいね。ここには患者が押し寄せていて、家を失った人がいて、大勢が移動を余儀なくされていて――」

〈最悪の事態が起きるのには格好の環境〉

「もっと詳しいことがわかるまで、安全対策を強化するべきかもしれません」シャルロットは提案した。「その間、私は血液と尿のサンプルを集めます」

ジェムソンの表情が険しくなった。「それが役に立つかどうか。ここの混沌（こんとん）とした状況を考えると、サンプルをきちんとした研究所に送り届けるだけで何週間もかかるかもしれない」

シャルロットは理解した。〈その頃にはもう手遅れだわ〉

「だが、ガボンに知り合いの研究者がいる。私の友人だ」ジェムソンが言った。「野生動物専門の獣医で、スミソニアンのグローバル・ヘルス・プログラム、その中でも新設されたグローバル・ヴァイローム・プロジェクトで活動している。彼はサンプルを採取し、正体不明のウイルスの監視ネットワーク設立を支援している。それよりも重要なのは、彼がサンプル検査用のモバイルラボを持っていることだ。無線で連絡を入れ、事情を説明してここに来てもらえれば……」

ジェムソンがシャルロットに視線を向け、その計画への賛同を求めた。

シャルロットが反応を返すよりも早く、あわてた様子の大声が医療用テントの入口の方から聞こえた。二人はプライバシーカーテンの外に出た。ストレッチャーを運ぶ二人の男性が駆け込んできたところだった。医療チームの別の医師、メルボルンから来た四十歳の産婦人科医が急いで駆け寄る――だが、ショックを受けた様子で後ずさりした。

ジェムソンがそちらに向かい、シャルロットも後を追った。

ストレッチャーを運ぶ男性の一人はFARDC――コンゴ民主共和国軍のコンゴ人兵士、もう一人はキャンプの周辺部で作業をしていたスイス人のトリアージナースだ。スイス人は背が高く金髪で、その肌はなぜか日焼けとは無縁なのだが、彼の顔はいつにも増して青ざめていた。

看護師はストレッチャーを床に下ろし、息を切らしながら伝えた。「彼を……キャンプの外れで見つけた。ほかにも四人いたが、全員が死んでいた。ひどい状況で、まだ息があったのは彼だけだった」

ジェムソンの背中を回り込んだシャルロットの目に映ったのは、ストレッチャーに寝かされた犠牲者の見るも無残な姿だった。年配の部族の男性が横たわっていて、体を起こそうと弱々しくもがいている。衣服の断片は赤く染まり、ぼろぼろになった皮膚の間からも血が流れている。顔面の半分は赤い肉がむき出しになっていて、骨が見えているところもある。ライオンに襲われたかのような状態だが、この男性を攻撃した肉食動物の体はそれよりもはるかに小さかった。

傷口にはまだアリがたかっていて、肉を食い荒らしていた。

「無数のアリに埋もれたこの男性の体が、かすかに動いていることに気づいた」看護師は説明した。「アリたちはまだ生きている彼を食べていた。バケツで何杯も水をかけて、大部分を洗い流したんだが」

「どうしてこの男性はアリから逃げなかったのだ？」ジェムソンが訊ねた。「気を失っていたのか？　もしかすると、泥酔していたとか？」

小児科医は血まみれの患者を調べようと、ストレッチャーの傍らでひざまずいた。部族の男性はようやく上半身を起こすことができた。自分の身に何が起きたのかを説明しようとするかのように、口を開く――だが、口から出てきたのは声ではなく黒い塊で、喉の奥からあふれたアリの大群が顎から胸を伝い始めた。男性の体から力が抜け、再びストレッチャーの上に倒れ込んで動かなくなった。

ジェムソンはうめき声をあげて後ずさりした。

シャルロットは生物学専攻の大学院生から聞かされた警告を思い出した。〈嚙まれる人がたくさん出ると覚悟しておいた方がいい〉その時に受けた説明も思い返す。サスライアリはつながれた馬の肉を食べ、骨だけにしてしまうこともあると言っていた。シャルロットはプライバシーカーテンの方を振り返った。動かなくなった男の子を抱える母親が、その向こうに立っている。あの男の子はアリに嚙まれても反応がなかった。

シャルロットは不意に息苦しさを覚えた。空気が重たくなったような感じだ。恐ろしい考えが確信となって広がっていく。〈何らかの形ですべてが関連している〉シャルロットはジェムソンの方を向き、肩をつかんだ。「あなたの友人のウイルスハンターに連絡を入れてください。今すぐに」

ほんの一瞬、アメリカ人の小児科医はシャルロットを見て眉をひそめた。あまりの恐怖に理解が追いつかなかったのだろう。だが、まばたきをして我に返ったのか、すぐにうなずいた。ジェムソンは立ち上がり、医療用テントから飛び出すと、小さなパラボラアンテナが何本も設置されている通信用テントに向かった。

ジェムソンが走り去っても、シャルロットはつかむ相手がいなくなった腕を前に突き出したままだった。何かが動いたことに気づき、手首に視線を向ける。三匹の黒っぽいアリが這っていて、手袋と袖口の隙間に噛みついていた。大顎の先端が皮膚に深く食い込んでいる。それを見たシャルロットは恐怖が大きくなっていくのを感じた――攻撃に対してではない。ふとあることに気づいたからだ。

シャルロットは噛まれてもまったく痛みを感じていなかった。

2

四月二十三日　西アフリカ時間午後五時三十八分
ガボン　オゴウェ・マリティム州

フランク・ウィテカーは地下の深い地点で、ヘルメットのライトの光を反射する二つの赤い目を見つめていた。トンネルの先で光る目は、フランクがここまで進んできた流れの穏やかな黒い水面のすぐ上に浮かんでいる。遺伝子に刷り込まれた恐怖で、フランクの心臓が縮み上がった。この半ば水没した洞窟群に危険な生き物が潜んでいるということは、事前に警告を受けていた。

〈クロコダイル……〉

ここに来るまでの間にもっと小さな、自分の腕と同じくらいの長さしかない個体を何頭か目にしていたが、どれも尾を振りながらすぐに逃げていった。だが、こいつは違う。光る目の後方には鎧（よろい）を思わせる体が伸びている。〈優に二メートルはありそうだな〉また、その鱗(うろこ)がオレンジがかった色をしていることにも気づいた。この洞窟群に閉じ込められて生息しているクロコダイルの特徴だ。ニシアフリカコビトワニとして知られる種だが、この個体の体長に「コビト」という形容が当てはまるかは疑問だ。

このコロニー――水中で暮らすクロコダイルの場合は「フロート」とも呼ばれる――は、はるか昔に地下水面が低下してから外に出られなくなり、それから三千年もの間、ガボンの大西洋岸に近いアバンダ洞窟群の中で外の世界とは隔絶された状態のまま生息している。そのような太陽の光が届かない厳しい環境下で、こうしたオレンジ色の種は地上の仲間たちからゆっくりと枝分かれして、独自の進化を遂げてきた。

野生動物を専門とする獣医として、フランクはそうした事実に魅了されていたことだろう――もっと遠い距離で出会っていたならば。

「あいつらはほとんど目が見えない」レミー・エンゴンガが断言した。このガボン人の男性は国際医療研究センター（ＣＩＲＭＦ）に所属する病理学者だ。ガボン南東部にある施設は西アフリカで発生する病気を評価するうえでの中心的な役割を果たしている。「少し音を立てれば、あの小さなオスは逃げ出すよ」

「小さな、だって?」フランクは聞き返した。紙マスクをしているので声がこもって聞こえる。

「ああ。大きいものだと、あの何倍(ウイ)にもなるクロコダイルがいるから」

フランクは首を左右に振った。〈あれでも十分に大きいよ〉そう思いながらも、目の前の生き物は目が見えないという病理学者の言葉は信じた。腰に留めてあったアルミ製の水筒を取り外し、カルストの壁面を叩きながら大声でわめく。オスは動じた様子を見せず、じっとこちらをにらんだままだ。しばらくしてからようやくその大きな体を反転させると、平然と泳ぎ去り、暗闇に姿を消した。

前方の邪魔者が消えたので、二人は先に進んだ。このような変わった環境にいると、居住に適していない惑星を探検している宇宙飛行士のような気分になる。頭からつま先まで防護服を着込んでいるから、なおさらそう感じる。フランクはマイクロガードのフード付きカバーオールを着用していて、両脚は防水性のウェーダーで覆われている。目を保護するのはプラスチック製のゴーグル、マスクはアンモニアを多く含む空気を濾過すると同時に、周囲を飛び交うブヨやコバエの大群からも守ってくれる。

二人はようやく川から上がり、湿ったぬかるみを歩いた。そのほとんどはコウモリの糞が堆積したグアノだ。天井には翼を持つ哺乳類の群れがぶら下がっているほか、さらに多くの数が洞窟内を飛び回っていて、侵入者を目がけて急降下しながら突っ込んでくるコウモリもいる。クロコダイルの鱗をオレンジという独特の色合いに変えることになった原因は、この大量にたまったグアノにあった。その代わりに、この真っ暗な世界で暮らすクロコダイルはコウモリを餌にしているほか、カニ、コオロギ、藻などを食べる。

「罠を設置したところまで、あとどのくらいの距離があるんだ？」フランクは後ろを歩くレミーに問いかけた。

「もうすぐだよ。この先の洞窟が狭くなっているところだ。ネットを張るのはそこがいちばんいいと思ったんでね」

レミーは前の日に、ＣＩＲＭＦの仲間とともに罠を仕掛けてくれていた。フランクはアフリカフルーツコウモリやオオマルハコウモリなど、この洞窟に生息しているコウモリからサンプルを採取したいと考えていたのだ。自然界でエボラやマールブルグなどのウイルスの宿主となっているのが、こうしたコウモリだった。フランクはこの洞窟の住人たちが持つそのほかのウイルスを分類し、次に大きなパンデミックを引き起こしかねない病原体を探し出せればと期待していた。

アフリカに滞在して半年になるフランクは、その間にコンゴや西アフリカ沿岸部を移動してきた。これまでに一万五千匹以上からサンプルを採取した。

罠を目指して歩きながら、フランクはまたしてもこの場にいることの驚きに圧倒されていた。シカゴのサウスサイドの養父母のもとで暮らす黒人の少年が、ガボンの洞窟群で作業する野生動物の獣医になるという、変わった人生の道のりを歩んできた。自然の世界へのあこがれは、シカゴの凍てつくような冬の寒さとむせ返るような夏の暑さから逃げ出そうと思ったのがきっかけだった。街中から逃れたいという気持ちがきっかけで、リンカーン・パークやブルックフィールド動物園、さらにはシェッド水族館をたびたび訪れた。説明文を読んで暗記しながら何時間も過ごし、そこに書かれた世界各地の謎に満ちた場所を夢見ていた。サイズが二回りも大きいコートにくるまり、ぼろぼろのエアジョーダンをはいた黒人の少年にとって、それらはすべてまったく別世界の話だった。

〈それが今では……〉

やがて科学と数学の非凡な才能が、ＪＲＯＴＣ――高校の予備役将校訓練課程――のリクルーターの目に留まった。それと、おそらく一メートル九十三センチという長身も。そこで優秀な成績を残したフランクは、高い評価の推薦状により学費と諸経費全額支給の奨学金を受けてコミュニティ・カレッジに入学、続いて陸軍の医療従事者奨学金でイリノイ大学の獣医学部の学費もまかなうこともできた。その奨学金を受けるのに合わせて少尉に任命されたという知らせを聞いた養父母は、誇らしげに喜びを爆発させた。

フランクは実の両親を知らずに育った――自分を捨て子同然で里親制度に預けた両親のことなど知りたいとも思わない。だが、彼は運がよかった。フランクは三組の里親のもとで暮らし、まったく面倒を見ない夫婦もいれば、善意の押しつけのような家庭もあった。それに続いて里親となったウィテカー夫妻が、やがてフランクを養子として受け入れてくれた。成長するにつれて心に荒波が立つようになり、自分を拒絶した社会からストリートでの生活に漂流しかけていた少年をつなぎとめる役割を果たしたのは、夫妻の愛という錨(いかり)だった。

その後、現役の兵士に交じっての数週間の訓練なども経て獣医学部を卒業すると、フランクはすぐ大尉に昇進した。続いて任命前訓練を受けた後、さらに七年間の兵役が義務付けられていた。その間にイラク戦争の真っ只中に送り込まれ、そこでは公衆衛生に取り組むとともに、人獣共通感染症の実地調査にも携わった。しかし、戦争によってフランクは世界の現状に対して、および人間一般に対して、幻滅を覚えることにもなった。

アメリカに帰国後は、陸軍の生物医学関連の研究施設であるＵＳＡＭＲＩＤ（アメリカ陸軍感染症医学研究所）に勤務したが、一年間しか続かなかった。結局は軍を離れ、スミソニアン・グローバル・ヘルス・プログラムに採用された。これは新しいウイルスの脅威を研究する非営利団体だ。その後、助成金を取得してアフリカを訪れ、できるだけ多くのウイルス圏を分類しながら、世界の片隅に人知れず隠れているもの――同僚たちの言葉を借りれば「危険ウイルスのダークマター」を探している。

「どうやら君の仕事への志願者がたくさんいるみたいだぞ」隣に並んだレミーの言葉で、フランクは我に返った。

病理学者が指差す先はトンネルが狭くなっていて、そこに目の細かいネットが張ってあった。網に絡まっている濃い色の物体は毛の生えた黒い果物のように見える。通路をふさぐように設置されたネットには、様々な大きさのコウモリが二十匹以上も引っかかっていた。二人が近づくと、そのうちの数匹が激しくもがいた。

「大人しくしていてくれよ、坊やたち」フランクは安心させようと声をかけた。「君たちに危害を加えるつもりはないから」

罠の手前までたどり着くと、フランクはバックパックを下ろし、洞窟の床に両膝を突いた。アセプロマジンとブトルファノールを混ぜた鎮静剤を、手際よく注射器に入れていく。続いて厚手のゴム手袋を装着した。コウモリに噛まれるリスクは避けなければならない。フランクは注射器を構え、ネットのいちばん上に絡まったコウモリから順番に作業を進めた。個体の大きさに合わせて投与する量を目測していく。一匹当たり一滴もあれば十分だ。ネットの最下部のコウモリの注射を終える頃には、上の方のコウモリたちはすでに意識を失いつつあった。

「ネットを緩めるのに手を貸してくれないか?」フランクはレミーに頼んだ。

二人は協力してネットを取り外し、通り道を開いた。それを待っていたかのように、数匹のコウモリが頭上を通過して洞窟の先に飛んでいく。ネットと眠りに落ちたコウモリを洞窟の床に広げると、フランクはバックパックから採取用の器具を取り出した。

〈さあ、仕事に取りかかるとするか〉

午後六時二十八分

フランクは密閉した綿棒、針、小さなガラス製のシリンジを整然と並べた間にひざまずいた。額から流れ落ちる汗が目にしみる。グアノがアンモニアを発生させているので、その前から目がひりひりしていた。

〈防護マスクを持ってくるべきだった〉

サンプルを汚染させないよう注意しながら、できるだけ手早く作業を進めていく。フランクはぐったりとしたオオマルハコウモリを手に取った。レミーが片方の翼をつまんで広げ、採血を手伝った。病理学者はコウモリの咽頭腔(いんとうくう)と直腸腔からのサンプル採取用の綿棒も二本、用意してくれている。

フランクは作業を行ないながら、この繊細な生き物を観察した。鐘のような形をした耳の手ざわりはふわふわのビロードと同じだ。鼻は小さなひだ状になっている。翼の膜はレミーのヘルメットのライトの光が透き通るほど薄い。

作業を続けているとレミーが顔を近づけた。「ドクター・ウィテカー、聞きたいことがあるんだが、君はウイルスの研究でなぜコウモリを専門に扱っているんだ?」

フランクは色鉛筆を使って手の中の個体を分類しながら床に座り直した。「簡単に言うと、この小さな生き物はウイルスの詰まった毛皮の袋みたいなものだからだ。生まれながらに何百種ものウイルスを体内に持っているだけでなく、自然界のウイルスを大量にため込む貯蔵庫のような存在でもある。餌としている昆虫から、ありとあらゆる節足動物媒介性ウイルスを得る。果物を食べるコウモリの場合は植物からウイルスをもらう。そしてそのウイルスをほかの野生動物——さらには人間にも送り込む。理想を言わせてもらうと、地球上のあらゆる脊椎（せきつい）動物、無脊椎動物、植物のウイルス圏を調査できるならば素晴らしいことだ。だが、たとえそんなことが可能だとしても、現実的な話ではない。そのため、ひとまずは環境全般に潜んでいるものの監視役として、コウモリが適しているということなのさ」

「なるほど」レミーが反応した。「でも、ずっと思っていたんだが、そんなに多くのウイルスにさらされているのに、どうしてコウモリは病気にならないんだ？」

フランクはオオマルハコウモリを洞窟の床に置き、続いて別の個体をネットから取り外し始めた。その形状と体の大きさから、エジプトフルーツコウモリだろう。

「その理由は三つある」フランクは答えた。「まず、その独特の免疫系に関して、コウモリはスーパースターとでも言うべき存在だ。研究によると、コウモリがその能力を手に入れることができたのは、空を飛ぶ唯一の哺乳類だからだと考えられている」フランクは大きな翼を広げ、血管に針を刺すと、数滴の血液をシリンジに採取した。「そんな奇跡とも言える偉業を達成するためには、超高性能のエンジンを備えた代謝が欠かせない。その代謝熱が小さな体の体温を上昇させ、感染を押しとどめるのに一役買っているというわけだ」

　フランクはシリンジを床に置き、綿棒をつかんだ。「二つ目の理由——こっちの方が重要なんだが、そんな高度な代謝は危険な炎症誘発性分子を大量に作り出し、それが死につながることもある。その対策として、コウモリは進化の過程で十個の遺伝子の機能を停止させた。それによって炎症反応を抑え、免疫系の異常な反応——サイトカインストームと呼ばれる過剰反応で、ウイルスによる死亡例のほとんどの原因となるものなんだが、その発生を防ぐ。さらには、炎症は老化の主な原因でもあるから、このプロセスを抑えたことでコウモリの中には四十年も生きる例がある。こんなにも小型の哺乳類としては異例の長寿だよ」

　フランクが綿棒を持ち上げると、レミーが被検体の小さな口を開くのに手を貸した。針のように鋭い牙があらわになった。

「さっき君は、コウモリがウイルスで病気を発症しないのには三つの理由があると言ったよね」レミーが指摘した。「三つ目は何だい？」

「ああ、その答えを得るためには、コウモリのDNAを調べなければならない。コウモリの遺伝コードのほとんど——これに関しては我々人間も同じなんだが、そこにははるか昔のウイルスのコードの断片が含まれている。過去の感染によってゲノム内に取り込まれたDNAのかけらだ。コウモリはそうした遺伝子を独特のやり方で利用する。細胞質に分割して、その破片を抗体製造工場にしてしまうのさ」

「だから健康でいられるというわけか」レミーが悲しそうに首を左右に振った。「人間も同じことができればいいのにな。うちのチームはいまだに西アフリカ各地でのエボラ出血熱の再発を抑え込もうとしているところだ。一カ所の火を消したと思ったら、すぐに別のところで火の手が上がる」

フランクは顔をしかめてうなずいた。フルーツコウモリからの採取を終え、床に広げたネットを見る。もうコウモリは残っていなかった。

「どうやら志願者はここまでのようだな」フランクは言った。

「ちょうどいい。もう日没が近いはずだ。そろそろ戻らないと」

フランクも同意見だった。暗闇の中を野営地まで歩いて戻りたいとは思わない。二人は手分けして後片付けを開始した。フランクが最後のサンプルを荷物の中にしまい、レミーは床の上のネットを回収する。作業が終わると、二人は出発した。まだ眠っている被検体はそのうちに目を覚まして巣に帰るはずだ。

フランクが振り返ると、二匹のコウモリがふらふらと飛び立ったところだった。「ほかのやつらが飛び始める前にここを立ち去る方がいい」

「なぜだ？」

「コウモリは体内のウイルスを抑え込む能力に優れているが、いらだちや不安が高まりすぎると、複雑な免疫系が破綻（はたん）を来す。そうなったらウイルスが拡散し、コウモリを通じての感染のおそれがいっそう大きくなる」フランクはレミーに視線を向けた。「このことは忘れるな。ストレスを受けたコウモリは危険な存在だ」

「しっかりと肝に銘じておくよ」

レミーは足を速めて採取地点から離れながら、不安そうな表情を浮かべて何度も後ろを振り返った。間もなく洞窟内の浸水した地点に差しかかり、二人は再び水に浸かって出口を目指した。フランクは水中で赤く光る目を警戒したが、まったく見当たらなかった。採取作業中の声と音に怯（おび）えて、クロコダイルは洞窟の奥深くに姿を消したのだろう。

「これから先は？」レミーがフランクのバックパックを顎でしゃくりながら訊ねた。「集めたサンプルをどうするんだい？」

「野営地のモバイルラボで作業をする。ＰＣＲ増幅による暫定的な解析で、ウイルスの抗原配列と遺伝子のデータベースの比較が可能だ。それによって既知のウイルスは分類できるだろう。また、未知のウイルスを特定するための試薬とネスト化したプライマーのセットを準備してある。大ざっぱな検査しかできないが、ＳＰＡ――単一プライマー増幅を使えば既知のシーケンスのリンカー・アダプターを未知のシーケンスに紐づけできるから、それによって増幅させ――」

レミーが片手を上げて制止した。「その辺は専門家に任せるよ」

フランクは笑みを浮かべた。「失礼した。フィールドリサーチにおいてはそれが精いっぱいだ。もちろん、そうした未知のウイルスを細胞培養で育てることができれば言うことはない。しかし、生物学的な封じ込めが可能な施設の外で行なうのは危険すぎる。フランスヴィルの君の研究センターにあるような施設が必要だよ」

フランクはレミーやCIRMFの彼の同僚たちをうらやましく思った。そこは霊長類学研究所とバイオセーフティレベル4の高度封じ込め施設の両方が備わっている。〈あの施設を自由に使うことができたら……〉

レミーはフランクの願望を察したようだ。「君が大いに興味深い何かを見つけた場合には、うちでウイルス分離研究ができるように取り計らうよ。西アフリカで採取されたサンプルならばなおさらだ。何があるのかを知っておけば、問題が発生した時に役立つ」

「だから私はアフリカにいるのさ。あと、どれだけ蚊に刺されたら人間は頭がおかしくなるのかを調べるために」

レミーがフランクに向かって片方の眉を吊り上げた。「その謎だったらきっとそのうちに解明できるんじゃないかな、ドクター・ウィテカー。この地域は立て続けに嵐に見舞われていることだし」

「確かにそうだな」フランクは後方の暗い水を振り返った。「もしかすると、ここに閉じ込められた気の毒なクロコダイルも、大雨と洪水のおかげで太陽の当たる世界に戻れるかもしれない」

レミーが前方を指差した。「今は自分が戻れさえすればそれで満足だよ」

午後七時二十二分

それから三十分後、フランクはトンネルの先の黒い水面に反射するかすかな明るさに気づいた。

レミーにもそれが見えたようだ。「神様、ありがとう（ディユ・メルシ）」安堵（あんど）のため息とともに言葉が漏れた。

二人は光に引き寄せられるように、水音を立てながら洞窟の入口までの残りの道のりを進んだ。疲労のあまり息が切れてしまったフランクは、入口の真下で立ち止まった。縄梯子（ばしご）を二メートルほど上った先は明るい開口部に通じている。梯子のすぐ隣からは、細かいしぶきをあげながら細い滝が洞窟内に流れ込んでいた。

フランクは差し込む太陽の光を見上げ、ゴーグルとマスクを外した。アンモニア臭のない空気を久し振りに吸い込む。それでも、蒸し暑さは変わらない。日没間近だというのに、さらに気温が上がっているようだ。湿度はきっと百パーセントを超えている、そんな気がした。

レミーが先に縄梯子を上った。フランクも背負った重い荷物のバランスを取るのに苦労しながら、揺れる梯子を上っていく。いちばん上までたどり着くと、レミーが手を差し出し、シダに覆われた洞窟から出るのを助けてくれた。

フランクはうめき声を漏らしながら地上に出ると、次の難関に目を向けた。鬱蒼と茂ったジャングルの先に通じる踏みならされた小道がある。急ごしらえの野営地まで、二人はさらに三キロほど歩かなければならなかった。フランクは完全に日が落ちてしまう前に野営地まで到着できることを願った。太陽はすでに地平線の近くにまで傾いている。

水筒の中身をたっぷり飲んでから、二人は小道を歩き始めた。どちらも疲れ切っていたため、会話はまったくない。五百メートルも進まないうちに、フランクのカバーオールは汗でぐっしょり濡れていた。脱いでしまおうかと思ったが、その労力すら面倒に思えた。それにカバーオールを着ていれば、まとわりつく蚊の大群から皮膚の大部分が守られる。

〈今こそ蚊を食べてくれるコウモリがいてほしいんだが〉

前を歩くレミーが唐突に立ち止まった。

フランクは危うくその背中にぶつかるところだった。「どうかしたのか?」

病理学者は脇にどき、道の真ん中にあるハエがたかった糞の塊を指差した。「マルミミゾウのものだ。しかも、まだ新しい」

フランクは顔をしかめた。ガボンの熱帯雨林は大地をのし歩くこの大型動物の群れの生息地だ。彼らの縄張り意識の強さについての話は何度も聞かされてきた。ただし、このあたりの密猟者の数の多さを考えると、気性が荒いからと言ってゾウを責める気にはなれない。この十年間で、ガボンのゾウの八割が象牙を目当てに殺されている。

「この先は静かに移動しなければ」レミーは注意を与えると、大きな糞の山をよけて通った。その手はホルスターに収めた拳銃に添えられている。ジャングルに立ち入る時には武器の準備が必要だし、使用する対象は動物だけとは限らない。もっとも、突進してくるオスのゾウを小型の拳銃で倒すことなどできっこないが、大きな発砲音で驚かせて追い払うくらいならできるかもしれない。

〈そうなのを祈るだけだ〉

再び歩き出してからしばらくの間、フランクは息を殺したまま、鳴き声や大地を踏みしめる音が聞こえないか耳をそばだてていた。先に進むにつれてジャングルはさらに暗くなり、周囲の世界が影に包まれていく。

その時、二人は同時にそれを耳にした。前方から聞こえてくる。

枝が折れ、葉がこすれる音。

フランクは小道の真ん中で動けなくなった。

レミーが親指でホルスターのセーフティストラップを外し、武器を半分ほど抜いた。足を広げて身構え、ささやき声で伝える。「攻撃してくる気配を感じたら、茂みに逃げろ」

フランクは息をのみ、うなずいた。

音が次第に大きくなる――やがて狭い道のカーブの向こう側から、一頭の動物が現れた。しかし、それはマルミミゾウではなかった。木々の影に半ば隠れて近づいてくるのは大型犬だ。頭を低くして、耳はぴんと立っている。口からは低いうなり声が聞こえる。

その直後、犬の後ろから二人組の武装した男たちが姿を見せた。ジャングル用の迷彩服を着ていて、銃身の長いライフルを携帯している。

最初、フランクは相手が密猟者だと思った。しかし、二人が近づくと、彼らが身に着けているのはガボン軍の赤い帽子と軍服だということに気づいた。二人の兵士には連れがもう一人いた。その男性の肌は日に焼けていて、ブロンドの髪はぼさぼさ、すり減ったブーツにカーキのカーゴパンツ、風通しのよさそうな長袖シャツ、野球帽という民間人の身なりだ。

男性は二人の兵士の前に出て、フランクとレミーに歩み寄ると、腕を前に差し出した。

「ウィテカー博士でいらっしゃいますか？」

フランクはつまらないジョークに眉をひそめた。探検家のヘンリー・モートン・スタンリーによる有名な言葉「リヴィングストン博士でいらっしゃいますか？」を真似ているのは明らかだ。

フランクはレミーの前に進み出て、このアメリカ人と向かい合った。相手はよく知っている人物で、出会ったのはフランクが陸軍の獣医を務めていた時だ。フランクは相手の無骨な手をしっかり握った。ガボンの熱帯雨林のど真ん中での突然の再会が現実の出来事だとは、その手のかたさを確かめないことにはとても信じられない。

「タッカー、ここで何をしているんだ？」フランクは大型犬の方に目を向けた。男性のすぐ隣に移動していて、ブラックタンの体毛とぴんと伸びた耳がはっきりとわかる。「そしてケインか。君たちを最後に見たのはバグダッドだったな。君が軍を離れる直前のことだ」

タッカー・ウェイン大尉は多くの勲章を受けた元兵士で、陸軍のレンジャー部隊で軍用犬のハンドラーを務めていた。相棒のケインも、ほとんどの人間の兵士よりも多くの勲章を授与されている。

タッカーが肩をすくめた。「俺たちが昔から得意としている救出作戦遂行のためだ」ケインの脇腹をぽんと叩く。「誰かさんが必死になっておまえと連絡を取ろうとしているらしいぞ。なかなかうまくいかないので、スミソニアンのボスのところに知らせが入った。どうやらおまえを見つけ出すのは大変なようだな」

「ほぼ一日中、地下にいたのさ」フランクは説明した。「しかし、わからないな。どういう経緯で君が関与してきたんだ？」

「スミソニアンと関係のあるグループと付き合いがあってね。緊急を要するということで、そこが俺に接触してきた」不愉快そうな表情から推測するに、タッカーはこの任務に巻き込まれたことを快く思っていないようだ。「すでにこの大陸にいて、アフリカ南部での投資案件について調べているところだったのさ。俺とビジネスパートナーがナミビア北部で土地を探していた時に、連絡が入った。見つけなければならない人物が誰なのかを聞いて……まあ、戦争中、ケインにいろいろとよくしてくれたおまえには借りがあったからな」

「だが、どうして私なんだ？　なぜ私が必要とされている？」

「コンゴ民主共和国内にある国連の支援キャンプで、何らかの病気が急増しているらしい。どうやら状況はかなり切迫しているみたいだ。おまえに助けを要請したのはそこで活動している小児科医で、おまえの知り合いだとか。ジェムソンという名前の男性だ」

フランクがその名前を思い出すまでに一瞬の間があった。確か一カ月前に、コンゴ民主共和国の首都キンシャサで会った医師だ。「コートのことを言っているのか？　コート・ジェムソンか？」

タッカーがうなずいた。

フランクは顔をしかめた。その小児科医からの依頼を受けて、国境なき医師団の医師たちを相手に人獣共通感染症に関する講演をした。その日の夜には彼に対して、自分の活動やサンプル採取技術に関する話もした。

「ジェムソンからあわてた様子の要請が入った」タッカーが説明した。「おまえのウイルスラボをキャンプに持ってきて、発生した病気を評価してほしいとの依頼だった。その最初の連絡が入ったのは八時間前のことだ。続いて俺がこっちに到着した時、二度目の連絡に関する情報が届いた。銃声や悲鳴が混じっていて、よく聞き取れなかったらしい」

フランクは嫌な予感がした。キャンプが盗賊に襲われたか、あるいはあの地域で戦闘を続けている民兵組織の襲撃を受けたのかもしれない。

タッカーの説明は続いている。「連絡は突然に途切れた。その後、何度かこっちから連絡を取ろうと試みたものの、うまくいかなかった。軍がすでに現地に向けて派遣されているが、国連はおまえが同僚の求めにこたえ、向こうで何が起きているかの評価を支援してほしいと望んでいる」

「もちろんだ」フランクは返した。「一時間もあればモバイルラボを移動させる準備ができる」

「ありがたい。セスナの給油と準備は進めている。まずキサンガニに向かい、そこからはヘリコプターでキャンプに飛んでもらう。天候に支障がなければ、現地時間で日付が変わる頃までには到着できるだろう」

フランクはすぐに移動するようタッカーに合図したが、相手は手のひらを見せて制止した。

「どうした？」元レンジャーの青みがかった緑色の瞳が冷たく光ったことに気づき、フランクは訊ねた。

「二度目の連絡についてだ。ほとんど聞き取ることができなかった。おまえの知り合いの最後の言葉を除いて」

「何と言っていたんだ？」

タッカーが険しい眼差し（まなざ）しを向けた。「『近づくな。何てことだ、ここに来てはだめだ』」

3

四月二十三日　中央アフリカ時間午後十時四十四分
コンゴ民主共和国　ツォポ州

シャルロットは医療テントのビニール製の窓の外を見つめた。キャンプの残骸に雨が激しく打ちつけている。大小様々な黒い水たまりには、燃え盛るまま放置されている大きな炎が反射していた。

アリの大群はいまだにぬかるみの間を水が流れるようにうごめいていて、あらゆるものを覆い尽くしていた。翼を持つアリ数匹――繁殖を専門とするオスが、雨粒の間を飛び交っている。夜の帳が下りたキャンプの片隅に積み重なっているのは死体の山だ。アリの大群に食い尽くされた人たちのほか、射殺された者も何人か含まれている。

物資の入った箱が集められた近くで上下している懐中電灯の光は、作業をしているジェムソンとスイス人看護師バーンのもので、ライフルを携帯した三人のコンゴ人も手伝っている。五人はピックアップトラックの荷台に装備を積み込んでいるところだ。全員が白のバイオハザードスーツに、ゴーグルとマスクを着用していた。防護服は使い捨ての安物なので、最低限の役にしか立たず、感染症に対する効果がどれほどあるかは怪しい。ただし、泥にまみれたアリが皮膚まで到達するのを防ぐくらいならできる。

ジェムソンがチームに対して、退避に備えての最後の指示を大声で伝えた。ほかにまだキャンプに残っているのは数人しかいない。あちこちでテントがつぶれ、箱が散乱していた。

〈少なくとも、混乱と戦闘は終わった〉

午前中からずっと、ジェムソンは武装したＩＣＣＮのチームの支援を受けながら、キャンプの治安維持に最善を尽くしてきた。ＩＣＣＮ——コンゴ自然保護協会のメンバーは、密猟者や不法伐採者から熱帯雨林を守る任務を担うことから、エコガードとも呼ばれている。しかし、キャンプに侵入するアリの数が増える一方なうえに、未知の病気の噂が広まったため、この一帯を隔離しようとの試みは破綻した。我先にと略奪が始まり、それに対してエコガードがチームの医療物資やＩＣＣＮのトラックを守ろうとしたために銃声が鳴り響いた。短時間のうちに、避難民の大半はジャングルに逃げてしまった。

ツォポ川の増水が依然として続いていることも、状況の悪化を後押ししていた。医療チームの移動も避けられない状況になったのだ。二時間前、ジェムソンは無線で地元当局に連絡を入れ、医療チームは安全な地点まで避難するのでここには来ないでくれと伝えようと試みた。だが、アリがキャンプの無線装置の中にまで入り込み、電子機器に不具合が発生した。小児科医によれば、誰かに言葉が届いたかどうかも怪しいということだった。

シャルロットは低く垂れ込めた黒雲に視線を移した。上空からかすかな雷鳴がとどろく。弱い雨が間断なく降り続いているが、遠くで輝く稲光は嵐の本体がこれから訪れることを示していた。

〈あれが襲ってくる前にここを離れないと〉

シャルロットは窓から顔をそむけ、テント内の簡易ベッドを見た。ここに残っているのはほんの一握りの患者だけで、弱っていて自力では歩けない人たちばかりだ。高熱のせいで顔には汗がにじんでいる。目からは怯えている様子が感じられる。医療チームの一人でオーストラリアの産婦人科医マッティ・ポルが、真っ白な髪の痩せ細った高齢男性から点滴を外し、カテーテルのキャップをはめた。マッティがシャルロットを見てうなずいた。

〈これでみんな出発できる〉

外ではＩＣＣＮのトラック二台がキャンプの外れに停まっていて、患者たちを新しい場所――高台にある別の場所に移動させる準備が整っていた。ジャングルを縫って延びるタイヤの跡は、川から離れることのできる唯一のルートだ。

シャルロットは生後三カ月の赤ん坊に鼻歌を聞かせている若い母親に目を留めた。母親の腕に抱かれる男の子はぐったりしていて、頭は後ろにそらせたまま、目はテントの屋根をぼんやりと見つめている。胸は今も上下していた――けれども、あとどのくらい持つだろうか？　キャンプが混乱状態に陥った時、母親も子供を連れてここを離れようとしたが、シャルロットは男の子のためにできる限りのことをするからと約束し、キャンプに残るように言い聞かせた。

〈でも、私に何ができるっていうの？　あの子を苦しめているものの正体が何か、まだ見当もつかないのに〉

テントの入口のジッパーが開く音で、シャルロットはそちらに注意を向けた。ジェムソンが体をかがめながらテントの中に入ってくると、激しく息をしながらマスクを引き下げた。ゴーグルの奥の目には不安と焦りが色濃く浮かんでいる。

「こっちの準備はオーケーだ。全員をトラックに乗せるのには、バーンと、あとンダエの部下にも手伝ってもらう」

外から一台のトラックのエンジン音が聞こえた。

「ベンジーはどうするんですか？」シャルロットは歩み寄りながら訊ねた。

ジェムソンはテント内を見回し、いらだちを隠そうともせずにため息をついた。「彼はまだ戻ってきていないのか？」

シャルロットが答える必要はなかった。大学院生は一時間以上前、ジェムソンが地元当局と連絡を取ろうと試みた直後にここを出ていった。それまではほぼ一日中、アリを採取しては検査するを繰り返していて、時間がたつにつれて眉間のしわが深くなり、自分の作業にのめり込んでいた。

ベンジーは羽を持つアリがキャンプに押し寄せてきた時、特に強い興味をひかれた様子だった。アリのあまりの大きさに、シャルロットはハチと勘違いしたほどだった。大群の調査に出かける前、ベンジーはこのオスには兵隊アリのような強力な大顎がないから脅威には当たらないと請け合った。それでも、空中を飛び交うアリの羽音は不気味で、そのことがすでに緊張の高まっていた状況に拍車をかけることになった。それから間もなく、キャンプはパニックに陥り、略奪が始まったのだった。

「彼のことを待たないと」シャルロットは訴えた。「置き去りにするわけにはいきません」

ジェムソンが首を左右に振った。「全員をトラックに運び終えるまでは待つ。それ以上はだめだ」

「でも——」

ジェムソンが背を向けた。「川は増水しているし、嵐も近づいているから、ここにとどまることはできない。ベンジーは歩いて我々の後を追うことだってできる——まだ彼が生きているのならば、の話だが」

シャルロットは不快感を表情に出すまいとした。テントのビニール製の窓の方を見て、手首をさする。アリに噛まれてみみず腫れになったところがかゆいが、シャルロットはそれがいい兆しであることを願った。男の子を苦しめている正体不明の何かが自分にも感染したのではないかと不安で、何度もバイタルを測定した。けれども、これまでのところはすべて正常なように思われた。痛みを感じなかったのはアドレナリンと緊張のせいだと思いたい。

〈きっとそれだけの話〉

シャルロットは暗い夜の世界を見つめ、より差し迫った不安に思いを馳せた。

〈どこにいるの、ベンジー?〉

午後十時五十五分

ベンジャミン・フレイは懐中電灯を手に、真実を突き止めようという強い決意を胸に、真っ暗なジャングルの中を歩き続けていた。プラスチック製のゴーグルと、額に固定したＧｏＰｒｏカメラのレンズから水滴をぬぐい取る。ベンジーはサスライアリの幅広い列の脇を、その進行方向とは逆向きに進んでいた。

〈筋が通っていない。絶対におかしい。これはどう見ても彼ららしくない……〉

カバーオールのポケットの中で小さな試験管がぶつかって音を立てた。午前中からずっと、ベンジーはアリの個体を採取してきては、自分のテントにある解剖顕微鏡で調べていた。その際、隣に置いたｉＰａｄの画面に表示させていたのはデジタル版の昆虫学に関する文献だった。タブレット端末にはほかにも生物学関係の書籍や学術誌が何百冊もダウンロードされている。ベンジーは捕獲したアリの体を比較し、それぞれの個体に小さな違いがあることに気づいた。〈大顎の大きさと開きの角度、胸部の形状、触角の節〉そうした微妙な差異がサスライアリの様々な種や亜種を区別する。ベンジーはこれまでに十種以上のサスライアリを特定していた。

その学名が録音された音声のように頭の中を駆け巡る。

〈ドリルス・モエストゥス、ドリルス・マンディクラリス、ドリルス・コーリ・インドルシリス、ドリルス・コーリ・ミリタリス、ドリルス・フネレウス・パルドゥス、ドリルス・ブレヴィス……〉

これらの種はいずれもこのあたりの赤道付近のジャングルに生息しているが、同じコロニー内で行動を共にすることは決してない。あまりに好戦的すぎるためだ。ところが、キャンプ一帯に見られる群れはそうした種のすべてがごちゃ混ぜになっている。ベンジーが当惑している原因はそこにあった。それでも、ベンジーの集中力を高めているのは謎そのものではなく、それが間違っているという点だった。

ベンジーは本来あるべき場所から外れていることすべてが我慢できない。

昔からそうだった。

十一歳の時、ベンジーは軽度のアスペルガー症候群——現在ではレベル1の自閉スペクトラム症と呼ばれるものと診断された。彼は予定日よりも一カ月早く生まれ、母がよく使う表現を借りると、「ベンジーときたらあまりにせっかちだから予定日まで待てなかったのよ」ということになる。そのことが自分の症状と何らかの関係があるのかもしれないが、ベンジー本人はそれについて深く考えたことはない。

学校に通うようになると、「ハイパーフォーカス」と呼ばれる極限までの集中力と映像記憶の能力を使って他人の顔の表情や社会的な合図を学ぶよう、行動学者からトレーニングを受けた。やがて十分な対応力を身につけたものの、問題解決と秩序に対する異常なまでの執着に関してはどうすることもできなかった。中学校時代、ベンジーは独力でルービックキューブを研究し、七秒以下で完成できるようになった。間違っているものを正し、混沌を秩序ある状態に戻すと、気持ちが落ち着いた。けれども、この性格のせいで気になることがあるとそれが頭から離れなくなってしまい、その衝動を抑えようと常に意識しなければならなかった。

もっとも、この特質のおかげもあり、成績は優秀だった。学校時代には人付き合いがうまくなく、まばたきを繰り返すというチックが治らなかったせいでいじめに遭った。しかし、深く愛されてもいた。ベンジーはサウスヨークシャーのハッケンソープの公営住宅で、シングルマザーの母に育てられた。母はベンジーを溺愛し、背中を押し、息子の自信を深めるための努力を惜しまなかった。自宅からバスでわずか十六分の距離にある国立の研究型大学のシェフィールド大学に入学できたのは、何よりも母の支援が大きかった。

今、ベンジーははるか遠くに、これまでの生涯で自宅から最も離れたところにいる。今回のアフリカ滞在は進化生物学の博士論文を完成させるために必要だった。シェフィールド大学の指導教官からキサンガニ大学の仕事仲間を紹介してもらい、その人がベンジーを医療救援チームの一員にしてくれたのだ。洪水に見舞われた地域にある支援キャンプは、ストレス誘発性の突然変異とその遺伝可能性というベンジーの論文テーマのケーススタディになってくれるかもしれなかった。

ベンジーはここのサスライアリでの発見が成果につながることを期待した。その目標を胸に、アリの行進に沿って歩き続けた。羽を持つオスが飛来したということは、その交尾相手が近くにいる可能性を示唆している。キャンプの外周部を調べたところ、赤黒いアリの列の中に白い点が交じっていることに気づいた。それが示すのは特殊な働きアリ――「ブルードキャリア」の存在で、その役割は巣の中の幼虫や蛹（さなぎ）を運んで洪水から避難させることにある。

アリの行列を逆向きにたどりながら、ベンジーはすでに幼虫と蛹を数体ずつ採取していた。キサンガニに戻ったら、アリのDNAを、特にこの新たな協調行動の引き金になったのかもしれない後成的な変異を調べるつもりだった。しかし、ベンジーはまだ大物を探し求めていた。アリにおけるストレス誘発性の特徴の遺伝可能性を研究するうえで不可欠な個体を。

その時、ベンジーは手に入れようとしてここまで赴いたお目当てのものをようやく見つけた。

〈いたぞ……〉

幼虫や蛹を運ぶ行列の最後尾から、長さが優に五センチを超えるアリが現れた。コロニーの女王アリだ。浸水した巣から逃れる女王を護衛する働きアリの一団が付き添っている。

ベンジーは川の流れのようなアリの列の傍らに片膝を突き、カバーオールの胸ポケットから長いピンセットを取り出した。女王アリをピンセットで挟み、行列からつまみ上げる。なおもしがみつく数匹の付き添いを払い落としてから、女王アリを試験管の中に入れた。すぐに栓をする——これは大きなアリが逃げないようにするとともに、女王アリが放出するフェロモンを遮断するためでもある。サスライアリは目が退化していて、振動とにおいを頼りに行動する。大群を女王アリにおびき寄せるようなリスクは冒したくなかった。邪魔が入らなければ、コロニーの残りのアリはあらかじめ決められているルートに従って進み続け、卵を産む女王がいないまま、やがて数を減らしていくか、または新たなメスが現れて女王の座に就くはずだ。

戦利品を手にしたベンジーは踵を返し、キャンプに向かって戻り始めた。たぶん五百メートルも離れていないはずだ。すぐ隣を進むアリの群れに危険の兆候はないか、注意の目を向けながら歩く――その時、後方から小さなうなり声が聞こえた。それに呼応して、右手の方角から咳をするような音も。

ベンジーは暗いジャングルを歩きながら体をひねった。懐中電灯で後方を照らす。何もいない。それでも、ベンジーは足を速めた。何かが後を追っている気配を聞き漏らすまいと、耳を澄ます。

何も聞こえない。

けれども、ベンジーはだまされなかった。

午後十一時十分

「もうこれ以上は待てない」ジェムソンが告げた。

小児科医の言葉を待っていたかのように、大きな雷鳴がとどろいた。テントの小さなビニール製の窓の向こうが、稲光で明るく照らし出される。嵐が今にもキャンプに襲いかかろうとしていた。

シャルロットは下唇を噛み、ベンジーが戻ってくるまで出発を引き止めるための口実を探した。医療テント内の患者はほとんどいなくなっていた。すでにＩＣＮのトラック一台は、ドクター・ポルと患者たちを乗せて出発した後だ。二台目のトラックは最後の患者が乗るのを待っている。

テント内に残っている患者は一人だけだ。シャルロットはルバ族の母親とその息子の方を見た。女性はシャルロットのそばから離れることを拒んだ。子供を助けるという約束を守ってほしいと思っているのは明らかだった。

ジェムソンがバーンに合図して、簡易ベッドに向かわせた。「この二人をトラックに乗せてくれ」

カバーオールの上から下までびしょ濡れになった長身のスイス人看護師は、不機嫌そうに母子がいるベッドへと向かった。母親は子供をかばいながら看護師から逃れようとした。

シャルロットは看護師を制止した。「二人は私に任せて。あなたは何でもいいから必要になりそうなものを運んで」

バーンが許可を求めてジェムソンの方を見たので、シャルロットはカチンと来た。

小児科医はいらだちもあらわに腕を振り回した。「何でもかまわない。好きにしろ。ただし、五分たったらここを離れるからな」

シャルロットは母親のもとに近づき、優しく言葉をかけながらベッドから移動させせようとした。「ディサンカ、ヘブ・トゥエンデ。あなたのキトワナ、安全なところに連れていくから」

母親は男の子を抱いたまま、両足をベッドから床に下ろした。立ち上がろうとしたその時——テントの入口のフラップがあわただしく開く音で、母親は怯えてベッドの上に戻ってしまった。

シャルロットが音の方を向くと、ＩＣＣＮのチームのリーダーのンダエがテントに駆け込んできた。三十代半ばの痩身で筋肉質の男性は、緑色の迷彩服、同じ色の帽子、黒のブーツという格好だ。片方の肩にはライフルを掛けている。

シャルロットは期待を込めてその男性を見た。彼女がジェムソンから引き出せた唯一の譲歩は、ンダエとその部下の一人をベンジーの捜索のために雨の降るジャングルに向かわせることだった。別の男性がンダエに続いてテントに入ってきたが、それは大学院生ではなかった。痩せこけた体をかがめて中に入ってきた見知らぬ相手が体を伸ばす動作からは、多くの人を率いる威厳が感じられる。正確な年齢は推測しがたいが、明るい色のビーズでできた髪飾りを編み込んだ白髪から、七十代後半あるいは八十代だろうか。ゆったりとしたズボンをはいていて、シャツのボタンは上半分を留めていないので、髪飾りと同じ色合いの太い首飾りが見える。

「こちらはウォコ・ボシュ」ンダエが紹介した。「ここから西の地域で暮らすクバ族のシャーマンだ」

シャルロットは老人の目に光る鋭い知性を認めた。服装も物腰も、いまだに「呪術師」と呼ばれることの多いシャーマンに対してシャルロットが抱く印象とはまったく異なっていた。テント内を見回すシャーマンの穏やかな眼差しが、ディサンカとその赤ん坊に留まった。男性は後ろを振り返り、テントのフラップの向こうに大声で呼びかけた。

ンダエが説明を始めた。「シャーマンと彼の見習いがトラックでこのキャンプに向かっているところに出会った。大いなる病気が森の中に広がり、人間もジャングルそのものも苦しめているとの噂を二日前に聞きつけて、この地域を目指していたということだ」

「つまり、これがほかの場所でも発生しつつあるというわけだな」ジェムソンが指摘した。

「そうらしい」ンダエが認めた。その瞳には不安の色が浮かんでいた。ＩＣＣＮのリーダーはこの地で生まれ育ったが、イギリスで教育を受けた時期があり、人類学の学位を取得している。その後に帰国したので、英語には軽いイギリス訛りがある。「ここには様々な部族や対立する軍閥が存在するが、ジャングルには効率のいい通信手段がある。昔からずっとそうだ。情報は人の口から別の人の口へ、ジャングル一帯を素早く広がっていく」

シャルロットは歩み寄った。「でも、なぜこのシャーマンは私たちのキャンプに向かっていたの？」

「彼の話によると、古代の敵の存在を確認するためだということだ。彼の部族の人々がはるか昔に戦った相手で、彼が言うには――」

外で大きな雷鳴がとどろき、ンダエの言葉を遮った。風がいちだんと強まり、テントの布地を揺さぶる。

「もういい」強風がやむとジェムソンが言った。「くだらない話を聞いている時間などない」

シャルロットは片手を上げ、話の続きを求めた――必ずしも相手の話を信じていたわけではなく、ベンジーがキャンプまで戻ってくる時間を稼げるならば、という思いからだった。「最後まで話を聞くべき。コンゴの先住民族はこのジャングルに何千年もの間、ずっと暮らしてきたんだもの。ここで起きていることに関して何らかの知識を持っているのならば、無視するべきじゃないと思う」

ンダエが同意した。「部族にははるか昔からの、歴史とも伝説ともつかない時代にまでさかのぼる言い伝えがある」

シャルロットはうなずいた。ここに来る前、コンゴの過去に関する資料に目を通した。最初期の人々――ピグミーたちがこの地に移ってきたのは、約四万年前の後期旧石器時代のことだという。

小柄な人物がテントに駆け込んできたが、ピグミーの一人ではなかった。十二歳か十三歳くらいと思われる少年だ。全身はびしょ濡れ、靴は泥まみれ、半ズボンとTシャツ姿で、青いジャンスポーツのバックパックを背負っている。早口の方言でしゃべっているので、シャルロットにはその内容が理解できなかった。少年が防水シートにくるまれた荷物を差し出した。

「この子はファラジだ」ンダエが紹介した。「ウォコ・ボシュの甥で、見習いを務めている」

シャーマンは荷物を受け取り、ひざまずくと包みを開いた。中にあったのは複雑な模様の彫られた木製の仮面で、おそらく葬送用のものだろう。貝殻、象牙、色を塗った種子で精巧な装飾が施されていた。線状に細工した鉄も使用されていて、眉毛とまつげを描いたひときわ明るい部分は金でできているに違いない。部族の職人の技巧の高さを示す素晴らしい一品だが、扱っている題材が変わっていた。

仮面の顔はアフリカの作品でよく見られるようなものだが、儀式用の頭飾りや王冠はかぶっていない。頭を覆っているのは半円形のヘルメットで、その全体を白い貝殻が装飾していた。部族ではなく、植民地支配を表現しているような印象を受ける。

シャルロットが何か言葉を発するよりも先に、ウォコが仮面の顔の部分を取り外した。その下は空洞になっていて、仮面は一種の容器として使われているようだ。

ンダエが小さく息をのんだ。「ンゲディ・ヌ・ンテイだ……」

シャルロットはリーダーに視線を向けた。

「神聖なクバ・ボックス」ンダエが説明した。「彼らはそうした作品の制作で知られていて、多くが世界各地の博物館で展示されている。その箱でツクラ——儀式の際に使用されるペースト状の塊や粉末のほか、治療や埋葬といった重要度の高い場面で用いられる道具を保管する」

ウォコが箱の中に手を入れ、取り出した彫像を見習いに手渡した。ファラジはまるでそれが毒へビであるかのように、指を触れるのも恐ろしいといった様子で受け取った。背筋をぴんと伸ばして直立した男性の木像だ。顔面は黒くて艶がある一方で、衣服と装備を模した部分は白く塗られ、年月を経ているせいでところどころ色が落ちている。この彫像の身なりも部族風には思えず、スーツとサファリハットのような印象を受ける。

〈きっと仮面で表現されていたのと同じ人に違いない〉

ンダエが彫像を顎でしゃくった。「ンドップ像だ。像として描かれるのは部族の王に限られる」

「だったら、それは誰なの？」シャルロットは訊ねた。

その質問を聞きつけたファラジは、英語が理解できるらしく、答えてくれた。「彼は羊飼い（シェパード）」

シャルロットは眉をひそめた。〈どうしてクバ族は羊飼いの像を彫ったの？〉つま先立ちになって箱の中をのぞき込む。その古さから推測するに、百年以上は前の遺物で、おそらくここがまだ植民地だった時代のものだろう。材料も普通の木とは違っているようで、コクタンだと思われるが、銀色の木目が入っていて、その色の小さな節が彫像の目になっていた。

箱の中で木像の下に置かれていたのは小さな正方形の紙の束で、年月を経て黄ばんでしまっている。いちばん上の紙には文字が書き殴ってあるのを確認できた。

ウォコが箱の片側を手で探るうちに、紙の束がずれて古い白黒写真の端が見えた。そのさらに下にも、何枚かの写真が重なっているようだ。ただし、いちばん下には折りたたんだ色付きの地図が挟んであった。

シャルロットはもっとよく確認したいと思ったが、ウォコが立ち上がったので視界を遮られてしまった。顔を上げたシャーマンは栓がしてあるガラス瓶を差し出した。中にはきめの粗いやや赤みを帯びた黄色の粉末が詰まっている。

シャルロットはンダエによるンゲディ・ヌ・ンテイの説明を思い返した。箱には神聖な塊や粉末が保管されているという話だった。

〈あれはいったい何？〉

ウォコは指先を力強く器用に使い、ゴムの栓をひねって外した。集まった人たちを押しのけ、ディサンカと赤ん坊の方に近づいていく。ベッドに歩み寄りながら、ウォコは少量の粉末を手のひらに空けた。優しく、ただしきっぱりとした口調で母親に話しかける。最初、ディサンカは怯えた様子だったが、やがて何度かうなずいた。

〈少なくとも、この呪術師はジェムソンよりも患者への接し方が上手みたい〉

「彼は何をする気だ?」小児科医が疑問を口にし、間に割って入ろうとした。

シャルロットは手を触れて制止した。「あの二人の好きなようにさせましょう」

ここには西洋医学の入る余地がないように思えたのだ。

ディサンカが息子の後頭部を左右の手のひらで支え、小さな顔を少し上に向けた。赤ん坊はその動きに気づいた様子をまったく見せない。まばたき一つしなかった。

ウォコが顔を近づけ、粉末を男の子の唇と鼻の穴に吹きかけた。シャルロットはくしゃみでも何でもいいから、子供が何らかの反応を見せてほしいと願った。けれども、何も起こらない。赤ん坊を見下ろすディサンカも同じことを願っているはずだが、彼女さえも反応がないことに悲しそうな表情になった。

ジェムソンが鼻で笑った。「時間を無駄にしているだけだ。シャーマン殿がお望みなら我々と一緒に来てもらってもいい。とにかく、もう出発するぞ」

ウォコはその言葉を無視して小児科医の前を通り過ぎた。シャルロットはシャーマンが箱を再び手にするのだろうと思ったが、老人は見習いに何かをささやいただけで、そのままテントの入口の方に戻っていく。ファラジは木像を入れ物に戻し、慎重な手つきで仮面を元の位置に戻した。少年が遺物を再びシートにくるんでバックパックに入れている間に、ウォコは開け放たれたままのテントのフラップのところで体をかがめた。

何列ものアリが雨を逃れようとテント内に侵入していて、あらゆる方向に広がろうとしていた。ウォコは指先で粉末をつまみ、アリの列の一つに振りかけた。効果はすぐに現れた。アリたちは必死になって逃れようと、ばらばらになって散っていく。その場で体を丸めて動かなくなってしまったアリもいる。

ウォコは成果をしばらく見守ってから満足げにうなずいた。それでも、体を起こして向き直ったその顔には、不安を表す何本ものしわが刻まれていた。

ジェムソンが聞こえよがしに大きくため息をついた。くだらないことに付き合うのはもうたくさんだと言いたいのだろう。「大したもんだな。つまり、殺虫剤かアリよけの一種ということだろう。だから何だというのだ？」

その答えはテントの奥から聞こえてきた。

簡易ベッドから大きな泣き声が響いた。全員がその声の方に顔を向ける。ディサンカが男の子をぎゅっと抱き締めていた。母親の腕の中の赤ん坊はまだ弱々しく、ぐったりとしたままだが、目はしっかりと閉じているし、泣き叫ぶ声が漏れる口は大きく開いていて、その奥には小さなピンク色の舌が見える。

シャルロットは唖然とした。「粉末が……あの子を目覚めさせた。もしかすると、治療薬の一種なのかもしれない」

ジェムソンが軽蔑もあらわに顔をしかめた。「そんなことはわからない。刺激物が鼻に作用して激しい反応を引き起こしただけかもしれない。いずれにせよ、我々にはもう――」

泥を跳ね飛ばす大きな足音を耳にして、全員が入口の方に顔を向けた。フラップの隙間の向こうを人影が滑りながら通り過ぎる――その人物がすぐに戻ってくると、顔がテントの明かりに照らし出された。遠くで一発の銃声が鳴ると同時に、ベンジーがテントに飛び込んできた。カバーオールはずたずたで、小型のＧｏＰｒｏカメラが片耳から斜めにぶら下がっている。パニックのせいで顔面は蒼白だ。ベンジーは一言だけ警告を発した。

「逃げろ！」

4

四月二十三日　グリニッジ標準時午後九時十五分
北大西洋上空

グレイ・ピアース隊長は高度九千メートルの上空から、前方に広がるアフリカ大陸の黒い沿岸部を見つめていた。海岸沿いの小さな町の明かりが点々と連なっている。プライベートジェット――セスナ・サイテーションX+は、真っ暗な大西洋の上をその光に向かって高速で飛行中だ。ただし、目的地はその町ではない。

一時間前、コンゴ民主共和国までの旅路の中間地点に当たる島国のカーボヴェルデに着陸して給油したばかりだ。アフリカ大陸のほぼ真ん中に位置するキサンガニに到着するまで、まだあと五時間かかる。

〈文字通りの意味で、アフリカの中心……〉

革張りの椅子の前にあるチーク材の小型テーブルの上に置いたタブレット端末からチャ

イム音が鳴った。ワシントンDCのシグマフォース司令部と暗号のかかった衛星通信がつながった合図に、グレイはため息をついた。背筋を伸ばし、端末を手に取る。画面上に開いたウィンドウ内のぼやけた映像が鮮明になり、ペインター・クロウ司令官の見慣れた顔が表示された。

グレイの上司は机の奥に座っていた。いつもの青いスーツの上着を脱ぎ、ネクタイを緩め、シャツのいちばん上のボタンは外してある。司令官はどこかいらだっている様子で、指で黒髪をかき上げながら、片方の耳の後ろにある一房だけ白くなった部分を、まるでワシの羽毛を挟み込もうとしているかのようになでた。アメリカ先住民の血筋は肌の色からうかがえるが、銀色がかった青い瞳は別の人種の血が混じっていることを表している。

「司令官、間もなくアフリカの沿岸に到着します」グレイは切り出した。「現地の状況に変化があるといけないので、この段階で連絡を入れるようにとの指示でしたが」

「ちょうどよかった。いくつか新たな情報がある。実を言うと、気がかりな知らせだ。キャットが最新の情報をまとめるまで、少し待ってくれ。ところで、我々の医療チームの方はどんな具合だ？」

「着陸前に準備を万全にしておこうと、懸命に知識を詰め込んでいますよ」

グレイは機内の前方の座席に目を向けた。友人でシグマのチームメイトでもあるモンク・コッカリスが、テーブルを挟んで司令官の妻のドクター・リサ・カミングズと話をしている。リサは医師で、疫学を専門としている。アフリカの中心で発生している何かが本当に感染症ならば、病気と感染パターンに関する彼女の知識が大いに役立つはずだ。

一方のモンクはかつて特殊部隊に所属していた。グリーンベレーの軍服を着なくなって何年にもなるが、筋肉質の体形を今でも維持しているし、髪はきれいに剃り上げたままだ。今はジーンズにブーツ、サイズがややきついTシャツという格好で、Tシャツにはうなり声をあげるブルドッグが描かれている。そのイラストは本人の顔つきと似ていなくもない。しかし、そのいかつい外見とは裏腹に、モンクはチェスのチャンピオンにまさるとも劣らない知性と頭の回転の速さの持ち主でもある。シグマに加わった後、元衛生兵のモンクは生物学の再訓練を受け、生物医学の学位を取得した。また、ワンオンワンのバスケットボールではなかなか手ごわい相手で、コート内でのグレイは身長が自分の肩くらいまでしかないモンクに苦戦することも多い。

ペインターが横に視線を向けた。「キャットの準備ができたようだ」画面上で別のウィンドウが開くと、少しそばかすのある顔に濃い鳶色の髪というキャサリン・ブライアントの顔が映った。彼女はシグマの情報分析を担当している。「モンクとリサも呼んで、キャットの話を聞いてもらう方がいいと思う」司令官が言った。

「わかりました」

グレイは二人に合図を送ろうとしたが、すでに司令官の提案が聞こえていたようだ。二人が向かい側の座席にやってくると、グレイはタブレット端末を動かし、全員に画面が見えるような角度に置いた。

モンクがキャットに手を振った。二人は結婚していて、娘が二人いる。「ハリエットとペニーはどうしている?」

「パパがいないのをもう寂しがっている。あなたが出かけたのは私のせいだと思っているみたい」

「任務だからね」モンクが申し訳なさそうに笑みを浮かべた。

「スミソニアンの要請、と言うべきかも」キャットが言い返した。

国連の支援キャンプから取り乱した様子の連絡があった後、スミソニアン協会内のネットワークをウイルス性の感染症の疑いという情報が駆け巡った。世界の大部分がまだパンデミックからの回復途上にある中で、科学界は大いに神経をとがらせている。新たな疾病が再び世界を席巻するようなリスクは誰も望んでいない。

スミソニアン・グローバル・ヘルス・プログラムのトップ――獣医の免許を持つ人物が最初に警鐘を鳴らした。グローバル・ヘルスはスミソニアン保全生物学研究所の傘下にあり、スミソニアン国立動物園と協力関係にある。その任務は人間、野生生物、環境全般に関わる健康上の危機が発生した場合の対応にある。そうしたアプローチを「ワン・ヘルス」と命名したのは、人間と動物がすべての生き物の健康状態とどれほど密接に結びついているのかを認識しているからだ。実際、過去百年間で新たに発生した疾病のうちの七十五パーセントは、エボラも、ＨＩＶも、ＣＯＶＩＤ-19も含めて、動物から人間に感染していて、この仕組みを人獣共通感染という。そのため、野生生物の個体群を絶えず監視し、次の脅威に備えることは当たり前になっている。

〈コンゴで起きていることもそれに該当する〉

　その一方で、この調査は空振りに終わる可能性もあった。現時点では、まだ脅威のおそれがあるという状態にすぎない。シグマフォースが関与することになったのは、スミソニアン協会と密接な関係があるという理由による。シグマの司令部はナショナルモールのスミソニアン・キャッスルの地下深くにある。その場所が選ばれたのは、スミソニアン協会の広範な研究施設とワシントンＤＣの権力の中枢の両方から近い立地にあるためで、いずれもシグマにとっては都合がよかった。

　シグマフォースは国防総省の研究・開発部門に当たるＤＡＲＰＡ（国防高等研究開発局）のもとで秘密裏に運営されている。全隊員は特殊部隊の元兵士で、シグマによって密かにスカウトされ、様々な科学分野の再訓練を経て、アメリカおよび世界をあらゆる種類の脅威から守るための実戦部隊として活動する。名称は「最良のものの総和」を意味するギリシア文字のΣ（シグマ）に由来し、肉体と頭脳、兵士と科学者の融合を意味する。そのモットーは簡潔だ――「発見者であれ」、つまりは一番乗りせよ、ということだ。

その指示に従い、新たな脅威のおそれに関する知らせがスミソニアンに届くと、クロウ司令官はシグマを結集させた。すぐに動員をかけたのは過去にシグマを支援したことのある協力者――かつて陸軍のレンジャー部隊に所属していて、すでにアフリカにいる人物だった。タッカー・ウェイン大尉はグローバル・ヘルスの獣医の身柄を確保し、シグマがアフリカ大陸に到着する前に現地まで連れていくことに同意していた。今回の脅威が現実のものであろうとそうでなかろうと、シグマは真っ先に乗り込み、その発見者になるつもりだった。

「ウェイン大尉から何か連絡は？」リサが身を乗り出しながら訊ねた。ブロンドの髪は後ろで結んでポニーテールにまとめている。鼻先には眼鏡が乗っかっていた。「ドクター・ウィテカーを見つけることはできたの？」

ペインターがうなずいた。「二人はすでにキサンガニに向かっているところだ。一時間もしないうちに到着するはずで、そこからキャンプの場所までヘリコプターで移動する手筈になっている」

「待ってください」モンクが割り込んだ。「俺たち全員がキサンガニ大学で合流し、まずはそこに作戦の拠点を作る計画だと理解していたんですが」

「それは五時間前の時点での話だ」ペインターが説明した。「雷を伴う嵐があの地域を立て続けに通過している。雷がひどくなればヘリはすべて離陸できなくなる。これ以上の遅れを避けるため、タッカーには嵐が本格的になる前に現地に乗り込んでほしいと要請し、了解してもらった。キャンプからの最新の知らせを聞いた後では、なおさらそうするべきだと思ったのでね」

「最新の知らせというのは？」グレイは訊ねた。

「二時間前、雑音の混じった無線連絡が入った。キャンプで働いている同じ医師からだ。向こうでは銃声が響いていた。医師は誰もキャンプに来てはならないと警告した」

「それなら、タッカーも俺たちの到着を待つべきです」グレイは訴えた。「彼と研究者がどんな混乱状態の中に飛び込むことになるのか、まったくわからないじゃないですか」

「それに関しては考慮済みだ。ＦＡＲＤＣ――コンゴ民主共和国の軍が先行してキャンプに向かっている。誰もが嵐よりも先にたどり着こうとしているところだ。タッカーたちが現地に向けて移動するのは、コンゴ軍から異常なしの連絡が入って以降になる。ＦＡＲＤＣのチームは我々がこうして話をしている間にも、キサンガニを離陸しているのではないかな」

「彼らはすでに飛び立ちました」キャットが訂正した。「二機のヘリコプターで現地に向かっています」

「それでも、やはりタッカーは俺たちを待つべきじゃないでしょうか」グレイは言った。「現実に脅威が存在するのかどうかすら、まだわからないというのに。彼とドクター・ウィテカーを無用の危険にさらすことになる可能性があります」

ペインターから反応が返ってくるまで、しばらくの間があった。「彼らに伝えてくれ、キャット」

キャットが座ったまま体の向きを変えた。別の画面の文字を読もうとしているようだ。彼女はシグマの通信室内にいる。「アフリカ全域の通信や情報のやり取りをずっと監視していたところ。コンゴ民主共和国の東に国境を接するウガンダのＷＨＯのキャンプは、ジャングルで発生した奇妙な症例を報告していて、原因不明の衰弱が見られるとのこと。この二週間で患者は徐々に増え、二十人に達している。ＷＨＯの情報拡散が遅れたのは、これまでのところ死者が出ていないから。その南のブルンジの病院でも同様の症例が複数見つかっていて、患者は突然体の動きが鈍くなり、言葉を発しなくなる。南スーダンでも患者が出ているらしいけれど、詳しい確認は取れていない」

「つまり、影響が及んでいるのは国連のキャンプだけではないということね」リサが言った。「何かが広がりつつあるのは間違いなさそう。でも、どうやって？」

キャットが再び体をひねると、別のウィンドウが開き、地図が現れた。アフリカ中部一帯が映っている。地図には直線や曲線の矢印が何本も重ねられていた。

「これは天気図」キャットが説明しながらボタンを押すと、その矢印がゆっくりと北東方向に移動を始めた。「この動きは最近の洪水につながった春のモンスーンの向きと強さを表したもの。大西洋からの湿った風が北と東に吹き、サハラ砂漠から南下する高温の乾燥した風にぶつかっている」

リサが顔をしかめながら椅子に座り直した。「キャット、あなたはまさか――」

「報告があった症例はいずれも、これらの風の通り道に位置している」キャットは深刻な表情を浮かべて指摘した。「ウガンダも、ブルンジも、南スーダンも。偶然なのかもしれない。でも、南にあるアンゴラやザンビアでの似たような報告を探したんだけれど」キャットが首を左右に振った。「これまでのところ、一件もない。その方角の地域では平穏なまま」

グレイはリサからキャットに視線を移した。「拡散している何かは空中を伝わり、そのモンスーンによって運ばれている、そう考えているのか？」

「現段階ではただの憶測にすぎない」キャットが答えた。

リサが眼鏡を外した。「理論上、ウイルス感染がそのような形で広がることはありうる。空から毎日無数のウイルスが降り注いでいることはすでに実証されていて、上層大気から地上に落下しているもの」

モンクが眉をひそめた。「それはそうかもしれない。だが、感染を引き起こすのに十分な数の粒子があるかどうかは疑わしい。確かに、人から人へのエアロゾル感染は起きるが、ウイルスには宿主が必要だ。宿主の外で、特に太陽光線や紫外線にさらされた環境で、長く生き延びられるウイルスはほとんど存在しないぞ」

「それは必ずしも正しくない」リサが反論した。「インフルエンザウイルスは物質の表面では一日あまりしか生きられないけれども、風邪のウイルスの場合は最大で一週間ほど感染力を維持できる。それよりも長生きできるウイルスもいる。でも、キャットもさっき言っていたように、すべて憶測にすぎない」

「だから我々はもっと多くの情報とデータを必要としているのだ」ペインターが言った。

「それもできるだけ早期に」グレイは補足した。「俺たちはアフリカからすぐには帰れそうにないという予感がする」

ペインターも同じ考えだった。「君には休暇の開始を遅らせてもらう必要がありそうだな」

実を言うと、グレイはこのプライベートジェットについでに乗せてもらっているようなものだった。アフリカの状況は何もかもが不確かだったので、グレイはシグマの医療チームに同行して現地に向かい、活動拠点を作ってから、別の目的地に向かう予定でいた。軍法会議にかけられて陸軍のレンジャー部隊を離れた後、シグマに加わってからのグレイの専門は物理学と生物学の融合にあった。つまり、医学の専門家からはほど遠い。

グレイはアフリカを経由して、パートナーのセイチャンが二人の間にできた息子と滞在している香港に向かう計画でいた。セイチャンはジャックを連れて母親のもとを訪れているところだ。彼女がアメリカを発ったのは二週間前で、香港で一カ月過ごす予定でいる。グレイはその後半の二週間を一緒に過ごすつもりでいたのだった。

〈どうやら予定通りには事が運びそうにないな〉

この予定の変更について自分がどう感じているのか、グレイにはよくわからなかった。セイチャンとジャックに会いたいという思いは強いものの、自分の心臓がそれよりも強く高鳴っているという事実は否定できない。このところ、シグマでの任務には大きな動きがなかった。パンデミックの間は世界的な規模でのテロ活動も減少していたからだ。地域的な小競り合いは引き続き発生していたものの、ロックダウンのためにそれ以上の広がりは抑え込まれていた。

〈しかし、今は……〉

父親としての務めを果たし、セイチャンと家庭を築くことは望んでいる一方で、グレイの中にある戦士としての一面は変わっていない。耳は常に、銃弾が近くをかすめる時の小さな衝撃波や、宙を飛ぶ手榴弾のドップラー音を警戒している。自分の血にはガンオイルが混じっているように思うこともある。発砲したばかりのライフルの銃口から漂う刺激臭や、時間の流れが緩やかになってアドレナリンが噴出する瞬間を待ち望んでいる。モンクを一瞥すると、拳を強く握り締めているのがわかる。

〈あいつもそれを感じている〉

その一方で、グレイは友人の目尻にどこかひるんだようなしわが刻まれていることにも気づいた。グレイと同じく、モンクも父親だ。自分たちには幼い我が子を家に残したまま、危険に身をさらす権利があるのだろうか？　すべての兵士たちはこの相反する思いに悩まされる。それが彼らの心を二つの相反する方向に引き裂く。

グレイには気持ちが乱れるもう一つの理由があった。セイチャンの姿を思い浮かべる。ライオンを思わせるしなやかな体の曲線、皮肉交じりの笑み、ナイフと銃を扱う巧みな技術。彼女もグレイと同じく戦士だった。

アフリカでの事態が悪化した場合には……

〈彼女は自分が機会を逸したことに不満を抱くだろう〉

もう一人の乗客も、この計画の変更を喜ばなかった。

グレイの背後にある機内の右側のソファーからうめき声があがる。関節をポキポキと鳴らす音とともに、チームの残る一人のメンバーが目を覚まし、手足を大きく伸ばした。グレイは音の方を振り返った。ジョー・コワルスキが身長二メートル近い巨体を起こし、ソファーに腰掛けた姿勢になった。大きな手のひらで頭頂部の不精ひげのような黒髪をさすっている。コワルスキは目の前に集まったグレイたちをしかめっ面でにらみつけた。

そのつぶれた声からは不満が感じ取れた。「遅れがどうのこうのっていうのは、どういうことだ？」

グレイと同じく、コワルスキも今回の任務とは無関係だった。元海軍の上等水兵はシグマの爆発物担当だが、現在は病気休暇中だ。四カ月前、形質細胞の癌である多発性骨髄腫で、ステージ3との診断を受けた。予後は芳しくないが、現在のところ、症状は軽度の貧血を除くと落ち着いている。デキサメタゾンとプロテアーゼ阻害剤の投薬治療を受けているところだ。グレイが聞いた話では、担当の癌専門医は幹細胞移植を勧めているらしい。化学療法で患者の骨髄を一掃した後、健康な幹細胞に置き換えるという治療法だ。

素直に人の言うことを聞かない性格のコワルスキは、そんな思い切った治療方針を拒否した——少なくとも、今のところは。

コワルスキの目的地はコンゴ民主共和国にあるヴィルンガ国立公園で、そこでは婚約者のマリアが二人の養子のバーコ——同地の保護区で野生に返された若いオスのゴリラ——の様子を観察している。骨髄腫の影響で免疫系が弱まっていることから、ペインターはコワルスキにアフリカへの旅行を見直すように促した。もっとも、この筋肉質の巨漢に関して「弱い」などという言葉を使うことになろうとは、誰も予想していなかった。それでも、コワルスキは頑として譲らなかった。未知の脅威がジャングルに広がっていて、それが婚約者と毛むくじゃらの息子に危険を及ぼすかもしれないとなれば、それも無理はない。一人と一頭を守るために、何としてでも現地入りするつもりだったのだ。

ペインターもついには同行を認めた。

〈認めずにいることなどできるはずがない〉

　コワルスキは病院のベッドでじっとしたまま、病気に蝕まれていくのを待つような人間ではない。しかも、彼が癌を発症した理由については疑いの余地がなかった。前回の任務の際、コワルスキは大量の放射線を浴びていた。

〈つまり、俺たちはみんな、あいつの希望はどんなことでもかなえてやらなければならない〉

　モンクがコワルスキの問いかけに答えた。「どうやら今回のジャングルへの旅が無駄足に終わることはなさそうだ。間違いなく何かがジャングルの中で広がりつつある」

「やっぱりそうか」コワルスキはグレイたちをにらみつけてから、再びソファーに寝転がった。「着いたら起こしてくれ」

　グレイは画面上のペインターに向き直った。「ほかに俺たちが知っておくべきことは？」

「今のところはない。君たちが着陸するまでに、改めて最新の情報を伝える。それまではコワルスキを見習って少し休んでおけ。着陸したらすぐさま行動に移ることになるのではないか、そんな予感がしてならない」

　グレイは司令官の判断を疑わなかった。通信が終わると、各自がそれぞれの座席に戻り、物思いにふけった。グレイの心臓の高鳴りはさらに大きくなっていた。感染が嵐のようにアフリカ中心部に広がっていく様子を思い浮かべる。自分たちのチームは今回の危機の制圧に後れを取っているのではないかと感じ、すでに着陸できていればいいのにという思いが強まる。

しかし、危機への対応が手遅れというわけではない。

その役割は別の人間が担っている。

中央アフリカ時間　午後十一時十六分
コンゴ民主共和国　キサンガニ

バックパックを背負い、デザートイーグルを腰のホルスターに収めたタッカーは、キサンガニ市の東に位置するバンゴカ国際空港という小さな空港の暗い滑走路を雨に濡れながら急いでいた。セスナ・グランド・キャラバンが着陸したのは数分前のことで、操縦士は友人のクリストファー・ンコモだ。彼と兄のマシューにはフランクのモバイルラボを収めた十五個の赤いプラスチック製の容器を飛行機から降ろし、キサンガニ大学まで運んでもらう手筈になっている。

その一方で、天気がスケジュールに影響を及ぼしていた。

タッカーはカーキの迷彩服に鮮やかなオレンジ色のベストを着用したＦＡＲＤＣの兵士

の後を追った。

ケインはタッカーのすぐ横を軽やかな足取りで歩いている。こんなにも近くにいるのに、濃いブラックタンの毛並みのせいでベルジアン・マリノアの姿はタッカーの影のようにしか見えない。ケインの毛は土砂降りの雨でびしょ濡れで、何度も全身を振っているものの水をはじき飛ばすことができない。ケインは静かに監視を続けていて、息づかいすらも聞こえず、左右の耳はぴんと伸ばしたままだ。

サンプル採取用の器具が入ったバックパックを持つドクター・フランク・ウィテカーが、タッカーを挟んでその反対側を歩いていた。タッカーがこの獣医と会うのは軍を除隊になって以降では初めてだが、ちっとも年を取っていないように見える。短く刈り込んだ髪にいくらか白いものが交じっているくらいだろうか。濡れた服が貼(は)り付いた体からは、今でも締まった体形を維持していることがうかがえる。かつてこの二人と一頭は、焼けつくような太陽の光を浴びながら、バグダッド郊外の基地周辺のどこまでも広がる赤い砂の上を並んで走ったものだった。

タッカーは軍隊生活のほとんどをアフガニスタンで過ごし、そこで相棒を――ケインの弟のアベルを失った。その後、深い悲しみで半ば錯乱状態になったタッカーはイラクに送られたのだが、そこで自分を取り戻すうえで誰よりも力になってくれたのがフランクだった。彼は除隊になったタッカーがケインを軍に無断で連れ出すのも手伝ってくれた。その時点で軍用犬のケインにはまだ兵役期間が残っていたが、アベルを失ったタッカーはケインを残して帰国することを拒んだ。一人と一頭はともにもう十分な血を流してきたのだ。そのため、夜の闇に紛れ、フランクが手配した偽の書類を手に、タッカーはケインを連れて逃亡した。後にタッカーがシグマに協力したことで、その時の罪は不問になった。だが、友人の助けがなかったら、何もかもが違っていたはずだ。

タッカーはフランクを横目で見た。

〈この男にはすべてにおいて借りがある〉

コンゴ人の護衛はヘリパッドに駐機しているヘリコプターへとタッカーたちを案内した。操縦士がエンジンを温め続けているため、ローターがゆっくりと回転している。

タッカーは気持ちがはやっていた。すでにクロウ司令官からは、感染が国境を越えて広がりつつあるのではないかというシグマの懸念を伝えられている。その状況を阻止しなければならない。この大陸に対するタッカーの愛は深く根差している。ここは彼の家となり、拠り所となった。その自然の美しさが彼の胸を打った。数年前、タッカーはクリストファー、マシュー、ポールのンコモ三兄弟とともに、南アフリカ共和国のスピッツコップ動物保護区の高級サファリキャンプに投資した。アメリカ南西部でしばらく過ごした後、一カ月前にここに戻ってきたばかりで、成長を続ける事業の二軒目の候補地を兄弟たちと一緒に探しているところだった。

〈そこにシグマからの連絡があった〉

隣を歩くフランクが体を近づけた。「この天気で飛べると思うか?」

タッカーは肩をすくめた。「雨で視界が遮られるだろうが、強風を伴う雷雨にでもならない限り、キャンプの所在地までの四十分の飛行は何とかなるはずだ」

「向こうでは何が起きたと思う? どうしてドクター・ジェムソンは来るなと警告したんだろうか?」

「わからないが、俺たちが到着する前にコンゴ軍がキャンプを制圧していることだろう。クロウ司令官の話だと、軍用ヘリコプター二機——輸送用のピューマと小型の攻撃ヘリが、数分前に離陸したらしい」

一行は駐機したヘリコプターのもとまでどうにかたどり着き、回転するローターの下を護衛の兵士とともに体をかがめながら通り抜けた。軍用ヘリコプターのアエロスパシアル・ガゼルは単発の軽量汎用機で、悪い条件下でも高速での飛行が可能な敏捷さを備えている。護衛の兵士は機体側面の扉を開いて機内に頭を突っ込むと、操縦士に向かって大声で叫んだ。

短いやり取りがあった後、兵士はタッカーたちに向き直った。その英語にはフランス訛りがある。「嵐が急速に迫りつつある。すぐに飛ぶか、それともやめるかのどちらかだ」

タッカーはフランクの方を見た。「天気予報では激しい雷雨が今夜いっぱい続く見通しだと注意を促していた。朝になって天候が回復するまで待つという手もある」

フランクが腕組みをした。緊急性と用心との間で心が揺れ、決めかねている様子だ。「すでに何かが拡散しているおそれがある以上は、たとえ一日の差であっても大きな違いになりかねない」その視線が暗いジャングルの方に動く。「それにさっき君も言ったように、コンゴ軍の仲間たちはすでに現地に向かっている。我々がすぐに離陸すれば、彼らの後を追える。何か問題がある場合は、軍から無線で連絡が入るだろうから、その場合は引き返せばいい。そうだろ？」

タッカーは確認を求めて護衛の兵士を一瞥した。

兵士の返事は肩をすくめただけだ。

フランクが腕組みをほどき、開けたままの扉を指差した。「向かうとしようじゃないか」

タッカーはうなずき、手を振って中に入るよう促した。「だったら、それで決まりだ」

まず獣医が後部座席に乗り込んだ。続いてタッカーが合図を送ると、ケインがベンチシートに飛び乗った。最後にタッカーが機内に入ると、操縦士が体をひねって後ろを向き、顔をしかめた。

「犬はだめだ！」操縦士はヘルメットをかぶったまま叫んだ。

タッカーは相手をにらんだ。「君の言う通り、犬はだめだ」続いてケインを指差す。「彼は兵士だから問題ない」

その通りだと言うかのように、ケインが威嚇するような低いうなり声を発した。

フランクが座席に深く腰掛け、親指の先をケインに向けた。「我々の毛深い友人の言葉に耳を傾ける方がいいと思うよ」

操縦士は小声で悪態をつき、前に向き直った。

タッカーはフランクを見てにやにや笑った、「おまえが犬語を話せるとは知らなかったよ」

フランクはシートベルトを締めた。「君ほど精通しているわけじゃない。君とケインの仕事ぶりはずっと見てきたからね」

「俺よりもケインの方が賢いのさ」

そう言いながらも、タッカーは自分に対しても、そして相棒に対しても、誇らしい気持ちが湧き上がるのを感じた。ケインは千個の単語、百種類の合図を理解できるが、そのことが彼らをつなぐ本当の絆ではなかった。二人の絆は共に過ごした年月の間に築き上げられた。そうした経験の末に、一人と一頭はどんなリードよりも強い絆で結ばれ、互いに相手の心を読み、言葉や合図を超えたコミュニケーションが可能になったのだ。

タッカーがケインの脇腹をぽんと叩くと、雨を切り裂くローターの回転速度が上昇した。エンジンがうなりをあげる。タッカーは相棒の体が小刻みに震えていることに気づいた。怯えているのではない。興奮しているせいだ。ケインはこの先の挑戦に備えて気持ちを高めている。すぐにでも行動したいと思っている。座席の上のケインがタッカーの方に顔を向けた。濃い茶色の瞳が機内の照明を反射して、金色の輝きを発している。

〈準備はいいか、相棒？〉

ケインが反応し、タッカーの頬を鼻先で押した。

〈もちろん、そうだよな〉

それに満足すると、タッカーもシートベルトを締めた。この先に何が控えているのかはわからない――わかっているのは、ケインと一緒にそれに立ち向かうということだけ。

〈いつものように〉

5

四月二十三日　中央アフリカ時間午後十一時十七分
コンゴ民主共和国　ツォポ州

シャルロットはテントの外から聞こえるライフルの銃声にたじろいだ。

ベンジーのすぐ後ろから武器を手にした男性が現れ、大学院生をテントの奥に押し込んだ。ライフルを発砲したのはＩＣＣＮのエコガードの一人で、行方がわからなくなったベンジーをンダエと一緒に捜索していた人物だろう。迷彩服を着た男性はテントのフラップのすぐ向こうで、銃口を外に向けて配置に就いた。

ンダエが仲間に歩み寄り、そのすぐ後ろをシャーマンと見習いの少年もついていく。

ジェムソンがベンジーに近づいた。「外で何が起きているんだ？」

若者は恐怖に怯えていて、何度もまばたきを繰り返した。「あいつらが来る」息も絶え絶えの声だ。

シャルロットも二人のもとに向かった。「誰が――？」

けたたましい鳴き声が雷鳴を切り裂いた。それに呼応するいくつもの遠吠(とおぼ)えは、あらゆる方角から聞こえてくるかのようだ。人間が生まれながらに持つ恐怖を刺激され、シャルロットは全身の毛が逆立つのを感じた。

「ここを離れないといけない」ベンジーが警告した。「あいつらはこんなテント、簡単に引き裂いてしまう」

ジェムソンが大学院生の腕をつかんだ。「いったい何を見たんだ？」

再びライフルの銃声が鳴り響き、全員が音の方に注意を向けた。エコガードは頬を銃床(じゅうしょう)に添え、ライフルをしっかりと構えている。次の瞬間、大きな何かが勢いよく背中に激突し、そのはずみで男性の体がはじき飛ばされて見えなくなった。悲鳴が聞こえ、続いて必死にもがく体がテントの側面にぶつかった。エコガードは襲いかかる何かに抵抗している。濃い色の血が飛び散り、テントの布地を染めた。

ベンジーがテントの奥に逃げ、ほかの人たちも後ずさりする。シャルロットはディサンカと赤ん坊をつかみ、ベンジーの後を追った。

入口付近ではンダエがライフルの銃口を外に向け、片膝を突いた。争いが続いている方に狙いを定め、一発、また一発と引き金を引く。エコガードと何かはもつれながらテントから離れていった。男性の悲鳴が苦しげなゴボゴボという音に代わり、やがてその音も途絶えた。

ンダエが悪態をつき、シャーマンとその見習いを背中で押しながら後ずさりした。ウォコがンダエの肩越しに外をのぞいた。「ニャニ……」

シャルロットは眉をひそめた。単語は理解できたが、そんなはずはないと思う。

その考えが間違っていることを証明するかのように、大きな体がテントのフラップを押しのけながら現れた。背丈はシャルロットの腰よりも低いが、体重は優に五十キロを超えていそうだ。灰色がかった緑色の体毛は雨に濡れ、泥がこびりついている。二本の後ろ足に体重をかけてしゃがみ、片方の前足を地面につけてバランスを取っていた。大きな目には怒りがみなぎっている。シャルロットたちに向かって大きな鳴き声をあげると、犬に似た鼻先から唇がまくれ上がり、ピンク色の歯茎と人間の指くらいの長さの牙があらわになった。

「ニャニ」とはヒヒの意味だ。

四方から獰猛(どうもう)な咆哮(ほうこう)が響きわたるのに合わせて、ンダエがヒヒに向かって発砲し、銃弾が肩に命中した。衝撃でその体が一回転する——次の瞬間、ヒヒはンダエに飛びかかった。ンダエが後退しながらとっさにもう一度、引き金を引く。ヒヒの頭部が破裂して後方に飛び散り、体がテントの床に落下した。

ンダエが血まみれの死体を飛び越えると、テントのフラップのジッパーを引き下げ、外からの侵入をひとまずは遮断した。ただし、それほどの効果は期待できそうもない。ンダエもそのことはわかっているようだった。「ここにとどまってはいられない」

「僕は……みんなに注意を伝えようとしたんだけれど」ベンジーがあえぎながら言った。

シャルロットは床の上の死体を見つめた。ほかにも多くの影がキャンプ内のあちこちで動き回っている。そのうちの一頭がテントの屋根を飛び跳ねながら横切り、シャルロットは思わず首をすくめた。咆哮と血に飢えた鳴き声があちこちからこだまする。何百頭ものヒヒがいっせいにキャンプを襲撃しているかのようだ。

シャルロットはまだ彼らの行動が理解できずにいた。キャンプへのヒヒの出現自体は珍しくない。この数日の間にも、毛むくじゃらのこそ泥たちが飛び跳ねながら侵入し、テーブルの上の食べ物をくすねたり、蓄えをあさったりしていた。灰色っぽい体毛のアヌビスヒヒはコンゴ一帯に生息している。けれども、これまでのところ、彼らは多少の迷惑をかける程度だった。まったく危険がないというわけではない。ヒヒの群れがヒョウに襲いかかり、殺すこともあるという話は知っている。それでも、このサルの仲間は臆病な動物で、こちらからちょっかいを出さない限りは脅威には当たらず、大声で叫べば散り散りになって逃げていくと教わったし、今までは実際にそうだった。

〈でも、それはもう当てはまらない〉

「どうすればいいのだ?」ジェムソンが訊ねた。

外から聞こえる咆哮の合間に、立て続けの銃声が響きわたった。キャンプの反対側からだ。シャルロットはンダエと顔を見合わせた。相手の表情からも不安がうかがえる。彼の仲間の二人はその方角にいて、退避準備中のＩＣＮのもう一台のトラックを見張っているはずだ。彼らは攻撃を食い止め、患者たちを守ろうとしているに違いない。

シャルロットはヒヒに包囲されたトラックを思い浮かべた。あれはここから脱出するために残された唯一の手段だ。その一方で、彼女は真実を認識した。

〈私たちが歩いてトラックまでたどり着くのは無理〉

どうやらンダエも同じ結論に到達したようだ。腰に留めてあった無線を外して口元に当てると、トラックに対して動けるうちに出発し、最初の一台の後を追うよう早口のフランス語で指示した。

その指示を聞きつけたジェムソンは、内容を理解できるくらいは言語に通じていた。小児科医はンダエの腕をつかんだ。「何をしている？　ここに来るように伝えろ。我々を乗せるようにと」

相手の腕を振りほどいたンダエは、薄気味悪いほどまでに落ち着き払っていた。

「だめだ（ノン）。あれだけの数がいたらここまで来る途中でやられてしまう。すぐに出発する方がいい。それに音と動きが我々に味方するかもしれない」

「どういうことだ？」ジェムソンが詰問した。

トラックのエンジンがうなりをあげ、それに続いてギアの耳障りな音が聞こえた。クラクションが何度も鳴り響き、モールス信号を思わせるその音はトラックがジャングルに分け入るにつれて小さくなっていく。ただし、クラクションの音はテント内に取り残された人たちに対してではなく、その外で暴れ回る群れに向けたものだった。

　別のヒヒがテントの上に飛び乗り、そこを横切ると、遠ざかるトラックの方に飛び跳ねていった。鳴き声の方角や小さくなりつつある咆哮から判断する限り、群れの大半はトラックを追いかけているようだ。

〈ヒヒたちをおびき寄せようとしている……〉

「もっとましな隠れ場所を探す必要があるが、そのための時間はそれほどないぞ」ンダエが小声でささやいた。

　シャルロットは唇をきっと結び、耳を澄ました。まだ何頭かが周囲をうろついているようで、テントの入口前を横切る影が見えるし、低い鳴き声や容器をひっくり返す音も聞こえる。ヒヒの一部はまだ近くにとどまっていた。

〈でも、どのくらいの数なの？〉

　シャルロットはほかの人たちに近づき、テントの後方を指差した。「水浸しになった村に向かうのはどう？　木の壁やトタン屋根を持つ建物もあるじゃない」

　シャルロットはまわりを見回した。『三匹の子豚』の物語の中に入り込んでしまい、この薄っぺらな家を離れてもっと頑丈な場所に移ろうと仲間たちを説得しているような気分だ。

〈そばに煉瓦造りの家があればいいんだけれど〉

ベンジーがうなずいた。「いい考えだと思う。ヒヒは泳げるけれど、水が好きじゃない。洪水の中、僕たちを追って川の方に向かおうとは思わないかも」

「それなら、急いだ方がいい」ンダエが言った。「静かに移動すること」

ンダエはジッパーを閉めた入口に向かいかけたが、ウォコが彼の腕をつかみ、首を横に振った。「ハパナ」

シャーマンは踵を返し、入口とは反対側のテントの奥へと向かった。手には刃渡りの長いナイフが握られている。ナイフをテントの布地に突き刺して振り下ろすと、正面側の喧騒から離れたところに新しい裏口ができた。ウォコは切り裂いた布地を持ち上げ、シャルロットたちを手招きした。

「エンデレア」シャーマンが促す。

ジェムソンがそれに従い、新しい出口に急いだ。すぐに脱出したいと思っているのは明らかだ——ただし、自分が真っ先に出たくはないらしい。ジェムソンはバーンの腕をつかみ、ナイフで作った開口部から外に押し出した。スイス人看護師が体をよじりながらテントの外に出る。安全だと判断してから、ジェムソンもその後を追った。

シャルロットはテーブル上のトレイにあったメスを手に取ってから、ディサンカと赤ん坊が狭い隙間を通り抜けるのに手を貸し、自分もそれに続いた。できるだけ音を立てないように注意しながら移動する。

外ではジェムソンとバーンがテントの近くにうずくまっていた。雨に洗われるキャンプは暗く、発電機につながれたライトが数本のポールの先端から明かりを提供しているだけだ。雷鳴がとどろき、遠くで光る稲妻が真っ黒な雲を映し出す。雨が押し流してくれたおかげで、地面を這うアリの数はかなり減っていた。

シャルロットは小さな刃物を握り締め、前方の様子をうかがった。

テントと粗末な小屋が点在するその向こうにぼんやりと見えるのは、村の建物の輪郭だ。激しさを増す空での嵐のせめぎ合いを川が反射し、水面が明るく浮かび上がったかと思うと、すぐに見えなくなる。

ウォコとファラジもテントから出てきた。少年はバックパックのストラップをきつく握り締めていた。その中には仮面でふたをしたクバ族の箱という大切な荷物が入っている。

ベンジーに続いてンダエも外に出ると、集まった人たちを見回した。

ジェムソンは一刻も早く移動したいらしく、そわそわと体を動かしている。さっさと出発していない唯一の理由は視線を動かした先にあるンダエのライフルで、一行が持っている銃はそれだけだ。小児科医はその武器のそばから離れるつもりはなさそうだった。

ンダエが大きく手を振り、移動を開始するよう合図した。

シャルロットたちはライトの光が届くところを避け、水音がヒヒの注意を引くといけないので深い水たまりも迂回しながら、キャンプを横切り始めた。水面に反射する稲光を背景に照らし出される前方の村の影が、次第に大きくなる。

シャルロットは何度も後ろを振り返った。脅威の気配はないかと耳を澄ますものの、ひっきりなしに聞こえる雷鳴と雨音が邪魔をする。息づかいまでもできるだけ音を立てないように意識する。その時、真正面で立て続けに稲光が走った。大きな雷鳴が響き、水たまりの水面が揺れる。

閃光と轟音が同時に届いたその時、左手にあるテントの上での動きが彼女の目に留まった。ほんの一瞬、明るく照らし出されたのは、うずくまっていた姿勢から立ち上がった大きな影だ。普通のヒヒよりもはるかに大きな体に見えた。あるいは、恐怖のせいでそんな気がしたのかもしれない。別の影が、今度は右手の方角の、ネットで覆った備品の箱の上で動いた。

〈見張り役……〉

稲光が走った時に自分たちは見つかってしまったのだろうか？　そんな不安を別の事態が確実なものにした。一行の中でもいちばん小さな喉の持ち主が大きな泣き声をあげたのだ。赤ん坊が大きな雷の音で怯えてしまったに違いない。ディサンカが男の子に覆いかぶさった。ジェムソンが腕を伸ばしながら彼女に飛びかかり、赤ん坊の口をふさごうとした。

ディサンカはシャルロットのところまで後ずさりした。

だが、何をしてももう手遅れだった。

左側の見張りが大きく吠えた。それに呼応して、二頭目のヒヒがさらに大きな鳴き声を発した。どちらもさっきまでいた場所から飛び下り、暗がりに姿を消した。その奥から甲高い鳴き声が湧き起こった。かなりの数がいる。

〈多すぎる……〉

「走れ！」ンダエが叫んだ。

シャルロットたちは思い思いの方向に逃げた。シャルロットはディサンカと男の子から離れないようにしながら、前を走るジェムソンとバーンを追いかける。一軒の小屋を回り込んだ時、何かが飛びかかってきた。バーンは脇腹にその直撃を受け、泥の中に仰向(あおむ)けに倒れた。かなり体の大きなヒヒが襲いかかり、バーンの体を引き裂こうとする。看護師は腕をかざして攻撃を防ごうとしたが、ヒヒは力強い顎でその腕に噛みつき、鋭い牙を食い込ませた。手首の骨が砕ける。ヒヒが頭を一振りすると、手首はもぎ取られ、鮮血が大きな弧を描いた。

バーンが悲鳴をあげた。

その時、大きな二発の銃声とともに、銃弾がシャルロットの耳のそばを通過した。毛が飛び散ったものの、ヒヒは身を翻(ひるがえ)し、再び暗がりに姿を消した。シャルロットはンダエが撃ったのだろうと思いながら振り返ったが、そこにいたのは同じ服装のもっと小柄な男性で、ＩＣＣＮの別のエコガードだった。男性がシャルロットのすぐ横を走り抜ける。トラックに乗っていたうちの一人に違いない。ほかの人たちが出発した後もこの場に残り、ヒヒから身を隠しながら助けにきてくれたのだ。

エコガードはバーンに駆け寄り、体を引っ張り上げて立たせた。看護師は負傷した腕を抱えたまま、半ば引きずられるような格好ながらもどうにか前に歩き始めた。

ジェムソンは仲間を待つことなく、はるか前方にいた。すでに村の外れまで達していて、水に入るとようやくスピードが落ちたものの、バシャバシャと音を立てながら浸水した村の奥に進んでいく。

シャルロットもディサンカとともにその後を追った。けたたましい鳴き声と大きな咆哮が後方から急速に迫りつつある。

シャルロットは息を切らしながら走った。心臓が口から飛び出しそうだ。

〈何としてでもあそこまで行かないと〉

左手の方角から怯えた悲鳴があがった。シャルロットは声がした方に目を動かした。十五メートルほど離れたところでファラジが泥の中でうつ伏せになって倒れていて、二つの影に襲われていた。少年は泥の上を転がりながら抵抗しているが、自分の身を守るというよりも青いバックパックを奪われまいと必死になっているように見える。

シャルロットはディサンカをICCNのエコガードの方に押した。「彼女を安全なところに。ドクターの後を追って」

そう伝えてからメスを握り締め、ファラジのもとに急いだ。

それよりも早くウォコが見習いのもとに駆け寄った。年老いたシャーマンが一頭のヒヒを蹴飛ばしてはねのける。もう一頭は体を回転させて横に逃れると、長い牙をむいて威嚇した。さらに何頭ものヒヒたちが耳をつんざくような咆哮とともに暗がりから姿を現し、二人との距離を詰めつつある。

シャルロットは走りながら、二人の奥にンダエの姿があることに気づいた。ライフルを構えているものの、二人に弾が当たることを恐れて撃てずにいるようだ。ICCNのリーダーの後ろにはベンジーがうずくまっていた。

シャルロットが駆けつけるよりも早く、ウォコが腕を大きく振りながらその場でぐるりと体を一回転させた。まるで魔法でも使ったかのように、指先から黄色い粉末が飛散する。けれども、シャルロットにはその出所がわかっていた。クバ・ボックスの中にあった小さなガラス瓶のことが頭に浮かぶ。雨が粉末を空気中から洗い流してしまう前に、細かい霧が二人のまわりを包んだ。

ヒヒたちはそれを突っ切って攻撃しようとした——ところが、不意に動きを止めると、いっそう大きな鳴き声をあげながら後ずさりを始めた。必死になって逃げ出すヒヒもいる。

そのうちの一頭が真っ直ぐシャルロットに向かってきた。ひるんだシャルロットはとっさに横に逃げた。ところが、ヒヒは恐怖と警戒の吠え声を出しながら、彼女には目もくれずに走り去っていった。

前に向き直ると、その隙にウォコがファラジの襟首をつかんだ。少年を引っ張って立たせると、ンダエの方に力強く押す。ファラジはバックパックの片方のストラップを握り締めながら走った。もう片方はヒヒに引きちぎられてぼろぼろになっている。

懸命に逃げるその動きにまだ残っていた数頭のヒヒが気づき、少年の後を追いかけ始めた。

ンダエが発砲し、いちばん近くまで迫っていたヒヒが少年に追いつくのを防いだ。

一方、ウォコはその場に長くとどまりすぎた。雨のせいで粉末はあっと言う間に空気中から消えてしまった。まわりを取り囲むヒヒたちは鼻を上に向けてにおいを嗅ぐと、あたかも一体となって行動しているかのごとく、いっせいにシャーマンに飛びかかった。群れは四方から襲いかかり、シャーマンの上半身にしがみついた。

稲光が何本もの牙を照らし出した。いずれもシャーマンの喉に深く食い込んでいる。ほんの一瞬、シャルロットの方を見つめるウォコの瞳が空の光を反射して輝いた。

すぐに訪れた暗闇が、誰も見たくない光景をかき消した。

重みと攻撃に耐え切れなくなったウォコは、悲鳴一つあげることなく地面に崩れ落ちた。宙を舞う何かがライトの光の中をよぎり、きらめきを発した。シャルロットの近くのぬかるみに落下する。

シャルロットはその正体に気づき、すぐに拾い上げた。

片手にそのガラス瓶を、もう片方の手にメスを握り締める。ヒヒが群がるシャーマンの死体の向こうでは、ファラジがまるで体当たりをするかのような勢いでンダエのもとまでたどり着いた。エコガードは少年を受け止めてからベンジーの方に押した。それに続いてシャルロットから離れながら、空に向かってライフルを一発放つ。その音と動きに引き寄せられ、ヒヒたちがンダエの後を追う。

ンダエがシャルロットに向かって叫んだ。「逃げろ！」

周囲の世界が雷鳴と咆哮に包まれる中、シャルロットはエコガードに背を向けて反対方向に走り出し、ジェムソンたちの後を追った。二手に分かれるのは嫌だったが、選択の余地はなかった。

6

四月二十三日　中央アフリカ時間午後十一時二十八分
コンゴ民主共和国　ツォポ州

自分の考えの正しさが証明されてこんなにもうれしく思ったのは、ベンジーにとって初めてのことだった。

息を切らして暗い水をかき分けながら進んでいるところだ。両側を歩くンダエと少年も、大きな水音を立てながら水浸しになった村のさらに奥を目指している。後方ではヒヒの群れが甲高い鳴き声を発しているが、大雨で増水した川に入るのを嫌がり、岸にとどまったままだ。

それにはもっともな理由があった。

水の流れはかなりの勢いがある。一歩前に踏み出すたびに、流れに足をさらわれそうになる。水の力に負けないようにと、ベンジーは片手を木製のあばら屋の側面に押しつけて体を支えた。扉までたどり着いたものの、そこは素通りする。

〈最適な場所じゃない〉

小さな掘っ立て小屋にはヤシの葉で葺いた屋根が載っているだけだ。攻撃を受けたらほとんど防御の役目を果たせないだろう。すでに目当ての家を選んでいたベンジーは、なおも先に進んだ。前方に見えるのは屋根と壁が波打った鋼板でできている住居だ。腰くらいの深さの水に囲まれている。

〈あれなら申し分ない……〉

ベンジーは隠れ家に向かって急ぎながらも、川の監視は怠らなかった。

ここにある危険は強い流れと渦巻く水だけではない。ベンジーはクロコダイルやカバの姿を警戒した。どちらも等しく危険な存在だ。嵐がそうした動物たちを高台に、もしくはもっと水深のあるところに追いやってくれていると祈るしかない。

ベンジーは川に目を配りながらその動きを読み取ろうと努め、水面下の存在を示す波紋や呼気の放出に注意を払った。

気配はない。

〈僕の祈りが通じたのかもしれない〉

ベンジーの母は信仰の力を強く信じていて、セント・ジェームズ教会での毎週のミサを欠かさなかった。一生懸命に祈りさえすれば、どんなことでもかなえられる、そう母は断言していた。

あいにく、今夜のベンジーは願い事の内容が間違っていたようだ。

後方から聞こえる咆哮が大きくなった。

ベンジーは肩越しに振り返った。いくつもの黒い影が一列になって屋根から屋根へと飛び移り、浸水した村を横断していた。ヒヒたちは水に入ることなく追跡を続ける方法を見つけ出したのだ。

ンダエも同じことに気づいた。「もっと急げ！」

ベンジーは流れとパニックの両方と闘いながら手足を動かした。鋼板でできた屋根を持つ建物までの距離はほんの数メートルだ。深さを増しつつある水を押しのけるようにして前に進む。

甲高い鳴き声が背後の村に響きわたる。

ベンジーはようやく目的の建物までたどり着き、その側面を回り込んだ。すぐ先の壁に真っ暗な開口部が見える。ベンジーはそこを目指して突き進んだ。ほかの二人もすぐ後ろからついてくる。

入口にたどり着いたベンジーは二つの誤算に気づいた。建物には扉がなく、入口が川の側にある。それよりも問題なのは、家の中に先客がいたことだった。嵐から逃れるための場所を求めて、すでに建物内に入り込んでいた。

空に稲光が走り、何層にも重なって穏やかな水面をうごめく姿を浮かび上がらせた。水に浸かった一部屋しかない建物の内部は、とぐろを巻く細長い生き物でいっぱいだった。

〈ヘビ……〉

午後十一時三十一分

村の反対側では、シャルロットがバーンの前腕部にベルトをきつく巻き付けていた。間に合わせの止血帯が看護師の食いちぎられた手首からの出血を止めてくれることを願う。バーンはシャルロットが浸水した家で見つけたスツールにぐったりと腰掛けていた。彼が座っているおかげで、スツールは浮かび上がらずにすんでいる。看護師は全身を震わせていた。目はほとんど白目をむいている。ショック状態に陥っていて、痛みと失血で意識を失う寸前だ。

ＩＣＮのエコガード――ケンディという名前の男性が扉の脇で待機し、少しだけ開けた隙間から川岸の様子をうかがっていた。そのあたりではまだヒヒたちが吠えているが、夜の闇と川沿いに建ち並ぶ家のせいでここからその姿を直接は確認できない。

ジェムソンはケンディのすぐ後ろにいる。小児科医は両手の拳を握り締めていた。彼も膝まで水に浸かって震えているが、それはショックのせいではない。

ディサンカは建物内の片隅で体をこわばらせて立っていた。息子に授乳中だが、シャルロットにはそれが赤ん坊に栄養を与えるためではなく、子供を静かにさせておくためなのだとわかっていた。

この場所はまだ岸に近すぎて、シャルロットはその点が引っかかっていた。ジェムソンの指示で、彼女たちは板張りの壁とブリキのフレームの扉を備えたいちばん手近な建物に入った。藁葺きの屋根を見上げたシャルロットは、ヒヒの力だったら簡単に破られてしまうだろうと思った。

その一方で、焦りに駆られてこの避難場所を選んだジェムソンのことは責められない。彼女が手のひらを添えたバーンの肩は、小刻みに震えていた。あれ以上長く川の中を歩き続けていたら、負傷した看護師は持たなかっただろう。

あとはこのくらいの距離があれば安全なことを願うしかない。

川岸から大きな遠吠えが聞こえた。それを合図に、ほかのヒヒたちに鳴き声が伝わっていく。それに合わせてはやし立てるような咆哮が鳴り響く。ヒヒの大合唱はたっぷり一分間ほど続いた――そして不意に静寂が訪れた。

シャルロットは身構えた。

ディサンカがまばたき一つせずに見つめていた。その目は恐怖でうつろだ。

次の瞬間、シャルロットの耳に何かを叩くような小さな音が聞こえた。低いうなり声も。音がどんどん近づいてくる。シャルロットは状況を理解した。屋根から屋根へと飛び移る姿を思い浮かべる。

扉の手前にいるケンディが小声で伝えた。「やつらが来る」

午後十一時三十二分

〈嫌だ、嫌だ、嫌だ……〉

ハンターたちが迫りくる中、ベンジーはヘビだらけの部屋の入口を前にして立ちすくんでいた。とてもじゃないが、中に入ることなどできない。ベンジーはくねくねと這うヘビが大嫌いだった。コンゴ民主共和国では毎年数万人がヘビに噛まれて命を落とす。立ち尽くすベンジーの頭の中に、名前のリストが浮かんだ。〈ブッシュバイパー、ブームスラング、ブラックマンバ、パフアダー、ツルヘビ、モールバイパー〉けれども、何よりもベンジーに股間が縮み上がるような思いをさせるヘビはコンゴミズコブラで、大きいものでは体長二メートルを超える。

それでも、ベンジーがその場で固まってしまったのは、毒や牙への恐怖からではなかった。ぬるぬるした鱗が皮膚をこするあの感触に我慢ができないのだ。大学での爬虫両生類学の授業は最悪で、耐えがたさのあまり学位取得をあきらめて退学しようとすら考えたほどだ。なかでも実習の授業では、あの生き物を手でつかまなければならなかった。

ベンジーの自閉スペクトラム症は軽度ではあるが、特定の音や感触に対しては敏感に反応してしまう。セロハン紙のパリパリという音を聞くと耳をかきむしりたくなる。オニオンフライのにおいには吐き気を催す。そしてヘビが手のひらの上を這うと――からからに乾いているくせにぬめっとしている鱗に触れると、全身の震えが止まらなくなる。

水中でうごめく無数のヘビを目の前にして、ベンジーの両脚はどうしても前に動かなくなってしまった。

次の瞬間、ベンジーは後ろから突き飛ばされた。「中に入れ！」ンダエが叫び、ベンジーを建物の中に無理やり押し込んだ。

ベンジーは息をのみ、情けないうめき声をあげた。両腕を高く上げ、何とかして倒れまいとする。ヘビたちが腰のまわりで体をよじっている。視界が狭まってきた。耳鳴りも始まった。

ンダエもライフルを手にして中に入ってきた。その後ろからバックパックを持った少年が続く。ベンジーはまだその子の名前を知らなかった。

「怖がるのはおかしい」少年がたしなめた。少年はヘビを一匹つかみ、手のひらに巻き付かれる前に投げ捨てた。「チャトゥ」

「ファラジの言う通りだ」ンダエがうごめくヘビたちの間を縫って進みながら、ベンジーを安心させようとした。「こいつらはジムグリパイソン。無毒だ」

毒を持っていようがいまいがどうでもいい。ベンジーは両手を真っ直ぐ上に伸ばしたまま、目をきつく閉じ、恐怖に知識で対抗しようとした。記憶を頼りに、この種について知っていることを思い出そうとする。〈ジムグリパイソン、学名カラバリア・ラインハーディティイは、体長一メートル以上に成長することはめったにない。名前はデンマークの爬虫両生類学者、ヨハネス・ラインハートに由来。熱帯雨林に生息し、穴居性、すなわち巣穴で暮らす種で、たいていは落ち葉の……〉

ベンジーは薄目を開け、部屋いっぱいに広がってうごめくヘビたちを見た。ほとんどはまだ若くて小さく、自分の前腕部くらいの長さしかない。

〈川沿いの巣穴から洪水で追い出されたに違いない〉

ベンジーはどうにか呼吸を整えたが、両手は決して下ろそうとしなかった。

それでも、ここの本当の危険はヘビではない。ベンジーはライフルを手にしたンダエが見張る入口の方を見つめた。外は静かになっている。その時、何かが波打った鋼板の屋根にぶつかって大きな音が響き、ベンジーはびくっとした。

続いてもう一度。

さらにもう一度。

屋根の上からはやしたてるような小さな鳴き声が聞こえた。

ンダエが人差し指を立てて唇に当てる。三人は屋根を見上げた。

屋根の上にはさらに多くの数が集まり、動き回っていた。力強い指が波打った鋼板の端をつかみ、こじ開けようとしている。いきなり上から一頭が姿を現した。片腕で入口の上の戸枠にぶら下がり、腕を支点にして体を振りながら攻撃を仕掛けてくる。ンダエは不意を突かれた。ヒヒは二本の足を前に突き出し、ンダエの手からライフルを叩き落とした。武器が水しぶきをあげて水中に沈んでいく。

体重五十キロはありそうなオスのヒヒは、振り子のような動きで戻っていったが、再び攻撃の構えに入った。大きな犬歯をむき、ンダエに飛びかかろうと狙っている。

その時、ファラジとかいう名前の少年がンダエの隣に立った。少年が腕を振る。その手から長さ六十センチほどのヘビが飛んでいった。ヘビは体をくねらせながら宙を舞い、ヒヒの首のあたりにぶつかると、そこにつかまろうとして巻き付いた。

獣の口からの悲鳴が狭い室内に響きわたる。

ンダエが脇に飛びのくと、ヒヒはそのまま水に落ちた。オスは恐怖に目を見開き、首にしがみつくヘビを爪でかきむしっている。その時、まわりにも無数のヘビがいることに気づいたようだ。ヒヒは甲高い鳴き声とともに飛び跳ねると、転がるように建物の外に出ていった。恐怖の叫び声を残して大きな水音が遠ざかっていく。

ベンジーは少年の方を見た。

「ニャニはヘビが嫌い」ファラジがベンジーを指差した。「君みたいに怖がる」

ベンジーはまばたきを繰り返す発作が出そうになるのをこらえた。そう指摘されてようやく、ヒヒがヘビを恐れるという事実を思い出した。ジャングルには毒を持つ種が数多く生息しているので、そうした恐怖は生存という観点で見ると理にかなっている。生まれつきの恐怖心は、はるか昔からのヘビとの遭遇を経てＤＮＡのコードに埋め込まれ、世代から世代へと引き継がれてきたのだろう。人間の行動研究からも、同じように遺伝する恐怖の存在が証明されている。人間がヘビやクモに対して生まれながらに嫌悪感を抱くのは、毒にさらされた過去の経験から遺伝子に刷り込まれた生存のための仕組みなのだ。

この題材は、ストレス誘発性の突然変異の遺伝可能性をテーマとするベンジーの博士論文とも関わりがある。ただし、今夜のストレスはまだ始まったばかりだ。

パニックに駆られて逃げ出した一頭のヒヒが、屋根の上のほかの仲間たちを怯えさせることはなかった。群れは依然として甲高い鳴き声をあげながら、屋根を引き裂こうとしている。鋼板のかなり大きな部分が折れ曲がって剝(は)がれ、何本もの釘(くぎ)が水に落下した。いくつもの黒い影がたちまちのうちにその隙間をふさぐ。

ンダエは躍起になって水中に沈んだライフルを探していた。ただし、たとえ発見できたとしても、水に浸かった武器では役に立たないし、どっちにしても間に合いっこない。

ベンジーは屋根を見上げた。

〈僕たちはここから出られそうにない〉

午後十一時三十四分

「もうすぐ穴を開けられてしまう……」ジェムソンがうめいた。

ケンディが屋根を目がけて闇雲に発砲したので、シャルロットはひるんだ。ヤシの葉が上から降ってくる。撃ったからではなく、屋根にいるヒヒたちが掘っているからだ。ライフルの銃声に対して、鳴き声と咆哮の反応が返ってくる。一頭が落下し、大きな水音を立てた。たまたま命中したのだろう。だが、ほかのハンターたちは仲間の死に動じていない様子だ。

ジェムソンは扉にぴったりと背中をくっつけ、開かないように押さえつけていた。スツールにぐったりと座るバーンの体を、シャルロットが手で支えている。ディサンカは息子をしっかりと抱きかかえ、部屋の片隅から動かない。赤ん坊は銃声に驚いて泣きわめいていた。

シャルロットの耳もがんがんと鳴っていた。

ケンディがライフルの銃口を下に向けた。無駄だと悟ったのか、それとも弾を節約するためかもしれない。エコガードは小首をかしげ、続いて屋根を見上げた。「耳を澄ましてみろ。やつらの動きが止まったみたいだ」

シャルロットも顔を上に向けた。ヤシの葉が何枚か舞い落ち、シャルロットの頬をかすめたが、確かにケンディの言う通りだった。葉をこすったり揺すったりしていた音がやんでいる。

〈いったいどうして――？〉

その時、シャルロットにもわかった。最初は胸に響き、続いて耳に届いた。低いバタバタという音。

〈ヘリコプター……〉

ヒヒたちは屋根から屋根へと飛び移り始めたらしく、悲鳴のような鳴き声が川岸の方に遠ざかっていく。ヘリコプターのローターの回転音が徐々に大きさを増し、ほかの音はほとんど聞こえなくなった。

ジェムソンが意を決した様子で扉を少しだけ引き開けた。スツールにどうにか腰掛けているバーンを残して、シャルロットも扉に近づく。

ローターの巻き起こす風が村に吹きつけ、上空を通過する際にヤシの葉が何枚も飛ばされた。スポットライトのまばゆい光が周囲の水面を照らし、岸に向かって移動していく。光がヒヒたちをもっと遠くまで追い払ってくれればありがたい。

ジェムソンが扉をさらに引き開けた。まだ体を震わせているが、今の震えは安堵によるものだろう。「私の無線連絡が誰かの耳に届いてくれたのかもしれない」

大きな機体のヘリコプターは明るい光を放っていて、まるで輝く天使のように見える。やがて岸の上空まで到達すると、そこでホバリングに入った。ゆっくりと高度を下げ、スキッドが地面に近づいていく。着陸するよりも早く、いくつもの黒い影が機体の両側から次々と飛び降りた。ひときわ背の高い迷彩服姿の男性が降り立ち、明るいスポットライトの中に入った。エンジンの轟音に声がかき消されないよう、拡声器を手にしている。

男性が大声のフランス語で呼びかけた。慣れ親しんだ母国語の響きを耳にして、シャルロットは涙がこぼれそうになった。「キャンプを捜索しろ！」男性が指示を出した。「医療チームがいれば確保するんだ。ここに長居はできないぞ！」

黒雲の下に稲光が走った。嵐の本体が今にも襲いかかろうとしていることを思い知らされる。

ジェムソンが扉をいっぱいに開いた。「急げ」シャルロットたちに呼びかけると、一人でさっさと歩き始める。

シャルロットはバーンのところに戻り、ケンディの方を見た。「彼を岸まで連れていくのに手伝いが必要なの」

エコガードはうなずき、看護師の片方の腋の下に肩を入れた。シャルロットもその反対側で体を支える。バーンは自力で歩こうとしたものの、両脚の震えが止まらない。バーンはあきらめ、二人の間にぶら下がるような格好になった。

シャルロットたちは粗末な小屋から出て、水の中を歩いた。後ろから男の子を抱いたディサンカが続く。シャルロットはまだ脅威が残っていないか、屋根の上の警戒を続けた。警告を表す低い声や大きな鳴き声が聞こえないか耳を澄ますものの、ヘリコプターのエンジン音がほかの音をほとんどかき消してしまっている。

それでも、先行するジェムソンが叫ぶ声は聞こえた。小児科医はすでに岸に上がっていた。「こっちだ！　こっちにいる！　我々は負傷者と病人を抱えている！」

シャルロットはその主張にあきれて首を振った。

〈抱えているのは私だけれど〉

シャルロットは重い足取りで光と音の方を目指した。岸にたどり着く前から、何人もの男性が近づいてきた。水を跳ね飛ばし、かき分けながら、彼女の方に向かってくる。男性たちはバーンを抱きかかえ、シャルロットの負担を解放してから急いで戻っていった。歩き続けるシャルロットたちを見守るほかの兵士たちも、全員がライフルを携帯している。

ようやくシャルロットも岸までたどり着いた。服は全身びしょ濡れだが、一気に何キロも軽くなったような気分だ。足を速めてケンディとディサンカとともに進む。村の外れを通過し、待機しているヘリコプターに急いだ。軍の攻撃ヘリだろうか、後部に大きな客室があり、機体の両側の小さな翼の下には左右にそれぞれ三発ずつ、計六発のミサイルが搭載されている。

ジェムソンが拡声器を手にした背の高い男性に話しかけた。相手は白人で、肌は日に焼けており、白いものが交じった髪を短く刈り込んでいる。フランス人、もしくはベルギー人だろう。ほかの兵士たちと同じ緑色の迷彩服を着ているが、明らかに威厳のある雰囲気を漂わせている。身振りを交えてしゃべり続けるジェムソンにはほとんど目もくれない。

シャルロットたちが近づくと、男性は濃い緑色の瞳で彼女の全身に視線を走らせ、うなずいた。横を向いてスワヒリ語で何かを叫んだが、早口すぎてシャルロットには理解できなかった。別の男性が体をかがめながら迷彩模様のヘリコプターを回り込み、こちらに近づいてきた。コンゴ人らしく、ほかの人たちと同じ服装だ。拡声器を手にした男性の隣に立つ。白髪交じりの髪も険しい顔つきもそっくりで、兄弟だとしてもおかしくない。瞳までもが同じ緑色だった。明らかに違っているのは肌の色だけだ。

二人は頭を突き合わせて話をしながら、何度か夜空を見上げ、稲光が走るたびに顔をしかめた。どうやらこの二人は対等の関係にあるらしい。

ようやく拡声器を持つ男性がシャルロットたちの方に向き直り、もう一人は立ち去った。「これ以上はあまり待てない。君たちのほかに誰かいるのか？」

開け放たれたヘリコプターの扉をうらやましそうに見たまま、ジェムソンが口ごもりながら答えた。「いるかもしれない。だが、よくわからない。誰かがまだ――」

シャルロットはジェムソンを押しのけた。ほかの人たちを見捨てるわけにはいかない。シャルロットはンダエたちのグループを最後に目にした方角を指差した。「ほかに三人いる。たぶん浸水した村のあのあたりに隠れているんだと思う」

リーダーは険しい表情でうなずいた。集まった兵士たちを大声で呼び、その地域を捜索するよう命令した。「急いで作業しろ」男性が締めくくった。

その指示を強調するかのように、雷鳴がとどろいた。

午後十一時四十五分

「僕たちは何を待っているの？」ヘビに囲まれた中で震えながらベンジーは訊ねた。

ポケットから小さなペンライトを取り出し、光が漏れないように手のひらをかざしながらスイッチを入れたところだ。うごめくヘビの群れに光を当てる。ここから出たくてたまらない。

ヘリコプターが絶妙なタイミングでやってきて、音と風と光でヒヒたちを追い払ってくれた。また、医療チームの仲間たちが村から出ていくのも見えた。今はヘリコプターのまばゆい光が届くところに集まっている。

水中からライフルを回収したンダエは警戒を緩めることなく武器を握っている。水で濡れて使い物にならないが、スコープを通して様子をうかがうことならできる。

ファラジはエコガードのすぐ後ろにいた。

「あいつらはコンゴ民主共和国軍の兵士じゃない」スコープをのぞきながらンダエが警告した。「ヘリにも青い円の中に黄色の星形という空軍の国籍マークが付いていない」

「だったらほかの救援グループかもしれない」ベンジーは言った。「僕たちをここから助けてくれるなら、誰でもいいじゃないか」

ンダエは首を左右に振り、ライフルを下げた。「何かがおかしい」

ツォポ川の上空で雷鳴が響いたが、音は小さくならず、いつまでも鳴り続け、徐々に大きさを増していく。やがて回転するローターが奏でる独特の音だということがわかった。

〈別のヘリコプターだ〉

全員の視線が川岸から下流方向に動いた。増水して波立つ川の上を大型のヘリコプターが飛行している。ヘリコプターが発する光は一定の明るさを保っているものもあれば、点滅を繰り返しているものもある。

ンダエが再びライフルのスコープを顔の前に移動させ、向きを変えてから狙いを定めた。左右の肩に緊張が走ったのは傍目(はため)にもわかった。「あれがＦＡＲＤＣのヘリ。我が軍のものだ」

より小型のもう一機のヘリコプターが、川沿いのジャングルの上空を飛行しながらその後ろに続いている。〈ちゃんと助けにきてくれたんだ〉

ベンジーがほっと一息ついて岸の方に視線を戻すと、一機目のＦＡＲＤＣのヘリコプターが村の上空に差しかかったところだった。ベンジーは入口を指差した。「もう外に出てもいいよね？」

ンダエが彼を押し戻した。「伏せろ！」

倒れそうになりながら入口から後ずさりしたベンジーは、地上のヘリコプターのあたりで赤い閃光が走ったのを目撃した。何かが白い煙の尾を引きながら飛び出し、夜の闇を切り裂いていく。到着したばかりのヘリコプターが目もくらむような火の玉に包まれて爆発した。爆風で屋根の鋼板がガタガタと震える。ＦＡＲＤＣのヘリコプターは空中で激しく揺れた――そして真っ暗な水面に落下した。

ンダエがベンジーのシャツをつかみ、入口の方に引き戻した。「ここにいては危険だ」

エコガードは暗い村の方を指差した。浸水した家々の間を揺れながら、複数の懐中電灯の光がベンジーたちの方に近づいていた。

午後十一時四十七分

ロケット弾の爆風でその場に膝を突いてしまったシャルロットは、川の中で燃える残骸を呆然と見つめていた。理解が追いつかない。爆発の衝撃で胸が苦しい。こもった「ブーン」という音しか聞こえない。

ほかの人たちもまわりで座り込んでいた。

シャルロットは拡声器を手にした兵士の方を見た。立ち上がろうとするケンディの後頭部に拳銃の銃口を向けている。大きな発砲音が鈍った聴覚を目覚めさせた。ケンディの頭が前にがくんと折れ、それに合わせて体も傾く。ケンディは明るく照らされた泥に突っ伏した。

リーダーが部下たちに大声で叫んだ。「全員をヘリに乗せろ!」

あまりのショックにシャルロットは反応できなかった。

川の近くから銃声が聞こえた。もう一機のヘリコプターが急上昇する。一機目とは違ってスズメバチを思わせる形状の機体だ。機関砲が川岸を掃射し、村に撃ち込まれる。新たなロケット弾が地上から発射されたが、小回りの利くヘリコプターはぎりぎりのところで回避した。だが、急な動きで狙いが外れた。空中のヘリコプターの下部から発射されたミサイルは水浸しになった村に着弾し、水と炎の柱が噴き上がった。

ヘリコプターに向かってさらにロケット弾が撃ち込まれる。狙われた機体が川の上空で旋回する。次の瞬間、ロケット弾がヘリコプターの尾翼に命中した。その衝撃で機体が激しく回転する。墜落を回避しようとするが、無駄な抵抗だった。煙を噴く機体がきりもみ状態になる。そして村外れの川岸に墜落し、炎と黒煙が大きな渦となって噴き上がった。

シャルロットが顔の前に腕をかざしたと同時に、誰かが体を強くつかみ、ヘリコプターの開いた扉の方に引っ張った。ジェムソンには手荒な真似をする必要はなかった。脅威と戦闘を目の当たりにすると、すぐさま機内に逃げ込んでいった。

長身のリーダーがディサンカに歩み寄った。母親は息子に覆いかぶさるような姿勢になっている。男は拳銃を持ち上げ、銃口を大きく振りながら別の兵士に指示した。「赤ん坊を連れていけ。女は必要ない」

〈そんなのだめ……〉

シャルロットは兵士の手を振りほどいてディサンカのもとに走ると、男たちの前に立ちはだかった。母親を救う方法がとっさに出てこないし、彼らがなぜ赤ん坊を欲しがっているのかもわからない。それでも、シャルロットは左右の手のひらを相手に向け、相手の狙いを逆に利用した。「この子は……この子にはまだ授乳が必要。この子が欲しいのなら、母親も連れていかないと」

　拡声器を持った男は射抜くような視線をシャルロットに向けた後、うなずいた。「二人とも乗せろ」男が向きを変えた。「だが、これ以上の余分な積荷は必要ない」

　男はバーンに大股で近づいた。看護師は両膝を突いて前かがみの姿勢になり、ベルトで縛られた腕を押さえている。バーンが顔を上げると、銃口が額に向けられたところだった。意識が朦朧としているのか、あるいはもはやどうでもいいと思っているのか、その表情に恐怖はない。

　銃声とともにバーンは仰向けに倒れた。

　シャルロットは息をのんだ。体が横にふらつき、まわりがぐるぐると回っているような気がする。だが、無理やり立たされるディサンカを見て、しっかりしなければいけないと思い直す。シャルロットは母親と赤ん坊に付き添い、促されるままにヘリコプターの後部の客室に乗り込んだ。

　機内に入った彼女は、奇妙な光景を目にした。

　機体の反対側の扉から、いくつもの死体が外に押し出されているところだった。作業の指揮を執っているのは拡声器を持った兵士とよく似た、長身のコンゴ人だ。外に捨てた死体をそれぞれ異なる場所に運ぶよう指示している。引きずられていく死体の肩には旧式の武器がぶら下がっていて、中にはガムテープを巻き付けたものもある。死体が着ている軍服はまちまちで、どれもぼろぼろの状態だ。

シャルロットは事情がのみ込めてきた。

〈やつらはこれを寄せ集めの民兵の仕業に見せかけようとしている〉

シャルロットは座席に押し込まれ、シートベルトを締めるように命令された。ディサンカを手伝ってあげてから、自分の作業をする。ジェムソンはすでにこわばった姿勢で向かい側に座っていた。まばたき一つせずに、一点をじっと見つめている。

外では長身のヨーロッパ系の男が無線を口に当てていた。「ほかの人間がいる気配は？」

応答が聞こえなかったので、シャルロットは煙を噴き上げる川岸の残骸の先に目を凝らした。ガソリンに引火した火災がそこらじゅうで発生していた。炎は瞬く間に木造の家屋を伝って広がっていく。藁葺きの屋根からも煙と炎が噴き出ている。

シャルロットはほかの人たちがじっと隠れていることを祈った。

拡声器を通した声が再び響きわたった。「全員、ヘリに乗り込め！　あと五分で離陸する」

その直後、雨脚が強くなり、叩きつけるような降りになった。風もいちだんと激しさを増す。雲の下に何本もの稲光が走った。そのうちの一本が空気を切り裂き、川に落ちる。

雷鳴が機体を大きく揺さぶった。

「早く戻れ！」背の高い兵士がわめいた。「今すぐに離陸するぞ！」

午後十一時五十二分

ベンジーは隣の小屋を目指して泳いでいた。屋根と建物の上半分はまだ水面の上に出ている。強い流れが小さな家屋に襲いかかっていた。ベンジーが小屋に近づくと、ベニヤ板が一枚剝がれて真っ黒な水面を流れていく。板は煙の立ちこめた夜の闇にたちまち消えた。

周囲には雨が激しく打ちつけ、水面に無数の波紋を作っていた。

後方では火災が川沿いの村に広がり続けていた。嵐をもってしても消せない激しさだ。炎がベンジーたちを追いかけてくる。

その時、後方から低い音が響いた。

ベンジーは流れの中で体をひねった。煙の間からヘリコプターが離陸し、機体が巻き起こす風で火の粉がベンジーたちの方に飛ばされる。

〈あいつらは立ち去ろうとしている……〉

ンダエが隣に泳ぎ着くと、濡れた手で前方を指し示した。「早く行け。見つからない場所まで」

ファラジもすぐ後ろを泳いでいる。

敵がこの場を離れようとしているのにどうして急がなければならないのか、ベンジーには理解できなかったが、エコガードの指示に疑問を挟むのは賢明ではない。今夜、この男性の判断が正しかったことは何度も証明されてきた。ベンジーは水の流れと闘いながら必死に泳ぎ、力を振り絞って手近な隠れ場所を目指した。

ようやく小屋のそばまで泳ぎ着くと、ベンジーは壁のベニヤ板をつかみ、体を入口から中に引き入れた。すぐにンダエとファラジもやってきた。

「これからどうするの？」ベンジーは息を切らしながら訊ねた。

ンダエは扉のすぐ近くにとどまったままだ。「あいつら次第だな」

ベンジーは外の様子をうかがった。ヘリコプターは高度を上げ、燃え盛る炎の上空を飛んでいる。ベンジーは機体が飛び去るようにと念を送った。その願いに反して、ヘリコプターは火災がまだ広がっていない側の村の上空でゆっくりと弧を描き、ホバリングの態勢に入った。機体の側面から小さな炎が吐き出される。何かが前方に発射され、轟音とともに建ち並ぶ小屋に命中した。複数の建物を火の玉が包み込み、一瞬のうちに消し去った。

「ヘルファイアミサイルだ」ンダエはうめくように言うと、ベンジーたちの方を見た。「あいつらはここにあるすべてを破壊する気だ」

ベンジーはごくりと唾（つば）を飲み込み、屋根の下に張られた垂木を見上げた。垂木というより、ただの棒切れだ。「この場所には気づかないかもしれない」

ンダエが首を横に振った。「ミサイルが六発あるのをさっき確認した」

〈つまり、まだあと五発も残っている……〉

楽観視できない状況だ。敵はこんな小さな村にそれだけの火力を投入できるのだから。

ンダエも同じ考えのようだった。エコガードはジャンプすると、頭上の垂木の一本をつかみ、両手でぶら下がった。

「何をしているんだい？」ベンジーは上を向いて問いかけた。

「ここを出る」

「どうやって？」

ンダエは二人に向かってうなずき、自分の真似をしてぶら下がるように促した。そして体を前後に振り、勢いをつけて向かい側の壁を両足で蹴った。ベンジーはその意図を理解した。さっきベニヤ板が剝がれ、流れに運ばれていったことを思い出す。壁の一部を壊して筏の代わりにすれば、それに乗って川を下り、ここから脱出できるかもしれない。

ベンジーとファラジも垂木に飛びつき、ンダエの左右にぶら下がった。三人は体を振り子のように動かし、壁を蹴飛ばした。またしても大きな爆発音が鳴り響き、小屋と周囲の水面を揺さぶる。増水した川の水面にさらに大量の煙が立ちこめる。

三人は懸命に体を振って蹴ったものの、壁はなかなか言うことを聞いてくれなかった。

ヘリコプターのエンジン音が次第に大きくなる。

「一緒に蹴らないとだめだ」ベンジーは苦しそうに言葉を吐き出した。「三人で同時に」ンダエが体を振るタイミングを合わせ、数字を声に出して数え始めた。一、二の三で、壁板にかかとを叩きつける。壁が少しずれ、板を固定する釘の数本が落下した。川の流れも壁への攻撃を続けている。

「もう一度蹴ればうまくいくと思う」ベンジーは言った。

動きを合わせて体を振った瞬間、つかんでいた垂木が折れた。三人とも水中に落下する。ベンジーはもがきながら水を吐き出したが、折れた垂木の破片をつかむことができた。痛めつけられた壁まで泳ぐと、狭い隙間に垂木のかけらを押し込み、隙間を広げようとする。両足を隣の壁に押し当てて踏ん張った。

ファラジが泳いで近づき、手伝おうとした。

ンダエも別の垂木の破片を手に、壁の反対側で作業を開始した。木からうめくような音が聞こえたが、釘がどうしても剝がれない。

その時、後方で大きな爆発が起きた。炎が入口の向こうを通り過ぎる。濃い煙が勢いよく流れ込んできた。爆発の衝撃が小さな建物を直撃し、それとともに大きな波を送り込んだ。狭い室内で川の水位が上昇する。

ベンジーは垂木にしがみついた――次の瞬間、波が壁にぶつかる。目の前の壁一面が押し倒された。

「そいつに乗れ！」ンダエが叫んだ。

壁板が大きな音を立てて水面に倒れると、ベンジーはファラジとともによじ登った。川の水が間に合わせの筏をすぐに押し流す。

ンダエは筏に泳ぎ着こうと苦戦していた。ベンジーは筏の上で腹這い（はらば）になり、持っていた垂木を差し出した。ンダエが手を伸ばすが、つかみ損ね、もう一度試みてようやくしっかりと握った。エコガードが垂木を伝ってよじ登ろうとする間も、川の流れが彼に襲いかかり、筏をくるくると回転させる。

ンダエは最後の力を振り絞り、どうにか壊れた壁板の上に這い上がった。三人は寝転がって手足を大きく広げ、筏を安定させようとした。筏は流れに運ばれて川のより水深のある方に向かっていく。雨や風をもってしても吹き飛ばせないほどの濃い煙が、水面をすっぽりと覆っていた。

ベンジーが上流側に視線を向けると、煙幕を通してヘリコプターの光がおぼろげに見えた。やがて流されるままに川が蛇行している部分を通り過ぎると、その光景は視界から消えた。

〈助かった……〉

「岸に戻らないといけない！」ンダエが濁流の音に負けじと叫んだ。

「どうして？　どうやって？」ベンジーは訊ねた。「オールもないのに」

「とにかくやってみるんだ」

ファラジが前を見て目を丸くした。

その時、ベンジーにも耳でそれがわかった。川の流れの音量が大きくなり、まるで野獣の咆哮を聞いているかのようだ。

〈まずい……〉

ベンジーは村に出入りする方法が空から、あるいはジャングルの中の獣道を使うしかなかったことを思い出した。船で川を行き来することはできないのだ。七、八百メートル下流には大小いくつもの滝が連なっていて、そこを通り抜けようとすればミンチにされてしまうだろう。しかも、洪水のせいでその化け物は凶暴さを増している。

ベンジーは川岸を通り過ぎる真っ暗なジャングルを見つめた。流れはさらに速まっている。筏の揺れもますます激しくなってきた。

夜空に稲光が走った。

遠くで三人を待ち構える野獣の怒りの咆哮がとどろいた。

7

四月二十三日　中央アフリカ時間午後十一時四十八分
コンゴ民主共和国　ツォポ州

「雷がさらにひどくなっているぞ！」フランクは大声をあげた。

頬をヘリコプターの客室の窓にぴたりとくっつけている。重低音がアクリルを震わせる。はるか前方で複数のまばゆい閃光が暗闇に浮かび上がった。フランクは上流の方角に見える赤い輝きに目を凝らした。

〈あそこで何が起きているんだ？　落雷で森林火災でも発生したのか？〉

風が強まり、小型のアエロスパシアル・ガゼルが空中で揉まれた。ヘリコプターは眼下の暗い川の流れに沿って飛行している。真っ白な濁流が黒い岩盤を乗り越え、急峻(きゅうしゅん)な断崖を落下していく上空に差しかかった。ヘリコプターのライトはすさまじい勢いで流れ落ちる滝が噴き上げる濃いミストを照らし出した。

「嵐が激しくなっているのは間違いないな」機内の反対側から外の天候をうかがっているタッカーが同意した。

二人の間ではケインが座席の上で体を丸めて休んでいた。機体の揺れや急降下にもまったく動じていない。だが、このマリノア種は百戦錬磨の兵士で、数え切れないほどの襲撃、銃撃戦、IED（即席爆発装置）の炸裂を経験してきた。そんなことを思いつつ、フランクはケインのことを医師の目で診断した。彼は獣医として、長年の間に何百頭もの軍用犬を治療してきた。裂傷を縫合し、火傷した箇所に皮膚を移植し、重傷を負った足を切断した。小さな死体にそっと国旗をかぶせた経験も少なくなかった。そんな四本足の兵士の忠誠心を正しく認識している人は数少ない。彼らの犠牲や苦難は政治的な大義や国家の威信のためではなく、もっと単純な理由のため、心と心を結ぶ決して切れることのない絆のためだった。

フランクはタッカーを見た。

タッカーは今も相棒の脇腹に手のひらを添えている。

その絆は一方通行ではない。

フランクはケインの方に手を伸ばし、首筋をかいてやった。指先が体毛の下に隠れた古い傷跡に触れた。傷跡の地図はこの兵士の過去を表す。フランクはタッカーの頬にも同じような傷跡があることに気づいた。タッカーもケインも、どちらも戦場の生き残りで、ともに負傷して傷跡を残しながら一つになり、喪失と悲しみを通じて、同時に喜びと友情を通じて、互いに心の絆で結ばれた。

　フランクはたとえほんの短い時間であっても、自分がその家族の一員として認められたことがうれしかった。イラク時代に、タッカーは自分を仲間の一人として何のためらいもなく受け入れてくれた――フランクはそのことに感謝した。黒人の将校だったことを考えると、なおさらありがたいと思った。軍隊では今もなお、先入観や偏見が根強く残っている。第一次世界大戦中は、フランクと同じ肌の色をした軍の獣医はたった五人しかいなかった。今ではその数も増えているが、本来あるべき数にはほど遠いのが現状だ。もっとも、それは獣医という職業全般にも当てはまる。今もなお、獣医全体に占める黒人の割合は二パーセントを少し上回る程度だ。フランクとタッカーが親しい間柄になった理由の一端はそこにあるのかもしれない。二人とも軍のほかの兵士たちから少し浮いた存在だったのだ。

　ガゼルが空中で激しく揺れ、フランクは現実に引き戻された。ショルダーストラップを握り締める。シートベルトのおかげで体が座席から飛ばされずにいる状態だ。フランクは窓の外に目を向けた。いくつも連なる滝をすべて越え、ツォポ川の広い流れの上空を飛んでいる。川幅は優に数百メートルあり、両岸は真っ黒なジャングルに接していた。

　進行方向の空に稲光が輝き、ほんの一瞬、川面（かわも）にまばゆい光が反射した。それに続く雷鳴は、ヘリコプターの機体を揺るがすほどの激しさだ。

タッカーが操縦士の方に体を傾けた。操縦士は覆いかぶさるような姿勢で操縦桿を握っていて、雨の打ちつける風防に鼻先がくっつきそうだ。機体の小型ローターは豪雨と格闘しながら回転を続けている。

「先遣隊から何か連絡は？」タッカーが懸命に操縦する操縦士に訊ねた。

操縦士の返事は首を左右に振っただけだった。

ガゼルはＦＡＲＤＣの二機のヘリコプターから二十分ほど遅れて飛行していた。これまでのところ、支援キャンプの状況に関してはいい知らせも悪い知らせも入ってきていない。

タッカーが眉間に深いしわを寄せてフランクの方を見た。その表情に浮かぶ質問は簡単に読み取れる。〈進み続けるか、それとも引き返すか？〉

答えは外からやってきた。

機体の上空と周囲に目もくらむような閃光がきらめいた。鎖状に連なる電気の帯が雲の下から伸び、空を引き裂く。稲光が目の前を横切り、下を流れる川に落ちた。まばゆい光が残像となって網膜に焼きつく。

一瞬の間を置いて発生した雷鳴が周囲に響きわたり、その衝撃で機体が急降下した。あたかも雷がヘリコプターを空から叩き落とそうとしているかのようだ。ガゼルが高度を落として激しく揺れる中、操縦士は必死に操縦桿を握り続ける。操縦士は罰当たりな言葉を大声で吐き捨てると、目の前に立ちはだかる嵐の壁から機体を旋回させ、引き返す態勢に入った。

フランクは座席とショルダーストラップをしっかりとつかんだ。

操縦士の決断は責められない。これ以上先に進むのは不可能だ。キャンプの状況を判断する作業はＦＡＲＤＣのチームが乗った二機のヘリコプターに任せるよりほかない。本格的な嵐が訪れる前に到着しているはずの彼らも、今夜は身動きが取れないはずだ。自分とタッカーは明日の朝になってから合流すればいい。

フランクは頭の中で予定を再計算した。今夜はサンプルを採取する代わりに、キサンガニ大学でのモバイルラボの設置と点検に費やすとしよう。それを終わらせておけば、明日の午前中にキャンプでサンプルを採取して、すぐさま分析に取りかかれる。

〈それほど時間を無駄にせずにすむかもしれない……〉

ガゼルがジャングルと川の境目の上空で急旋回し、空港に戻りかけたところで、フランクは座席に座り直した。

不意にタッカーが身を乗り出し、操縦士の肩をつかんだ。「待て！」

操縦士は顔をしかめて肩越しに振り返った。

タッカーは川に向かって腕を突き出した。「見ろ！　光だ。川の上」

協力しようとしたのか、それとも改めて当初の予定通りにキャンプに向かうことにしたのかはわからないが、操縦士はヘリコプターを再び旋回させて真っ暗な川の方に向けた。フランクは窓に頬をくっつけ、タッカーが指差す方を探した。ヘリコプターの光が届かない進行方向は真っ黒な水が流れているだけだ。

フランクは目を凝らした。

〈何も見えない――〉

その時、雨の打ちつける川面に反射して、水面近くで揺れ動く小さな光が点滅した。

「見えるぞ！」フランクは思わず叫んだ。

タッカーは操縦士の肩を握ったまま、前方を見続けていた。「誰かがあそこにいる」

午後十一時五十二分

ベンジーはようやく片腕を筏の上に戻し、大きく安堵のため息をついた。小さなペンライトが指先で光を発している。体が震え、思わずすすり泣きが漏れた。

ンダエが壊れた壁板を押さえる手を離し、ベンジーの脚をぽんと叩いた。筏の前の方で大の字になって貼り付いているファラジの唇が動いている。感謝の祈りを捧げているのか、あるいはさらなる救済を求めているのかもしれない。

真っ暗な嵐の中で明るい光を放ちながら、一機のヘリコプターが川をさかのぼり、こちらに向かってきていることに気づいたのは一分前のことだった。ベンジーはポケットからペンライトを取り出し、ヘリコプターに合図を送ろうと振り回した。乗っているのが味方なのか敵なのかはわからなかったが、そんなことはどうでもよかった。筏が死の滝にのみ込まれてしまう前に川から脱出するためには、あのヘリコプターが唯一の希望だった。

それでも、ベンジーの努力は報われないかと思われた。ヘリコプターは針路を変えることも高度を下げることもなく、ベンジーの合図に気づかないまま川に沿って飛び続けた。機体の発する光が川の上でちらちら揺れる小さな瞬きを隠してしまっているのではないか、ベンジーは恐れた。

その時、目のくらむような稲光の連続で周囲が明るく光り、それに続いて電気の槍(やり)が筏の背後の水面を貫いた。雷鳴がとどろきわたる中、ベンジーはヘリコプターが向きを変え、ジャングルの上空を大きく旋回しながら遠ざかろうしていることに気づき、絶望した。

ところが、今度はそのヘリコプターが引き返してきて、急速に高度を下げながら三人の方に真っ直ぐ向かってきたのだ。

機体が川の上空に達すると、側面の扉が開いた。縄梯子が広げられ、その先端が水面に向かって下りてくる。強風が縄梯子に襲いかかった。梯子がまるで切れて垂れ下がった電線みたいに激しく揺れた。

〈あんなの、つかめっこない〉

ベンジーは解決策を求めてンダエの方を見た。

エコガードは顔をしかめるばかりだった。流れに揉まれる筏も上下左右に揺れ、回転していて、今にも転覆しそうだ。そればかりか、間に合わせの乗り物は濁流に押されて速度が上がる一方だった。

ファラジは風に翻弄（ほんろう）される縄梯子には目もくれず、じっと前を見たままだ。

進行方向から聞こえる轟音が接近するヘリコプターのエンジン音をかき消してしまっている。

〈もう残された時間は少ない……あと、川の残りも〉

午後十一時五十三分

タッカーは開け放たれた扉の脇にある手すりを握り締めていた。機体が窮地に陥った人たちに向かって接近する間、じっと下を見つめる。操縦士がスポットライトを点灯させ、濁流に揉まれる筏にピンポイントで当てている。不安定な筏には三人が乗っていた。その頭上で縄梯子が激しく揺れ動く。先端にはおもりが付いているが、この強風に耐えられるような重量はない。

下の三人が縄梯子をつかむのは、不可能とは言えないまでも、かなり難しいだろう。

〈しかも、問題はそれだけじゃない〉

タッカーは南の方角を一瞥した。高く舞い上がる霧が下流で待ち構える脅威の存在を示している。

タッカーは首を左右に振った。

〈やるしかない……〉

体の向きを変え、縄梯子の最上段に足を掛ける。

「何をする気だ？」フランクが大声でわめいた。

「錨が必要なんだよ！」

〈その役目を果たすのは俺だ〉

タッカーが縄梯子を下り始めると、ケインが客室の座席の端ににじり寄った。タッカーは相棒と視線を合わせた。「待て」はっきりとした口調で命令する。自分が頼めばケインはどんな場所であろうとついてくる。

〈だが、今回は違う〉

扉のすぐそばで座るケインは、不満そうな表情を浮かべている。

「悪いな、相棒」タッカーはつぶやき、梯子を下った。

ヘリコプターの機体の陰から出た途端、風が襲いかかった。梯子が風下側に大きく振れる。タッカーは頑丈なプラスチック製の段をきつく握り、一呼吸置いてその動きを計算に入れてから、再び下降を開始した。

上からフランクの叫び声が聞こえたが、それはタッカーに向けた指示ではなかった。「機体をしっかりと安定させろ！」

タッカーには操縦士が最善を尽くしているとわかっていた。それでも、梯子と一緒に体が回転し、左右に揺れる。しかし、こんな経験をするのは今回が初めてではなかった。従軍中、タッカーとケインは捜索活動や潜入など、様々な活動に従事してきたが、最も得意としていたのは救出任務で、重要度の高いターゲットを奪還することだった。

タッカーは左右の足の間から下をのぞいた。見上げる人たちの顔には恐怖がありありと浮かんでいる。三人が何者なのかはわからないが、彼らにはタッカーが唯一の希望で、それだけでも彼にとって三人は重要度の高いターゲットだった。

タッカーは縄梯子の残りを伝って下りた。彼の体重が加わったおかげで大暴れする梯子がいくらか安定したものの、とても安全とは言えない状態だ。タッカーの引き締まった体形はアメフトのラインバッカーよりもクォーターバックに向いている。だが、この梯子のおもりとして必要なのはディフェンスライン全員分の体重だった。

それでも、タッカーは梯子のいちばん下までたどり着いた。

左右の手で段を握り締めたまま、両足を梯子から離して筏の方に下ろしていく。ローターの巻き起こす風が雨を寄せつけず、同時に周囲の水面を平らにしてくれている。つま先が回転しながら筏の表面をかすめたが、三人が乗っているのは釘で数本の角材に固定されたベニヤ板にすぎなかった。両足がうつ伏せになってしがみつく三人の背中にぶつかる。危うく少年の顔面を蹴飛ばしてしまいそうになった。

上からフランクの叫ぶ声がするが、轟音にかき消されて単語は聞き取れない。

縄梯子の位置がさらに少し低くなると左右の靴底が筏の表面に届き、少しは動きを安定させられるようになった。緑色の迷彩服を着たコンゴ人の兵士が片手でタッカーの足首をつかんでから、隣で突っ伏している人に顔を向けた。

「行け！」兵士がわめいた。

いちばん近くにいたびしょ濡れの白いカバーオール姿の若者が四つん這いの姿勢になった。ぐらぐらと揺れる筏の上では、このちょっとした動きでもかなり危険だ。それでも、若者は震える腕を梯子のいちばん下の段に向かって伸ばした。二度目の挑戦でつかむことに成功し、命綱にぶら下がった格好で動きが止まる。

「そのまま上れ！」タッカーは厳しい口調で怒鳴った。若者は疲れ果てて怯え切っているに違いないが、今は躊躇（ちゅうちょ）している場合ではない。

若者もそれを理解したようで、さらに上の段に飛びついた。そのはずみで筏がひっくり返りそうになる。若者はタッカーがしがみつく反対側を登っていき、その途中でタッカーの指を踏んづけていった。

　まだ足首を握ったままの兵士が、十二歳か十三歳くらいの少年の方を向いた。「ファラジ！　行け！」

　少年は兵士の背中の上を横切り、梯子の下までやってきた。立ち上がったその時――足もとの筏が大きく揺れる。少年は細い腕を振り回してバランスを取ろうとした。タッカーは片手を離し、少年が後ろ向きに筏から落ちる寸前で相手の手首をつかんだ。

　タッカーが落下を食い止めたはずみに、少年の片方の腕から小さなバックパックが離れた。バックパックは筏の上を転がり、川に落ちた。

　少年はうめき声をあげ、タッカーの手を振りほどいた。水面に浮かんで流されていく荷物の後を追い、川に飛び込む。その体が水しぶきとともに急流にのみ込まれた。

〈馬鹿野郎、何を考えて……〉

　コンゴ人の兵士が少年を助けようと体を起こしたが、疲労困憊（こんぱい）の状態にあるのは傍目にも明らかだ。タッカーは男性の襟首をつかみ、梯子の方に引っ張った。

「上れ！　早く！」

　兵士の両手が段を握った。タッカーの指示に従ったというよりも、生存本能によるものだろう。相手がしっかりとつかんでいるのを確認してから、タッカーは手を離した。

「上れ！」鼻先がくっつきそうな距離で伝える。

その最後の指示を残すと、タッカーは相手に背を向け、水面で上下する少年の姿に向かって筏から川に飛び込んだ。少年はバックパックを取り戻し、流れに逆らって泳いで筏に戻ろうとしている。だが、とてもじゃないが無理だ。

タッカーは着水するとすぐに頭を水面から突き出した。

手足を動かして黒い水と格闘している小さな体を目でとらえる。少年の向こうに見えるのはヘリコプターのスポットライトに照らされた大量の水しぶきだ。少年は懸命に頑張っているものの、その体は滝の方にどんどん引っ張られていた。

タッカーは足で水を蹴り、少年の後を追った。水の力が体を押してくれるので、すぐに追いつくことができた。あまりに流れが速いため、危うく追い越してしまうところだった。タッカーは少年のシャツをつかみ、しっかりと握り締めると、細い体を自分の方に引き寄せた。

「つかまれ！」

少年が英語を理解できたのかどうかはわからないが、二本の腕が首に巻き付き、タッカーは息が詰まりそうになった。

方向転換して流れに逆らって泳ごうとするが、水の勢いは想像していたよりもはるかに強い。乗客のいなくなった筏が右側を通過し、轟音をあげる水しぶきに突っ込んで見えなくなった。

ヘリコプターが縄梯子とともにタッカーたちの方に近づいてきた。一人は梯子の最上段の手前まで達している。もう一人はいちばん下にとどまったままだ――ただし、上下逆さまの体勢になり、両足を縄梯子の段に引っかけてぶら下がっていた。両腕を川に向かって伸ばし、二人を手でつかんで引っ張り上げようという意図だ。

〈どうしてさっきはあれを思いつかなかったんだろう?〉

タッカーは必死に泳いだが、流れの中で自分の位置を維持することすらもできなかった。ヘリコプターが強風に逆らいながら、流されるタッカーたちの後を追う。機体の後方で稲光が走った。雷鳴がとどろいたはずだが、タッカーには聞こえなかった。背後からの水音がすべてをかき消していたからだ。

次の瞬間、タッカーたちはしぶきによって発生した霧の中に引きずり込まれた。ヘリコプターの機体と縄梯子を見失ってしまう。タッカーは残る力を振り絞って泳いだが、勝ち目がないのは明らかだった。その時、周囲の水しぶきが明るくなった。黒っぽい影が水面近くを二人の方に近づいてくる。

タッカーはその影に向かって腕を伸ばした。

縄梯子が見えた。そこにぶら下がった兵士の姿も。男性が下に垂らした両腕の先端は水中にある。タッカーは流れに逆らうのをやめ、相手が進む先に合わせて自分たちの向きを変えた。ほんの一瞬、二人の視線が交錯する——次の瞬間、互いの体がぶつかった。タッカーは足で水を蹴って水面から体を突き出し、相手の胸のあたりに両腕を巻き付けた。兵士はタッカーの腰をつかんだ。

川との距離が離れていく。ヘリコプターが高度を上げているだけでなく、流れが岩と断崖で白く泡立つ滝となって落ち込んでいるからだ。

タッカーは兵士にしがみつき、絶対に離すまいとしたが、体力を消耗した相手の体が震えているのを感じた。タッカーは首にしがみついたままの少年に向かって叫んだ。「坊や、上れ！　俺の体を使って！」

梯子の段はタッカーの頭のすぐ上にある。

左右のつま先がベルトを足がかりにしてタッカーの背中に食い込んだ。一本の腕が首から離れる——少年は敏捷な身のこなしで梯子を上っていった。重荷から解放されたタッカーは片腕を兵士の体から離し、素早く梯子の段をつかんだ。

タッカーも急いで少年の後を追った。疲れ切っているはずの兵士も、ぶら下がった体勢のまま体を折り曲げて両手で段をつかみ、引っかけていた足を離してから、タッカーに続いて縄梯子を上った。

すでに全員が滝の水しぶきの外に出ていた。強風にあおられた縄梯子はなおも揺れていたが、三人とも無事にヘリコプターまで上り切った。

タッカーは体を機内に引き上げてから、後に続く兵士に手を貸した。ヘリコプターの機内に入ると、三人は座席に倒れ込んだ。客室内はかなり狭い。ガゼルの定員は五人だ。今乗っているのは六人――それに犬が一頭いるので、ヘリコプターの設計を超えた乗員数だが、そんな細かいことは気にしていられない。

誰も文句を言わなかった。

タッカーはバックパックを胸にしっかりと抱えた少年の方を見た。

「どうしてもそれを手放したくなかったみたいだな」タッカーは目の前に垂れる濡れた髪をかき上げながら、息も絶え絶えに話しかけた。「中には何が入っているんだ？　宿題か？」

少年はその質問を無視した。それとも、エンジンの轟音のせいで聞こえなかったのかもしれない。その視線はケインのことを警戒している。「この犬、噛むの？」

タッカーはため息をついた。「俺が噛めと言った時だけだ」

答えを聞いても、少年の目から恐怖の色は消えなかった。

「心配するな」タッカーは少年の膝をぽんと叩いた。「こいつは人懐っこいよ」

〈いつもそうだとは限らないけれどな〉タッカーは心の中で付け加えた。

フランクが声の届く距離まで顔を近づけ、タッカーに向かって叫んだ。真っ先に縄梯子を上った若者を指差している。「彼が話したことを聞くべきだ！　キャンプで何が起きたのかについて！」

「キサンガニに着くまで待てないのか？」

ただでさえエンジンの轟音で意思の疎通が難しいうえに、耳の中に川の水が入ってしまったから余計に声が聞き取りにくい。それにあと二十分もすれば空港まで戻れる。しかも、伝えなければならない重要なことがあるならば、その対応により適している連中がこちらに向かっているところだ。

フランクの表情が険しくなった。「だめだ。今すぐに話を聞く必要がある」

第二部

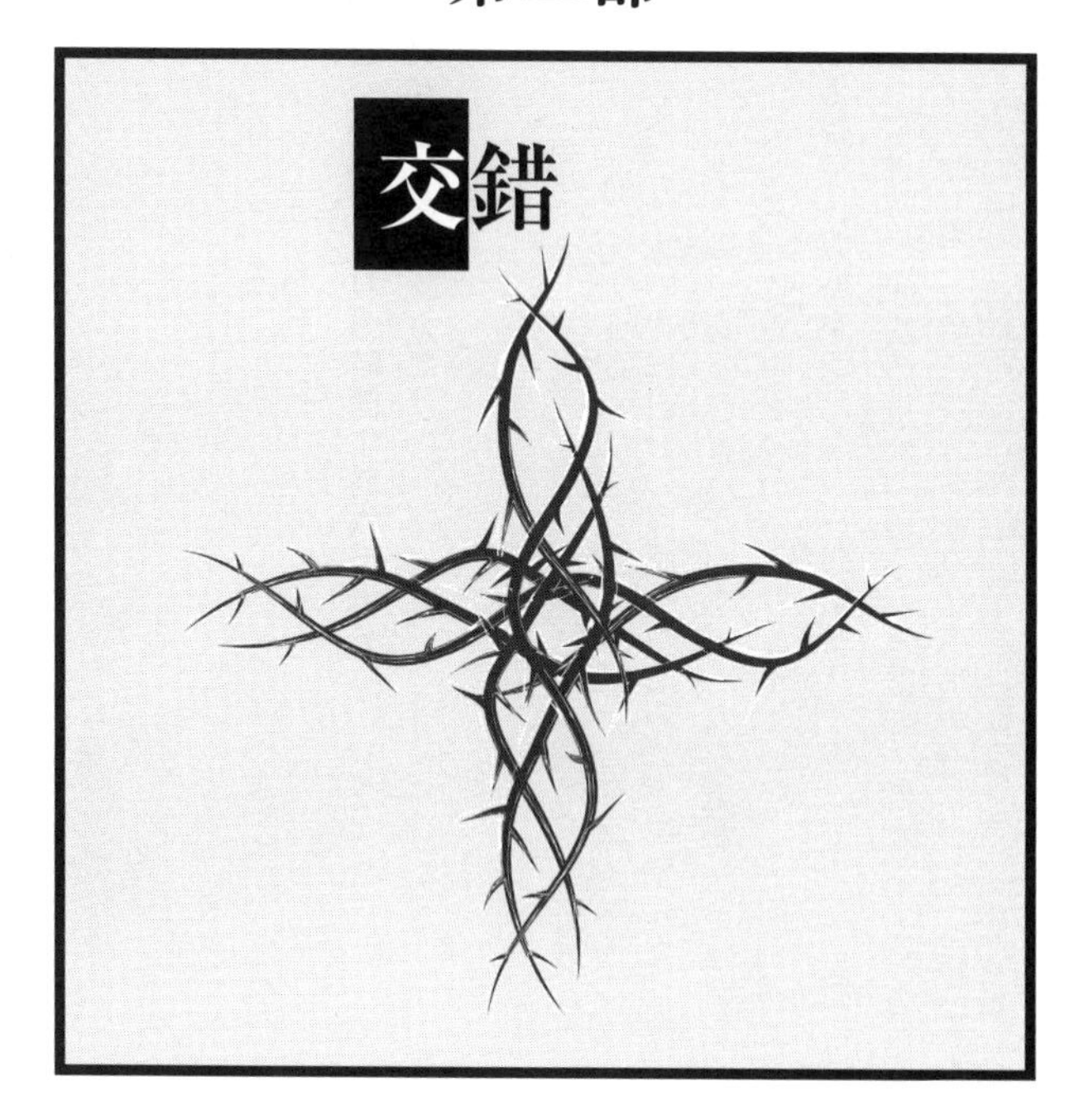

8

四月二十四日　中央アフリカ時間午前六時五分
コンゴ民主共和国　キサンガニ

〈遅すぎたのではないだろうか……〉

悪いことが迫りつつあるという予感に背中を押されながら、グレイはキサンガニ大学のキャンパス内を移動していた。陸軍時代に自分の直感を信じることを学んだ。今は状況が短時間のうちに手に負えなくなりつつあるのではないか、そんな気がする。グレイは周囲を見回し、何が自分の神経を高ぶらせているのか見極めようとした。

昨夜の嵐は通り過ぎ、まぶしい太陽が新たな一日の始まりを告げていた。空にはまだ厚い雲のかかっているところもあり、黒雲の端から落ちる水滴が一部で弱い雨を降らせ、近くを流れる茶色く濁ったコンゴ川の上空には何本もの虹がかかっている。天気予報によるとモンスーンによる嵐の切れ目は、少なくとも今後二、三日ほど続くようだ。

グレイたち一行が国際空港に着陸したのは一時間前のことだった。クロウ司令官から夜の間の出来事に関する最新の情報が入り、国連の支援キャンプの襲撃と、タッカー・ウェインによる数名の生存者の救出について知らされた。襲撃の調査のためコンゴ民主共和国軍の兵士たちから成る部隊が夜明け前、グレイたちの到着とほぼ同じ頃に飛び立ったばかりだった。ペインターとキャットが状況の監視を続けていて、何か新しい事実がわかり次第、連絡が入る手筈になっている。

それまでの間、グレイのチームは大学に向かい、作戦拠点の確立と、拉致（らち）された医療チームおよびアフリカ中部に拡散しているおそれのある感染症に関する自分たちの調査の準備を進めることになった。二百万人近い人口を抱え、周辺地域から毎日多くの避難民が集まっているこの都市に、その病気が襲いかかったらどんな事態になるのだろうか。

キサンガニはこの地域を流れる河川の合流地点に当たる。ルアラバ川、ツォポ川、リンディ川などの主要な川や支流のすべてがこのあたりで一つになり、世界で最も水深があると同時に、アマゾン川に次いで世界第二位の水量を誇るコンゴ川を形成する。探検家ヘンリー・モートン・スタンリーによってジャングルに町が建設されたのは一八八三年のことで、コンゴ川を船舶で航行可能なのはここまでだった。スタンリーがここをスタンリー・フォール・ステーションと命名したのは、この先に巨大な滝（フォール）が連なっていて、さらなる上流への船による行き来を阻んでいたためだ。また、後にスタンリーヴィルと呼ばれることになるこの地を彼が選んだもう一つの理由は、広大なジャングルから出てくるすべてのものがここを通過しなければならないからでもあった。

それは同時に、病気がこの地域一帯に広がっているのであれば、キサンガニがその通過点になることを意味する。

「あそこが目的地に違いない」モンクの言葉がグレイの不安に割り込んできた。チームメイトが折りたたんだ地図で指し示しているのは、ベージュ色の煉瓦でできた三階建ての理学部の建物だ。

チームはそこに作戦拠点を設ける計画だった。タッカーとドクター・ウィテカーは夜のうちに到着していて、そこで研究用の機器を設定しているところだ。

「少なくとも、あそこはそれほどみすぼらしい場所ではなさそうだな」コワルスキの不機嫌そうな声が聞こえた。朝早くに起こされたうえに、朝食もまだとあって明らかにいらだっている。

グレイたちはすすと落書きで汚れ、今にも朽ちてしまいそうなコロニアル様式の建物から成る都会の渋滞を抜けてきたばかりだった。しかし、美しい大聖堂がそびえる中央市場の周辺をはじめとして、活気と華やかさに満ちた街でもあった。

リサが手を目の前にかざしながら目的地を観察した。「心配は無用。建物は数年前に改装されている。その際にバイオセーフティレベル3の封じ込め施設も増築された。今回の件が片付くまでに、そこが必要になるかも」

「俺たちが直面することになるかもしれない状況を考えると」モンクが反応した。「最恐の病原体にも対応可能なレベル４の施設の方がずっとありがたいけれどな」

リサがブロンドの髪のほつれを耳の後ろにかき上げた。「ドクター・ウィテカーはここの装備に太鼓判を押している。それにガボンの仕事仲間から、必要が生じた場合にはレベル４の施設へのアクセスを約束してもらったそうだし」

グレイはため息をついた。

〈もっと多くのことがわかるまでは、ひとまずそれで対応するしかない〉

その一方で、グレイはここまで来る機内でシグマのモットーについて考えたことを思い返した。〈発見者であれ〉国連のキャンプの襲撃と拉致に関するペインターの説明に思いを巡らせる。単なる偶然とは思えない。シグマは最善を尽くしたものの――

〈何者かが先回りしてここにやってきた〉

グレイたちが理学部の建物にたどり着くと、見覚えのある顔が中からガラス扉を開けた。「どうやらまた手を組むことになりそうだな」タッカーが言った。

元陸軍レンジャーの相棒も一行を出迎えた。ケインはふさふさのしっぽを振り、コワルスキの股間に鼻先をうずめた。

大男は犬を押し戻した。「俺もおまえに会えてうれしいよ。だけど、お返しに同じことをしてやるほどうれしくはないぞ」

　全員が握手を交わし、毛に覆われた体をなでた。

　タッカーが中に入るよう合図した。「フランクは最上階で機材の準備をしている。おまえたちに伝えなければならないことがたくさんある」

　タッカーの案内で、一行は広さ二千八百平方メートルほどの建物内を足早に移動した。一犬が同行していることもあって、数人の学生がグレイたちに怪訝な表情を向けてくる。一行は三階まで階段を上った。そのフロアには様々な実験室や作業部屋が連なっている。グレイたちは入室のために暗証番号が必要な扉の前で立ち止まった。

「俺たちはこの場所を独占できる」タッカーが光を発するボタンに指先で触れながら言った。「司令官が手を回してくれたおかげでな」

　タッカーが扉のロックを解除し、グレイたちを大きな研究室に招き入れた。室内からは一列に並んだ窓を通して川が一望できる。ここは生物学用の研究室で、遠心分離機、顕微鏡、分光光度計、クロマトグラフなどが備わっている。三方の壁はガラス容器の棚が占めているほか、高さのあるステンレス製の冷蔵庫や冷凍庫、前面がガラス扉になっている培養器も置いてあった。

　モンクとリサは好奇心とうらやましさの入り混じった目で室内を観察していたが、なかでも部屋を二分するように中央に置かれた長いテーブルに注目していた。作業用テーブルの上には備品やラベルを貼った試薬など、研究に取りつかれた科学者の道具が所狭しと並んでいて、ラップトップ・コンピューターの画面ではバイオインフォマティクスのソフトウェアが、回転するＤＮＡの二重螺旋（らせん）を描いていた。

リサが画面を指差した。「あれは米国国立生物工学情報センターのＧｅｎＢａｎｋ（ジェンバンク）。塩基配列のデータベースね」

〈つまり、ドクター・ウィテカーの機材ということか〉

グレイが左側に視線を向けると、大きな窓から隣の部屋がのぞけるようになっていた。小さなエアロックの手前にはフックに吊るされた防護服があるので、その奥の部屋が封じ込め施設に違いない。

タッカーがグレイたちをその反対側に案内した。白衣を着た二人の人物がいる。グレイたちが入室した時、二人は奥の壁沿いに置かれた安全キャビネットの傍らにいた。ドクター・フランク・ウィテカーがグレイたちに気づいてうなずいた。その隣にいる少し背の低い若者はベンジャミン・フレイで、ジャングルで問題が発生した時に博士論文用の研究に取り組んでいたイギリス人の大学院生だ。

タッカーが各自を紹介する間、学生は落ち着かない様子で体をもぞもぞ動かしていた。大勢の見知らぬ人たちを前にして当惑しているのだろう。

フランクは動じていない様子だが、少しぴりぴりしているようにも見える。「ちょうど検査用のサンプルを採取しようとしていたところだ」獣医が説明した。「モバイルラボの荷物を運ぶだけで夜がほとんどつぶれてしまった。一時間くらいしか眠れていないよ」

リサが前に進み出た。「何の検査用サンプルなの?」質問を投げかける。「キャンプまで到達できなかったと聞いたけれど」

フランクは大学院生の方を見た。「キャンプが襲撃を受ける前に、ここにいるベンジーが少量のサンプルを採取できたんだ。見せてあげよう」

グレイたちは安全キャビネットの近くに集まった。

ベンジーが両腕を胸の前に回した。「ぼ……僕はサンプルのうちのいくつかをだめにしてしまった。落としたり、試験管が割れちゃったり。でも、一部は何とか持ち帰ることができた」

グレイは試験管立てに置いてある三本の採取用試験管に目を凝らした。そのうちの二本は空っぽのように思えたが、よく見るとそのうちの一本の側面を小さな赤黒い点がよじ登っている。残る一本には球状の腹部を持ち、複数の体節に分かれた大きな昆虫が入っていた。

「数匹の蛹、一匹の兵隊アリ、それにコロニーの女王アリを回収できたんだ」ベンジーが説明した。

モンクが眉をひそめた。「アリだって? キャンプがアリの大群に襲われたという話は聞いたが、よくわからないな。アリと君たちが探し求めている病原体かもしれない何かとは関係があるのか？」

「何もないかもしれない」フランクが認めた。「だが、ベンジーはアリの行動が奇妙だったと、不自然なまでに攻撃的だったと主張している。また、その襲撃の際に異なる種のアリが一緒に移動していたそうだ。それも奇妙な行動に当たる。それに続いてヒヒが襲ってきた。ヒヒにしては異例なまでの獰猛さだったらしい。そのため、関連があるのではないか、今回の件のすべてを結びつける何かがあるのではないかと考えたというわけだ」

「アリと人を衰弱させる病気の間に？」モンクが訊ねた。

リサがフランクを支持する意見を述べた。「昆虫が病気を媒介することは珍しくない。蚊、ハエ、ダニ、ノミ。ドクター・ウィテカーの考えは正しいと思う。可能性を除外できるとは一概には言えない」

フランクがうなずいた。「それに現時点ではほかに検査をする対象が何もない。少なくとも、そうした準備作業は機器の調整に役立つはずだ」

タッカーが話に割り込んだ。「フランク、さっき俺に話してくれたことをみんなにも伝えてくれ。だが、俺はもう一度聞きたいとは思わない。今でも思い出すだけで鳥肌が立つんでね。その間にケインと俺は、ほかにも話をしてもらわないといけない人がいるから、その二人を呼んでくる。二人とも隣の部屋で仮眠を取っているところだ」

そう言い残して、タッカーは扉の方に歩いていった。

タッカーが部屋から出ると、グレイは獣医の方に向き直った。「君の話というのは？」

フランクが眉をひそめ、その顔に不安を示すしわが深く刻まれた。「疾病Xについてだ」

午前六時二十八分

モンクは試験管の中の女王アリに顔を近づけた。疾病Xについてはよく知っている。医療の専門家の誰もが恐れる怪物だ。現代科学では予防も治療もできず、急速に拡大するおそれがあるという理論上の病原体を指す。前回のパンデミックを経て、疫学者たちは次があるとすればそんな疾病Xなのではないかと恐れおののいている。

〈今回の発生がそれに当たるのだろうか？〉

モンクは拡散パターンについてのキャットの懸念を思い出した。病原体が風に乗って運ばれている可能性があるという話だった。それが本当ならば、過去に例がないような大災害になるだろう。

フランクがそんな説明をしている間、モンクは馬鹿でかいアリを観察した。親指と同じくらいの長さがあり、どうやら死んでいるらしい。モンクは指を近づけ、試験管を軽くはじいた。アリが体を動かした。足でガラスを引っかき、触角を振りながら、まだ生きているぞと主張している。

モンクはぞっとして拳を作り、腕を引っこめた。

女王アリを採取した大学院生がモンクの様子に気づき、体を寄せてきた。「あの……こんなことを質問するのは失礼かもしれないけれど」ベンジーは申し訳なさそうに表情を歪めながらも切り出した。「手を失ったのはいつのこと？」

モンクは拳を作ったままの左手を見た。この若者はなかなかいい目をしている。義手だと気づく人はほとんどいないというのに。「何年も前のことだな」

義手はＤＡＲＰＡの最新技術の粋を集めた作品で、本物の手とほとんど見分けがつかないほどの精巧さで作られている。モンク自身も義手だと意識していない時間の方が多い。その一方で、この義手には最新の軍事技術も組み込まれている。十セント硬貨ほどの大きさの微小電極がモンクの脳の体性感覚野に埋め込まれているので、頭で考えるだけでこの最新の神経義肢を制御できるし、触れたものを「感じる」ことだってできる。事実、研究所で開発された皮膚は本物よりもはるかに敏感だ。

しかも、それだけではない。

モンクは手首をつかみ、磁気によって固定されている接続部から取り外した。義手を安全キャビネットの台の上に載せてから、頭の中で指示を送ると、義手が指先を使って起き上がり、若者に向かって這うように動き始めた。パーティーの余興などでこれを見せると、ほとんどの人は顔色が真っ青になる。

ところが、ベンジーは身を乗り出した。「ワイヤレスのバイオフィードバックだ。すごい」

モンクはこの若者に感心する一方で、ちっとも嫌がる素振りを見せなかったことに少しがっかりしながら、義手を再び装着した。

〈近頃の若いやつは……〉

ベンジーが自分の採取したサンプルに注意を戻した。「世界のアリの生物量は僕たち人間に等しいって知ってた？　つまり、アリは地球上で人間と同じくらいの地域を占めているんだ」

モンクは突然の話題の転換にどうにか対応した。「いいや、そいつは知らなかったな」

「しかも、多くの人が思っているよりもはるかに知恵を働かせる。例えば、ハキリアリ。彼らは小さな農夫みたいに行動する。分泌する抗生物質で菌類の成長を助け、そうやって育てたキノコを餌にしている。それにほとんどのアリの種は磁場を頼りに地球上を移動できる。事実、昆虫は僕たちとあまり変わらないような中脳を持っていて、特にこいつみたいな大きな女王アリの中脳は自我の意識をもたらし、複雑な情緒世界を構築する」

「昆虫に情緒があるのか？」モンクはクロウ司令官から送られてきたこの大学院生に関す

る短いファイルの内容を思い出した。ベンジーは低レベルの自閉スペクトラム症だという。彼が身の回りの感情の存在に関心を持つ理由はそこにあるのかもしれない、モンクはそんなことを思った。

「そうだよ」ベンジーは続けた。「昆虫には原始的な情緒がある。恐怖反応を持っているのは間違いない。あと、怒りの感情も」若者がちらっと視線を向けた。「スズメバチの巣を揺さぶったことはある？」

「ああ、なるほどね」

「ある程度の共感力も持っているんだ」

「共感力？　本当なのか？」

モンクは女王アリをじっと見つめるベンジーの様子を凝視した。自閉スペクトラム症の人は他者への共感を示さないと考える人が多いが、それは正しくない。むしろ、まわりの情緒反応の理解に困難を抱えているとするのがより適切だ。この若者は常にそうした苦悩に直面しているということなのだろう。

ベンジーがうなずいた。「マタベレアリ――このサスライアリと近い種なんだけれど、彼らはほかのアリの巣を襲撃した後、傷ついた仲間を戦場から自分たちの巣に持ち帰る。そして回復するまで治療に当たる。今では研究者たちも、昆虫が驚くべき生存戦略を築いたのはそんな複雑な精神世界が一因なのではないか、そのような結論に達している」

モンクはこの若者の話も結論に近づいていると察した。

ベンジーは女王アリが入った試験管に触れた。「だから彼らのことを甘く見てはいけない」その視線がモンクの方を向く。「僕もドクター・ウィテカーと同じ意見。彼らはみんな、今回の件の一部なんだよ」

若者が自分の見解を述べるまでの遠回しな進め方に気づき、モンクははっとした。ドクター・ウィテカーの様子をうかがうと、彼も同じことを試みようと苦労している——しかも、思うようにできていないようだ。

眉間に刻まれた深いしわをさすっているのは、リサからあれこれ突っ込まれているからだろう。それが問題の解決に役立つと思えば、彼女は岩や石からでも情報を引き出そうとする。

〈シグマの世界にようこそ、先生〉

午前六時三十二分

リサはフランク・ウィテカーに向かって眉をひそめた。この男性は話の腰を折られることにあまり耐性がないようだ。しかも、相手は初対面の人たちばかりで、そのうちの一人が女性だということも大きいのかもしれない。ほとんどグレイの方を向いて話をしているし、彼の質問にばかり対応している。

野生動物とウイルスを専門とするこの獣医が頭の切れる人物なのは確かだが、本人も気づいていないと思われる問題点があり、凝り固まった偏見の持ち主でもあるらしい。男性中心社会の軍隊で過ごした間にすでに育まれていたものだろうが、学問の世界においてもそれは大差ない。リサ自身も医学部時代からそんな男性優位主義と闘ってきた。ただし、その闘いで負けを認めることは絶対にない。

ドクター・ウィテカーがフィールドワークを中心に活動しているという理由もあるだろう。監視の目がほとんど、もしくはまったくない状況での単独行動に慣れていているのだ。

〈今回はそうはいかない〉

リサは相手を問い詰めた。「ドクター・ウィテカー、私たちがここで疾病Xを扱っているかもしれないとそれほどまでに確信している理由は?」

フランクが大きなため息を漏らした。

リサは片手を上げて話を続けた。「そのことを否定しているわけじゃない。あなたの見解を教えてほしいと頼んでいるの」

フランクが窓の方を向き、外を流れるコンゴ川の先を指し示した。「あれが理由だ。ジャングルだよ。世界は生物戦争を懸念している。兵器化された菌株が解き放たれたり、軍事研究所から流出したりすることを。だが、熱帯雨林は母なる自然が所有する最も油断ならないバイオ研究所だ。そうした環境においては資源を求める競争が熾烈で、無限に近い種が――脊椎動物も、無脊椎動物も、植物も、微生物も、すべてが生き延びようと競い合っている。この争いが育んでいるのは、どんな戦場よりもはるかに激しい化学戦争および生物戦争で、それが途切れることはない。その闘いに挑むために、自然は進化という実験を行ない、体の形や大きさをいじってきた。しかも、それは目に見える部分だけの話だ。顕微鏡レベルではもっと激しく行なわれている。そこで自然は最も危険な微生物兵器を作り出す。そしていつの日か、母なる自然がその武器を我々に向けることは避けられない。その時に自然が選択する武器はウイルスだろう」

「どうしてウイルスなの？」リサは訊ねた。

「数の論理だよ、ドクター・カミングズ。ウイルスは宇宙のすべての星を合計したより何百万倍も多い数がいる。地球上で最も豊富な生命体ということだ。ただし、ウイルスを『生きている』と呼べるのならば、の話だが」

グレイが眉をひそめた。「どういう意味だ？」

フランクは隊長の方に注意を戻した。「複製するＤＮＡまたはＲＮＡの断片――エネルギー源を持たず、宿主の外では増殖できない存在を、そもそも生物として分類できるだろうか？　ウイルスは生物と非生物の中間、生命と化学の中間という曖昧な領域に位置しているとの意見が大勢を占めている。個人的には、宿主の細胞に依存していることを理由にウイルスを『借り物の生命みたいなもの』と形容した同僚の見解に賛成だ。ただし、数の多さはウイルスの脅威のほんの一端にすぎない」

「それはどうして？」リサは質問して相手の注意を引き戻した。「あらゆる場所に存在することよりも何が問題なの？」

「絶えず変化していることだ」フランクが答えた。「あまりにも数が多いということに加えて、ウイルスは進化の原動力そのものに相当する。ウイルスこそが母なる自然の小さな発電所で、自然はそれを道具として用いて遺伝子変化をもたらす。ウイルスは猛烈な速さで、我々人間と比べると何百万倍ものスピードで変異する。休むことなく新しい遺伝子を作り出し、それを広範囲に拡散させる。その遺伝子は宿主のＤＮＡに入り込み、その一部になる。我々もその例外ではない。人間はウイルスの侵入による産物にすぎないんだ」

「あんたはそうかもしれないけれどな」コワルスキが不機嫌そうに毒づいた。

「我々全員がそうだ。人間のジャンクＤＮＡのうちのかなりの量が、我々の遺伝コードと交錯して受け継がれてきたウイルス遺伝子のかけらや断片だということは、かなり前からわかっていた」

「遺伝する突然変異」モンクとともに話の輪に加わったベンジーが補足した。

「その通りだ。以前は我々の遺伝コードのほんの一部だけがウイルスに汚染されていると考えられていた。数字で示せば八パーセントくらいだと。それでもかなり多い。ところが、人間の遺伝コードとウイルスの塩基配列を比較するにつれて、その数字はどんどん増え続けている。二〇一六年に学術誌『セル』で発表された報告では、より正しい数字は八十パーセントにまで達するのではないかと推測された。八パーセントだろうと八十パーセントだろうと、はるか前の侵入によって獲得されたそれらの遺伝子はがらくた(ジャンク)などではなく、現在の我々人間があるうえで不可欠なものだということが、今ではわかっている。そうした過去のウイルス感染がなかったら、そもそも人間は存在していないかもしれない」

グレイが顔をしかめた。「本当なのか?」

「彼の言う通り」リサが獣医に先回りして答えた。「最新の遺伝子研究から、胚(はい)性幹細胞が多能性、つまりほかのどんな細胞にも分化可能な理由が判明している。HERV‐Hという遺伝子の活動が原因なんだけれど、それは古代のレトロウイルスに由来するもの。だから、この過去のウイルス侵入がなかったら、胚の成長も起こりえなかったということになる」

フランクが少し胸を張った。「人間の成長の少し先の段階に話を移すと、我々に最大の贈り物を与えてくれたのも別のウイルスだった。その贈り物とは人間の意識のことだ」

コワルスキが鼻を鳴らした。「ウイルスのおかげで俺たちは頭がよくなったっていうのか?」

フランクはその反応を無視した。「四本足の動物ははるか昔にＡｒｋ遺伝子――活動調節細胞骨格関連蛋白質を獲得したのだが、それがウイルスコードの断片を取り込んだ結果によるものだったことは十分に立証されている。この遺伝子は記憶の格納や学習の際のシナプスの機能に欠かせない。この遺伝子の異常は神経障害を抱える人、さらには自閉症の人にも見られる傾向がある」

フランクはこの話題を持ち出したことが気まずかったのか、ベンジーの方を見た。しかし、若者は平然としていた。

リサはその隙を利用して話に割り込んだ。「ウイルス遺伝子は私たちの免疫系においても役割を果たしている。癌との闘いにおいてさえも。インフルエンザにかかった後の白血病患者には、癌細胞の劇的な減少が見られる」

リサがそうした発見を調べていたのは、コワルスキの診断結果を知ったからだ。骨髄腫への代替療法を発見できないかと期待してのことだった。腫瘍との闘いでウイルスをうまく制御し、患者の免疫反応を高めさせて癌細胞を攻撃するという興味深い研究が存在していた。

「それは知らなかったな」フランクが素直に認め、リサに向かって多少の尊敬が込められたうなずきを返した。

リサはこのちょっとした敬意の表現を受け入れた。うれしく思ったと言ってもいいかもしれない。多くの男性は知らない話題を持ち出されると気分を害するものだが、少なくともドクター・ウィテカーはそのようなタイプではないようだ。

フランクが持論をさらに展開した。「繰り返しになるが、ウイルスがなければ我々は誰一人として存在していないかもしれない。事実、遺伝学者の中にはウイルスこそがこの惑星での生命の起源なのかもしれないと考える人もいる」

リサはフランクをさらに問い詰めた。「私も繰り返しになるけれど、あなたはどうして今回の病気がウイルス性だと考えるの？　まだ患者を一人も検査していないんでしょ？」

フランクは指折り数えて理由をあげた。「現地からの報告では潜伏期間が短いこと。風で運ばれて広まっている可能性があること。媒介となる昆虫または動物の体内にいるおそれがあること」フランクはキャビネット内のサンプルを指差した。「ウイルスはそのすべてに当てはまる。そしてさっきも言ったように、ウイルスはあらゆる場所に存在していて、その種の数は何億にも及ぶ。けれども、我々が命名したのはそのうちの七千種だけだ。つまり、実際に自然界に存在している中の氷山の一角にすぎない。動物を宿主とするものに限定しても、人間に感染するおそれがあるウイルスの数は八十万種に達すると推測されている」

「つまり、これもさっきあなたが述べたように」リサは言った。「数の論理というわけね」

「その数字と、コンゴという名のこの培養器でのウイルスの変異能力を考え合わせれば、何が存在していたとしてもおかしくない」

ベンジーが話に加わり、その意見を支持した。「あと、コンゴのことを軽く考えてはいけない。コンゴは進化上の謎に満ちている。環境的なストレス因子によって、自然が目の前で変化するのを目撃できる。密猟の脅威にさらされたアフリカゾウの牙は小さくなりつつあり、完全になくなってしまう例もある。森に生息するトカゲは都会での暮らしを余儀なくされた結果、数世代のうちに壁を登りやすいもっと粘着力のある足を持つようになった。しかも、ウイルスがその百万倍のスピードで変異するとしたら――それはやばいことだよね」

「そこで疑問を提起したいんだが」フランクがその先を引き継いだ。「母なる自然が我々人間のことを迷惑なストレス因子だと見なしたとしたら？」

リサは獣医が話題にしていた警告を思い出した。

〈いつの日か、母なる自然がその武器を我々に向けることは避けられない。その時に自然が選択する武器はウイルスだろう〉

リサは中央のテーブルに広げられたフランクの機器に視線を向けた。「だったら、作業に取りかかるのがよさそうね」

9

四月二十四日　中央アフリカ時間午前六時五十一分
コンゴ民主共和国　ベルカ島

〈過去にタイムスリップしたみたい〉

シャルロットは中央の広場を歩かされながら、自らの監獄となった植民地時代の入植地を観察した。森の木々がかなり前に開拓地をほとんど包み込んでしまっていた。周囲からは鳥のさえずりと虫の鳴き声が絶え間なく聞こえ、あたかもこの場所は自分たちの土地だと主張しているかのようだ。

シャルロットは手の甲で額の汗をぬぐった。朝だというのにすでに暑くてたまらない。湿った空気を吸い込むたびに肺が重たく感じられるし、舌に腐敗物とかびた湿気の味が残る。まるで溺れかけているかのような息苦しさを覚える。けれども、それは天気のせいだけではなかった。心臓が胸の下で大きく鳴り響いている。シャルロットはほとんどまばたきせずに周囲の様子を見つめた。

雑草とぬかるみに覆われた広場を中心に二十棟以上の建物が広がっていた。銃を突きつけられたシャルロットとジェムソンは、靴が泥にはまってしまうのを防ぐため広場に板を差し渡して作った通路を歩いているところだ。ほかにも多くの男たちが森の中で警戒に当たったり、朽ちかけた建物群の周囲で見張りに就いたりしていた。

シャルロットは見張りたちのことを無視していたが、それも森の外れに置かれた板の上に新たな見張りが現れるまでのことだった。武装した男の連れを思わず二度見する。背丈は人間の腰くらい、関節の付いた四本の金属製の脚が体を支えている。四足歩行型ロボットの一種なのだろう。しっぽのない黒い犬を思わせる歩き方で、胴体部分は骨組みだけだ。頭の代わりに小さい透明なレンズが環状に並んでいて、その上には銃架と小型の銃が設置されている。

ジェムソンもその存在に気づいた。「いったい何がどうなっているんだ？」小児科医が小声でつぶやくのもかまわず、二人はもっと速く歩くように後ろから促された。

周囲の様子を目で追うシャルロットの頭にも、同じ疑問が浮かんでいた。

どこを見回しても、百年に及ぶ雨の影響と森の侵食で小さな開拓地の煉瓦と漆喰から成る基礎部分がむき出しになっていて、今にも崩れてしまいそうだし、緑色の苔でびっしりと覆われていた。古い藁葺きの屋根は一部がトタンで補強されている。窓は板を打ちつけてふさいであるか、あるいは割れたガラスの破片が残ったまま放置されているかのどちらかだ。改装が終わって白い漆喰を塗り直したばかりの建物もないわけではなく、その一棟が二階建ての宿泊施設で、前面にはバルコニーと広いポーチが備わっている。昨夜、シャルロットとジェムソンはそこに監禁された。二人が収容されていたのは小さな部屋で、窓には鉄格子が取り付けられ、壁沿いに粗末なベッドが並んでいた。

シャルロットは周囲を見回し、自分の居場所をつかもうとした。ここがどこなのか、いまだにわからない。昨夜はキャンプを離陸した後、荒れ狂う嵐の中を追い立てられるように飛行したので、方向感覚をまったく失ってしまった。移動時間は一時間もなかったので、まだコンゴ民主共和国のツォポ州のどこかにいるはずだ。

水辺の船着き場の外れにあるヘリパッドに向かって高度を下げていた時、シャルロットはそこが川の中にある大きな島だと気づいた。そこから北西側のジャングルの奥には、小さな明かりが点々と輝いているのも見えた。

今、目の前に立ちはだかる緑色の木々の壁の向こう側に目を向けると、その方角から煙が昇っているのを確認できる。遠くから重機が立てる低音と、金属音らしきものがかすかにこだまするのも聞こえる。

〈鉱山があるのかもしれない〉

その存在が居場所の特定に役立つというわけでもなかった。コンゴ民主共和国の各地には採掘場、立坑、油田、製材所などが数多くある。この植民地時代の開拓地にしても、これといった際立った特徴があるわけではなかった。そのような放棄された場所――交易所、こぢんまりとした伝道所、狩りの拠点などはジャングル内に何百カ所も点在していて、はるか昔に忘れ去られ、今では木々にのみ込まれてしまっている。

広場の中心的な存在の建物の前に差しかかると、シャルロットはそちらに目を向けた。古い煉瓦造りの教会が広場の片隅にひっそりとたたずんでいる。開け放たれた扉の奥には軽量コンクリートブロックと厚い木の板でできた信者席が見える。小さな尖塔(せんとう)にはささやかな鐘が吊るしてあった。

教会の先にあるのは森に半ば埋もれた四棟のかまぼこ型の建物で、カムフラージュ用のネットで覆われている。シャルロットとジェムソンはそこに向かって歩かされていた。教会の前を通り過ぎると、別の真新しい建物が見えてきた。軽量コンクリートブロックでできた窓のない建造物で、緑色をした金属製の屋根が載っている。ブロックの隙間のモルタルが雑な仕上げなので、かなり急いで建てられたもののようだ。

その建物の扉は赤いホースで中に水を送り込んでいるために少し開いており、一行がその前を通ると、低い鳴き声、甲高い鳴き声、わめくような鳴き声、悲鳴に近い鳴き声などが聞こえてきたほか、糞尿やジャコウのにおいも漂ってきた。誰かの怒鳴り声も響いた。

シャルロットもジェムソンも建物から距離を置いて通り過ぎたが、その裏手に回ると輪送用の木箱が積み上げてあった。箱の側面に開いた穴を通して、その奥で体を動かしたり歩き回ったりしている生き物の姿が見える。こちらから聞こえる鳴き声の方が静かで、怯えている様子だ。シャルロットは二本の指が穴から突き出ていて、虚しく箱を引っかいていることに気づいた。箱から逃げ出そうとする努力のせいで一本の指の爪が剝がれ、出血している。

ここでの残酷な扱いにシャルロットの胸が痛んだ。なぜ動物たちがとらえられ、この島に連れてこられたのかはわからない。密猟や珍しい動物の取引と並んで、野生動物の肉の売買はジャングルでは儲けになる仕事だ。

ジェムソンが建物の方を振り返り、もっと不気味な予想を口にした。「動物実験……」

シャルロットはジェムソンを見た。〈本当にそうなの？　ここでは動物実験を行なっているの？〉

「ぐずぐずするな」ぶっきらぼうな声が命令した。

シャルロットは武装した付き添いの方を振り返った。昨夜も見かけた長身のコンゴ人兵士だ。男はライフルを見せつけ、前に進むよう命じている。二人は夜明けと同時にこの兵士に起こされ、シャワー室に連れていかれ、服を脱ぐように命じられ、新品の手術着に着替えさせられた。提供された食事はグラノラバーと生ぬるいコーヒーだけだった。シャルロットはグラノラバーをコーヒーで胃に流し込んだ。

　ここまでの飛行中、シャルロットは襲撃理由の説明が聞けないかと期待しつつ、周囲の会話を盗み聞きした。この兵士の名前はわかった。エコンだ。よく似た白人の兵士で、拡声器を持っていた男はドレイパーという名前らしい。

　エコンが連れていこうとしているのはかまぼこ型の建物のうちの一つだった。二人ははね式の扉を通り抜け、狭い前室に入った。その奥のスペースとは完全に仕切られている。窓から内部をのぞくと、一方の壁沿いに真新しい病床が並んでいて、別の壁の前にはステンレス製のキャビネットやワークステーションが設置されている。いちばん奥に見えるのは血液検査や細胞診用の施設のようだ。

〈いったいどういうことなの？〉

「これを着ろ」エコンがガウン、手袋、シューカバーなどの防護具を指差して命令した。

　二人は言われた通りにした。マスクはＰＡＰＲ——電動ファン付き呼吸用防護具で、装着すると顔全体がすっぽり覆われる。マスクを着用したシャルロットは、これからスキューバダイビングを始めようとしているかのような錯覚に陥った。

　準備が終わると、エコンは二人を病室内に押し込んだ。兵士は一緒についてこない。二人の監視役は別の人物の担当になった。中では同じような防護具姿のドレイパーが待っていたが、シャルロットたちとの違いは腰のホルスターとそこに収めた大型の拳銃だった。

「ビアンヴニュ、ドクトゥール・ジラール」ドレイパーはマスクの下からこもった声でシャルロットに挨拶し、続いてジェムソンに向かってうなずいた。大きく手を振って室内を指し示す。「最初に、キャンプからの少々手荒な脱出方法をお詫びしたい。しかし、ここでは秘密厳守が最も重要視されている。それにコンゴ各地に広がる謎の病気の調査には我々の施設の方がはるかに適しているとわかってもらえるはずだ」

シャルロットは息をのんだ。ガウンやマスクを着用した人が十人以上いる。ほかの医師たちで、全員が男性、ヨーロッパ系もいればコンゴ人もいる。彼らのどこか堅苦しい物腰は軍隊のそれを思わせる。シャルロットはこの一団が強制されてここでの作業に携わっているのではないと確信した。

ドレイパーが二人をさらに部屋の奥へと案内した。「隣の建物はバイオセーフティレベルの基準を満たした実験室を備えていて、そこでは別のチームが作業している。こちらでは臨床研究が中心だ。臨床検査、治療法、支持療法。現在、十一名の患者がいて、病気のステージは様々なので、病状の進行を時間軸で追うことができる。しかし、まだ調査は初期の段階だ。未知の問題が多く残っている」

「どのくらい……君たちはどのくらい前からここにいるのだ?」ジェムソンが口ごもりながら質問した。

「三週間だ」

怒りがシャルロットの心から一時的に恐怖を追いやった。「あなたたちはこの病気のことをそんなにも長い間、知っていたというの？」

「いいや、君は勘違いしている。我々がこの施設を立ち上げたのは四週間前だ。最初の患者の報告が我々のもとに届いたのは三月のことだから、ほぼ六週間前になる」

「一カ月以上も前なの？」シャルロットは強い憤りを抑え切れなかった。「それなのに、そのことを黙っていたわけ？」

「さっきも言ったように、ここでは秘密厳守が第一だ。我々の研究への参加を認められた外部の人間は、君たちが初めてということになる。当初は君たち二人を射殺することで意見の一致を見ていた」

ジェムソンが後ずさりした。顔面は蒼白だ。

ドレイパーが片方の手のひらを見せた。「しかし、君たちの知識とスキルを利用するべきだと、私が説得した。君たちがこの島から脱出できるわけでもないしね。それに秘密厳守とともに、時間も最重要課題だ。この件を永遠に隠し通すことはできない」

「私たちに何を期待しているの？」シャルロットは訊ねた。

ドレイパーは肩をすくめた。「役に立つことだ」

シャルロットは言葉の裏に隠された警告を理解した。

〈さもなければ死んでもらう〉

それでも、シャルロットは腕組みをしたままだった。素直に協力したところで、同じ結果が待っていることに疑いの余地はない。ジャングルの中に人知れず埋められるだけだ。ここで手を貸さねばならない理由など思い当たらない。

その時、壁際に並んだベッドから細い腕が持ち上がり、怯えた声がシャルロットに呼びかけた。シャルロットが声の方を見ると、ディサンカが上半身を起こそうとしているところだった。片方の手首はベッドの金属製の手すりに手錠でつながれている。もう片方の腕で男の子を抱く彼女の目には、恐怖がはっきりと浮かんでいた。

シャルロットは深呼吸をした。

〈ここの連中を助けたくないとしても、ディサンカとは約束した〉

その約束を守ろうと思いながら、シャルロットはベッドの方に向かった。大勢の人が忙しそうに動き回っている病室内を見回す。この場所を確保して人目から隠すために、多くの資金と物資をつぎ込んでいる人間がいるようだ。

〈でも、いったい誰が？　それにどうして？〉

午前七時十八分

ノラン・ド・コスタは改装されたコロニアル様式の建物の二階にある机の椅子に腰掛け

た。ここはかつてこの島にあったベルカ・ゴム農園の宿泊施設だったところだ。十年前、ノランはこの場所に手を入れ、釣りや狩りを楽しむための個人的なキャンプ地として生まれ変わらせた。その後は大使、大物実業家、王族関係者、さらにはアフリカの軍閥のリーダーなどを招待してきた。

自らの影響力の拡大と権力の維持のためならば、どんなことでもしてきた。

オフィスの内装にはコクタン、ブビンガ、ゼブラウッドなどのアフリカの木々をふんだんに取り入れてある。棚や壁にはアフリカ大陸の各地から集めた仮面、頭飾り、木彫りの容器、石鹸(せっけん)石の呪物(じゅぶつ)が並んでいて、その多くは数百年の歴史があるものばかりだ。机の後ろに掛かっているのは値段がつけられないほど貴重なベニン・ブロンズの飾り板で、これはかつてナイジェリアのオバ族の高貴な祭壇に置かれていた。ガラスケースの中にあるのは十九世紀にアビシニアから盗まれた黄金の王冠だ。

ノランはその王冠が背後のケース内に飾られているのを気に入っていた。来客が自分の向かい側に座ると、黄金の王冠がちょうど自分の頭の上に載る位置になり、あたかもアフリカの王のように見えるからだ。

父がこの陳列方法を見たら、いい顔をしなかっただろう――もっとも、心の中では嫉妬(しっと)したかもしれない。父はベルギー王族の子爵で、その血筋は王たちにさかのぼり、かつてこの地を所有していたレオポルド二世の血も引いているとされる。しかし、ギャンブルでほとんどの資産を失ったため、ノランが生まれる頃には一家は貧しい生活を送っていて、富を示すものは称号だけになっていた。

ヘントで数学教師を務めていた父は、ノランにド・コスタの名前だけでなく、数字への興味も与えた。ノランはブリュッセル自由大学で学び、応用数学で博士号を取得、専門は工業デザインだった。それから三十年後、五十六歳のノランは億万長者十人分の資産を有するようになった。

ノランが好機に目をつけたのは、露天採掘における離散数学をテーマにした論文を執筆している時だった。第一次コンゴ戦争後の一九九〇年代後半、コンゴ民主共和国の鉱業は無秩序な状態に陥っていた。そのことに気づいたノランは、「カッパーベルト」と呼ばれるコンゴ各地の銅山地帯の採掘権をただ同然で買い取った。それに続く年月の間に、それらの権利を担保に調達した資金でコバルト、タンタル、コルタン、ダイヤモンド、石油にも手を広げた。ほかの企業も参入を目論(もくろ)んで押し寄せたが、その頃にはノランがすでに足場をしっかりと固めていて、優位を確立した状態にあった。

〈ところが、最近になって状況が変わった……〉

第二次コンゴ戦争の後、中国人たちがやってきた。当時は新たな戦争により、コンゴ民主共和国内のインフラはぼろぼろの状態だった。そこに共産党の政府関係者たちが大量の札束とともに乗り込んできたのだ。中国人は新しい道路、鉄道、水力発電所の建設と引き換えに、採掘権を獲得するという巧妙な手法を使った。片手で援助を提供し、もう片方の手で搾取したのだ。共産主義国家の強力な後押しを前にして、西側諸国の企業は太刀打ちできなかった。

それはド・コスタ鉱業も同じだった。

ノランは中国と交渉し、双方にとって有益な契約を取りつけようと試みたが、すぐにそれは無駄だということに気づかされた。中国の経済発展は銅とコバルトに牽引されている——その資源の確保を左右する問題に関して、中国は一切妥協しなかった。

結局、ノランは中国によるアフリカ支配の阻止に資金をつぎ込んでいるはずのアメリカに援助を求めた。しかし、コンゴ民主共和国への支援を提供するためには民主的な改革と財政の透明性が必要なため、アメリカも手出しができなかった。腐敗認識指数で百八十カ国中の百六十八位に位置する国において、そのような改革など不可能だった。

一方でド・コスタ鉱業はそんなことを気に留めなかった。細かいことを気にしていたら会社は生き延びられない。森林伐採、汚染水、児童就労に対して目をつぶっただけではなかった——むしろそれらを奨励した。会社にとってほかに選択肢はなかった。ここでの立場を固守するためにはそれしかなかったのだ。西側諸国の企業も、携帯電話や充電式バッテリーなどのハイテク機器の製造に欠かせないコバルト、コルタン、銅の供給が停止しないのであればと、進んでその実態に見て見ぬふりをした。

しかし、今度は新たな好機が訪れた。

オフィスの扉をノックする音で、ノランは我に返った。「入りたまえ」相手に呼びかける。

扉が開き、長身のアンドレ・ドレイパー大尉が部屋に入ってきた。緑色の迷彩服、黒のブーツ、ホルスターに収めたヘッケラー&コッホの拳銃という、いつものいでたちだ。大尉はノランの私設軍のリーダーを務めている。政府よりも民兵や軍閥による支配が幅を利かせている土地で自社の利害を守るためには、そうした兵力が必要だ。ドレイパーはフランス軍の元兵士で、第二次コンゴ戦争中に設立された国連の平和維持軍「コンゴ民主共和国ミッション」の一員だった。

「来客たちの様子は？」ノランは机の前の椅子に座るようドレイパーに合図してから質問した。

「病棟で説明してきたところです」ドレイパーは肩をすくめた。「働きぶりを見るのはこれからですね」

「君は今も彼らを生かしておくのが賢明だと考えているのだな？」

「今のところは。医療の専門知識のほかに、人質としても役に立つかもしれません。必要とあれば、昨夜の襲撃は民兵による身代金目的の誘拐だとより強くにおわせるために、二人がまだ生きている証拠となる映像を提供することも可能です。いずれにしても、あの二人に関しては選択肢を柔軟にしておくのがよろしいかと」

「なるほど」

「それにもしかすると、二人のスキルが本当に役立つかもしれません。特に時間が残り少なくなりつつあるので。ここで起きていることをもう長くは隠し通せないでしょう。この秘密を守り続けるのも、そろそろ限界ではないかと思います」

ノランはうなずいた。謎の病気――患者を動きの緩慢な、まるで家畜のような状態にしてしまう症状が最初に現れたのは、ここから南に位置するサンクル州に会社が所有する銅山においてだった。周囲から隔絶された場所にあったため、情報が広がるのを防ぐのは容易だった。すると今度は、近隣の村々でも同じような症状が見られ始めたのだ。ノランは狼狽（ろうばい）するのではなく、むしろそれを好機ととらえた。

第一次コンゴ戦争による荒廃がノランの起業家としての野望への道を開き、第二次コンゴ戦争での対立が中国人に割り込む余地を与えた。ド・コスタ鉱業が再び頂点に立つためには、この地域に新たな災厄が必要だった。コンゴ民主共和国の各地に未知の病原体が拡散すれば、それはチャンスを提供してくれるはずだ。そのような脅威は中国のアフリカでの取り組みの足枷（あしかせ）になるだろう。近頃の相次ぐパンデミックで病気を極度に恐れるようになった国民の場合はなおさらだ。

それでも、そのような形に事が運ぶためには、感染症がアフリカ中部一帯にしっかりと根を張る必要があった。病気の発生に対して国際的な対応が取られるのは、もはや手遅れの状態になるまで待ってもらわなければならなかった。そのため、ノランはドレイパーに命じて病気の情報の抹消に当たらせた。病気がくすぶる炎となってジャングルを伝い、静かに広がることを望んでいた。その沈黙を守るために、ドレイパーが率いる部隊は森の中の病院を焼き、村を破壊し、そこには民兵、テロ組織、もしくは部族間抗争の存在を示す偽の痕跡を必ず残した。

　そんな時に、国連の支援キャンプから警報が発せられたのだ。

　すでにノランとドレイパーは、自分たちの封じ込め作戦がそろそろ終わりに近づいていることを認識していた。昨夜の襲撃と、今日の数カ所をもって、対応は完了する。その目的は十分に果たした。国内各地に張り巡らした情報のネットワークから、病気が爆発寸前の状態にあることはわかっている。くすぶり続けていたジャングルの火災が、地獄の業火となって燃え上がろうとしている。

　その時が訪れたら、ノランはそれによって発生する混乱と騒乱に乗じて、アフリカ各地でのド・コスタ鉱業の優位を再び確立するつもりだった。その目的を支援するために設置したのがこの研究施設だ。ノランは病原体について、病気そのものについて、そして治療の可能性について、できるだけ多くの情報を欲していた。そうした課題の調査を先行して進めることで、それによって得た知識を自分にとって有利に、自社の博愛主義を証明するために行使する計画だった。中国人は文字通りに道路の建設で道を切り開いたが、ド・コスタ鉱業は命を守ることで人々の心をつかむことになる。

　ここから先の計画は途方もない困難を伴うだろう。だが、かつて数学を専攻したノランにとって、すべては数字と変数にすぎない。

　ラップトップ・コンピューターの画面に目を移すと、アルゴリズムとモデルのプログラムが表示されている。ノランは統計学者たちに必要な数字を分析させていた。死者数の予測はかなりの規模で、ノランですらもひるむほどだった。彼は自分を無慈悲な人間だとは考えていない。鉱山で子供を働かせているのは冷たい性格の持ち主だからではないのだ。息子や娘が死亡したり、事故で体が不自由になったりした場合は、その家族に十分な補償金を支払っている。

　それは単に目的のための手段にすぎない。

〈この病気と同じように〉

「二人の医師の相手は終わったので」ドレイパーが言った。「最後に残された問題地点の後始末に向かった二チームの様子を見てきます」

「頼んだぞ。連絡を怠らないように」

　ドレイパーが立ち上がり、きびきびとした動きで回れ右をすると、扉の方に向かった。

　ドレイパーが部屋を出ると、ノランは首をねじって凝りをほぐした。後ろに置かれた黄金の王冠が視界に入る。これを見ると、自らの野望が会社の財務の安定にとどまらないことを改めて思い出す。

〈だが、それはもう少し先の話だ〉

ノランはコンピューターの画面に注意を戻した。予後、病気の進行、見込みのある治療法など、医療チームが得た情報を組み込みながら、様々な予測モデルがグラフとして次々に表示されるのを見守る。すべては変数にすぎない。それでもなお、未知の要素があまりにも多く残っていた。治療法の手がかりがつかめれば予測モデルの多くを除外できるが、そのことは彼の計画にとって重要ではなかった。

ノランは様々なグラフを凝視した。その変動の振れ幅の大きさが気がかりなところだ。違いがあまりにもありすぎる。治療法が存在しないという理由だけで片付けるのには無理がある。

〈見逃している変数が存在する〉

今回の件に関して、自分たちに見えていない本質的な何かがあるのだ。ノランは一つの確固たる結論に至った。数学の博士号を持つ人間にとって、それは重要な要素だ。

〈もっと多くのデータが必要だな〉

午前七時二十二分

シャルロットはディサンカのベッドの端に腰掛けていた。ルバ族の女性はゆったりとした患者用のガウンを着ている。ガウンの前を開き、片方の乳房が出ている状態だ。ディサンカは息子に乳首を吸わせようとしているのだが、片方の手首がベッドに手錠でつながれているせいで、思うようにできずにいる。

しかし、ベッドとつながれていることが本当の問題ではなかった。

赤ん坊は頭を後方にそらせたままだ。小さな目は天井をじっと見つめている。頬に一筋のよだれが垂れていた。ディサンカは男の子に語りかけ、体を揺すりながらもう一度おっぱいを与えようとした。どうやら子供は再びほぼ昏睡状態に陥ってしまったようだ。

「君はどう思う？」シャルロットのすぐ後ろに立つジェムソンが訊ねた。

シャルロットはジェムソンとともに赤ん坊の診察を終えたところだった。昨夜、キャンプで男の子が大泣きしていた時のことを思い出す。小さな両手をしっかりと握り締めて泣きわめいていた。

〈それが今では……〉

「わからない」シャルロットはつぶやいた。

シャルロットはアリに嚙まれた手首を引っかいた。ほかにも両脚、両腕、首に数カ所のみみず腫れがある。自分の状態を冷静に判断しようと努める。偏頭痛が起こりそうな時のような感じがする。初期の症状として、いらいら、あくび、集中力の欠如があるのはわかっている。今の自分にはそのすべてが当てはまるが、そうした兆候は単に疲労が原因によるものだとも十分に考えられる。

軽いしびれとちくちくする痛みの両方を感じ、シャルロットは両腕をさすった。

〈ただの偏頭痛の前触れだったらいいんだけれど〉

シャルロットは病室内のほかの患者たちを見回した。点滴の管がつながれている。バイタルの検査が行なわれている。モニターがピッという音を発したり点滅したりしながら、心拍数、呼吸数、酸素飽和度を測定している。それらには特に異常は見られないが、コンゴ人の男性と女性から成る患者は全員、ぐったりと横になったままで、ほとんどまばたきもせず、胸がゆっくりと上下しているだけだ。少し離れたベッドでは神経学的な検査が行なわれているところだった。年配の患者が上半身を起こしていて、誰かに支えられることなくその姿勢を保っているが、どんな角度にも体を折り曲げることができる操り人形のように見える。

シャルロットは患者たちの間のもう一つの特徴にも気づいていた。最年少は十代後半と思われる少女だった。〈だからあいつらは男の子を、もっと幼い患者を欲しがっていたということ?〉昨日、無線で支援を要請した時、ジェムソンは赤ん坊の不思議な症状について詳しく説明した。自分たちを拉致した連中がその無線を傍受し、襲撃に乗じて男の子を確保したのは間違いない。

　ディサンカがもう一度、赤ん坊に授乳しようとしたが、うまくいかなかった。母親は途方に暮れた様子で、不安のあまり頬がこけて見える。訴えるような視線をシャルロットに向け、無言で助けを求めている。

　ジェムソンがため息をついた。「子供が傾眠状態に戻ったのは明らかだな。昨夜の覚醒は一時的なものだった。シャーマンの粉末は治療薬ではなかったということだ」

　背後から強い口調の声が聞こえた。「どういう意味だね？」

　シャルロットはベッドの脚の側に視線を動かした。

　病棟の医長のドクター・ンゴイが立っていた。会話を聞きつけて立ち止まったのだろう。シャルロットはドレイパーからこのコンゴ人の医師を紹介されていた——そしてすでにこの医師を忌み嫌っていた。白髪交じりのカールした髪がとさかのように頭を覆っていて、同じ色の口ひげはマスクの下に半ば隠れている。紹介されている間、ンゴイはシャルロットのことを軽蔑もあらわな目でにらんでいた。彼女の若さと、おそらくは性別が原因だろう。そればかりか、この医師は患者の扱いが乱暴で、態度はよそよそしく、患者を思いやる気持ちなどまったく持ち合わせていなかった。

「それとも、私の聞き間違いだったのか？」ンゴイが重ねて訊ねた。「君たちは前にこの子供を目覚めさせることができたというのかね？」

ジェムソンが相手の関心を打ち消そうとするかのように、顔の前で手を振った。「あれは意味がなかった。呪術師の薬による一時的な反応だよ。怪しげな粉にすぎない」

ンゴイがベッドの向かい側にやってきた。手を伸ばして男の子の耳をつまみ、生気のない顔を手前に引き寄せると、体をかがめて上からのぞき込んだ。「そうだとしても興味深い。我々はこれまで患者たちから何の反応も引き出すことができずにいる。あらゆる種類の疼痛(とうつう)刺激を与えたが、反応はなかった。電気ショックも試した。指の骨を折ったりもしたのだが」

シャルロットは心の中で悲鳴をあげた。

ンゴイが姿勢を戻し、ジェムソンの顔を見た。「なぜその話をもっと早く伝えなかったのだ？」

アメリカ人の小児科医は口ごもった。「さ、さっきもいったように、意味がなかったからだ。すでに効果は失われている」

「その薬の残りは持っているのか？」

ジェムソンが答えた。「いいや。シャーマンが持ったままだ」

シャルロットは思わず顎に力を込めた。ウォコ・ボシュが放り投げた小さなガラス瓶のことを思い浮かべる。瓶は汚れた服と一緒に隠しておいた。あんな小さな容器なら気づかれないだろうし、どうせ中身は雨と川の水で流されて空っぽなのだから。あの瓶を捨てずに持っていた唯一の理由は、ガラスの内側に粉末のわずかな名残を示す小さな黄色いしみが残っていたからだ。

「そのシャーマンだが」ンゴイが言った。「どこからやってきた?」

シャルロットはとっさに嘘をついた。「覚えていない。大変な状況だったから。それに彼は殺されてしまったし」

ジェムソンが考え込むような表情になり、こめかみを指でさすった。

シャルロットは小児科医をにらみつけ、目線で意図を伝えようと試みた。

〈余計なことを言わないで〉

ジェムソンはその意図に気づかなかったようだ。「彼の出身はクラ……いや、クバ族。そう、クバ族だ」

シャルロットはうめき声が出そうになるのをこらえた。

「その物質が何かは言っていなかったのか?　どこで手に入れたのかは?」

ジェムソンが首を左右に振った。「人の顔が彫られた古い箱の中に保管されていた」

ンゴイが赤ん坊を見た。ディサンカははっとして、もう耳をつまむようなことはさせまいと子供に覆いかぶさった。だが、ンゴイはすぐに背を向け、歩き去った。医長が立ち去るのを目で追いながら、シャルロットはこの話がこれで終わってほしいと思ったものの、ンゴイは病棟の見張りに歩み寄ると顔を近づけ、シャルロットとジェムソンの方を指差しながら小声で話をしている。

見張りが病室から出ていった。

シャルロットはディサンカに注意を戻した。手袋をはめた手で女性の肩にそっと触れる。「あなたとあなたのキトワナには手出しをさせないから」

ディサンカは不安から目を見開いたままだったが、シャルロットの言葉にしっかりとうなずき返した。

シャルロットはペンライトを取り出し、男の子の瞳孔を調べた。瞳孔は再び開いてしまっていて、明るさに反応しない。光が当たってもまったく収縮しない。シャルロットは男の子の血液検査の結果を確認した。リンパ球と好酸球が少ない一方で、C反応性蛋白の値が異常なまでに高いことは、ウイルス性の病因だということをさらに裏付けている。

シャルロットは実験室で作業をしている医師たちの方に目を向けた。ウイルスの存在を示す封入体が患者の細胞内に確認されたかどうか、さっき彼らに質問した。だが、医師たちは問いかけを無視し、自分たちの作業場から彼女を追い払っただけだった。

病棟の入口の方で動きがあり、シャルロットはそちらに注意を向けた。戻ってきた見張りと一緒にいるのは、シャルロットたちをここに連れてきた男だ。エコンに声をかけられたンゴイが、シャルロットとジェムソンを怒鳴り声で呼び寄せた。

シャルロットはペンライトをポケットにしまった。ディサンカの前腕部をぎゅっと握り、何があっても男の子を守るという約束を再確認する。ディサンカもシャルロットの手を握り返し、二人の間の絆が強まった。

しっかりと約束を交わしてから、シャルロットは二人の男の方に向かった。

ンゴイはすでにガウンを脱ぎ、マスクを外そうとしていた。ジェムソンのことを険しい目つきでにらんでいる。「君はムッシュ・ド・コスタに伝えなければならない。君が私に話した内容を。彼は知りたがるはずだ」

従わないという選択肢はないため、シャルロットとジェムソンは防護具を脱ぎ、手術着姿に戻った。エコンの先導でかまぼこ型の建物から出て、ぬかるんだ広場を引き返す。朝まで監禁されていた二階建ての宿泊施設に戻ってきた。だが、建物内に入ると、エコンは二人を二階に案内した。階段の上には光沢のあるゼブラウッドでできた大きな両開きの扉がある。防弾着姿の武装した兵士が一人、見張りに就いていた。

エコンがうなずくと、兵士が扉をノックした。

入るように促す声が返ってくる。

シャルロットとジェムソンが先に部屋に入り、ンゴイとエコンが後ろから続く。シャルロットは室内の整然とした美しさに見とれ、床に敷かれたラグにつまずきかけた。棚には遺物や古びた書物が並んでいる。木製の鎧戸の先は二階のバルコニーに通じていて、森の林冠からその向こうを流れる川まで見通せる。

　左右の壁には長く黄色い牙をむいたライオンの頭部の剝製が一体ずつある。両側からライオンが見つめる先には大きな机が置かれていた。男が椅子から立ち上がった。カーキのリネンのスーツは高級そうな仕立てで、ネクタイは黒。ダークブロンドの髪はこめかみのあたりに白いものが交じっている。青い瞳を見ていると、植民地の執政官役を演じる中年になったクリス・ヘムズワースかと思ってしまう。

「ようこそ、ドクター・ジラール、ドクター・ジェムソン。座りたまえ。コンゴで高まりつつある危機に関して、さらなる情報をお持ちだと聞いたのだが」

　ジェムソンはすぐさま革張りのクラブチェアに腰掛けた。シャルロットも言われた通りにしたが、もっと用心しながら腰を下ろした。心臓の鼓動が大きくなる。拉致されたことについて、無慈悲な殺害について、大声で罵りたかったが、同時に情報も欲していた。状況について、犯人について、すべてについて。そのため、シャルロットは黙っていた。

　大人しくしていたことで、すぐに一つの答えが得られた。

「私はノラン・ド・コスタ、ド・コスタ鉱業のＣＥＯだ」

　はっとしたシャルロットは危うく咳き込みそうになった。ンゴイが名前を口にした時、どことなく聞き覚えがあるような気がしたのだ。ジェムソンの方をちらっと見ると、どうやら気づいていない様子だ。シャルロットはＣＥＯの方に向き直った。目の前にいるのはその富と慈善活動によってこの地域では名の知れた億万長者だ。病院の建設、野生動物保護への取り組み、数え切れないほどの村へのソーラーシステムの設置などを財政的に支援している。シャルロットをここに派遣することになった組織、国境なき医師団のコンゴ支部に資金援助をしているのも彼だ。また、業界内では聡明かつ進取の気性に富むと評されている。彼のことを鉱業の世界におけるイーロン・マスクと呼ぶ声もある。

シャルロットは椅子に座り直す相手をじっと観察した。ＣＥＯが椅子に腰を落ち着けると、その奥の壁に黄金でできた古いアフリカの王冠が飾られていて、それがちょうど頭の上に位置していることに気づく。

ド・コスタが付き添いに手を振って合図した。「エコン中尉、戻っていいぞ。ここから先は私が対応できる」

シャルロットはその通りだろうと思った。ＣＥＯは体を鍛えているらしく、運動選手を思わせる体形だ。それにスーツの上着の下にショルダーホルスターがあるのは肩のあたりのふくらみでわかる。

エコンは気をつけの姿勢を取って頭を下げてから、回れ右をして部屋を出ると、扉を閉めた。ンゴイは二脚のクラブチェアの間に立ったまま、唇をきっと結んでいる。ジェムソンから情報を引き出したのが自分の手柄だと認めてもらおうと考えているのは見え見えだった。

ド・コスタが身を乗り出し、医長から二人の方に視線を動かした。「私の理解するところでは、君たちは刺激に対する反応が鈍る時期を経て、眠りに落ちたような状態に入った患者を覚醒させることに成功したということだが」

シャルロットは黙ったままだったが、ジェムソンは言葉に詰まりながらも相変わらずの否定の答えを返した。ウォコの粉末は鼻に作用する刺激物だとの主張を繰り返している。シャルロットはあきれた表情が顔に出そうになるのをこらえた。本心を悟られるわけにはいかない。

だが、うまくいかなかった。

ド・コスタの視線がシャルロットに向けられた。「しかし、ドクター・ジラール、君はそう考えていないね？」

今度はシャルロットが声を落ち着かせるのに苦労する番だった。「わ……私にはわかりません」

「そうかな、君はわかっていると思うぞ」

ド・コスタは立ち上がり、棚の一つに歩み寄った。ある遺物を手に取り、机まで戻ってくる。精緻（せいち）な彫刻を施した容器で、着色した種子、象牙、黄金、骨から成る色鮮やかな幾何学模様で装飾されている。

ド・コスタは容器を机に置き、その上に手のひらを載せた。「これは十七世紀の作品だ。

ンゲディ・ヌ・ンテイとしては最初期の例の一つに当たる。神聖なクバ・ボックスだ。君たちの説明からすると、これと似たようなものがシャーマンによってキャンプに持ち込まれたように思えるのだが」

シャルロットは相手の視線の奥にある鋭い知性が見えたような気がした。そのことを心に留めておかなければならない。それに彼はこの地域一帯と深い関わりがあるし、知識も豊富に持っている。

ド・コスタはそのことを証明し続けた。「クバ王国は植民地時代に繁栄した。彼らは時代を先取りした人々だった。刺繍（ししゅう）の施されたラフィア細工や精緻な彫刻作品で知られる。あのピカソも、一九〇七年にパリでクバ族の作品の展示を食い入るように眺め、キュビズム時代には彼らの影響を受けている。芸術作品以外にも、彼らは入植者や奴隷商人たちがやってくるはるか前から、鉄や銅を使用していた。それよりも重要なのは、クバ族は医薬に関する知恵でも有名だったことだ。周辺の部族はその知識を求めて彼らのもとを訪れたという」

シャルロットは自分もそんな歴史を学んでおけばよかったのにと悔やんだ。〈そうだと知っていたら、ウォコの知識にもっと注意を向けていたのに〉

「そういうわけで、私としてはシャーマンが君たちのキャンプに持参したものを、ただの怪しげな薬として片付けるつもりはない」ド・コスタがジェムソンにとがめるような視線を向けた。「だが、我々はこの情報をどのように利用すればいいのだろうか？　君の話だと粉末はなくなってしまったとのことだが、ンゲディ・ヌ・ンテイの方は？　クバ・ボックスはどうなったのだ？　その中にはこのすべてに関する何らかの手がかりが隠されているかもしれない」

　ジェムソンが首を左右に振った。「それもなくなった。少年が持っていったよ」

「少年？」

「シャーマンの見習い」シャルロットはうっかり口を滑らせてしまった。

「その少年と箱はどうなったのかね？」

　シャルロットは昨夜、ヘリコプターが離陸する時にロケット弾で村が破壊された時のことを思い返した。建物は何一つとして残っていなかった。心の中で激しい怒りがふくれ上がっていく。机の向かいに座る人物をにらみつけ、きつい口調で言い返す。「あなたの部下が吹き飛ばしたんじゃないの」

　ド・コスタはシャルロットの怒りを無視し、箱に視線を戻した。指先で角を何度も叩いている。シャルロットは相手の頭の中で動く計算機の音が聞こえたように感じた。

「残念なことだ……」ようやくそうつぶやくと、ド・コスタは一つ咳払いをしてから、再び二人の方を見た。「さっきも言ったように、私は歴史の教えを無視するつもりはない。今回の流行を抑え込む必要があるならばなおさらだ。そうしなければ、多くの無駄な死人が出てしまう」

　シャルロットは目の前の男をなかなか理解できずにいた。本気で案じているように聞こえるが、自分がこうして目の前に座るまでの経緯を無視することもできない。「あなたの意図は何なの？」シャルロットは詰問した。「治療法の発見を第一に考えているのなら、どうして自分たちの作業を秘密にしていたわけ？　この病気について知っていたのに、一カ月半もの間、公表しなかったんでしょ？」

「私が生きてきた世界を、ここの人々が生きてきた世界を、君たちは知らないからそんなことが言えるのだ。長年の腐敗した統治、七百万人もの命を奪った二度の戦争。私は身近な人間だけしか信用してはいけないと学んだ。沈黙を守ることにより、世界の百の国々がここに押しかけてくることで得られるよりも多くの進展があった。コンゴ民主共和国は世界で最も貧しい国の一つで、好戦的な民兵や血に飢えた軍閥が跋扈している。はるか昔に、この国では流血と厳しい支配なしでは進展など得られないことを学んだのだよ」

　シャルロットは熱を込めて話す相手に軽蔑の念を抱いた。真実をすべて明かそうとしていないことがわかる。

「コンゴ民主共和国にはこんな言い習わしがある」ド・コスタの話は続いている。「君たちも聞いたことがあるかもしれないな。『コンゴ民主共和国は民主的でもなければ共和国でもないが、それこそがまさにコンゴだ』というものだ。そして私はこの地域のために最善だと考えることを行なっている。もちろん、それが我が社のためにはならないと言ったりすれば、不誠実だということになるだろう。二つの運命はこの厳しいジャングルによって、その残酷な歴史によって、現在の無秩序状態によって交錯している。すべてをよりよくすることこそが、私の意図なのだ」

シャルロットは鼻で笑った。「そのためにはどれだけの血が流れてもかまわないということね」

自分たちを拉致した相手にシャルロットがきつい言葉を放ったので、ジェムソンがにらんだ。

ド・コスタは平然としていた。「コンゴの歴史はすべて、血で刻まれているのだよ、ドクター・ジラール。戦争に次ぐ戦争、民族浄化、いまだに続く奴隷制度」相手がようやくため息をついた。「君は子供時代を隣国のコンゴ共和国のブラザヴィルで過ごした、そうじゃなかったかな?」

シャルロットは顔をしかめた。この男の知性や情報源を甘く見てはいけないと、改めて心に留める。「それが何なの?」

「それならば、そうした場所が今ほど残酷ではなかった時代を覚えているはずだ」ド・コスタの視線が二人を交互に見た。「君たちは二人とも、ここからそれほど遠くないキサンガニにも滞在していた。目を覆いたくなるような貧困と老朽化したインフラから成り、物乞いや泥棒がはびこる都会だ。だが、昔からそうだったわけではない。二十世紀の前半、あそこは魅力と異国情緒にあふれたところだった。白を基調とした街並みはヨーロッパの王族やハリウッドのスターたちを引きつけた。映画『アフリカの女王』のロケ地になり、一日の撮影が終わるとヘプバーンやボガートが街の通りを散歩し、長くてゆったりとした夜の魅力を満喫していた」

シャルロットはそのイメージと自らのキサンガニでの気が滅入るような経験を重ね合わせることができなかった。

ド・コスタは続けた。「コンゴ民主共和国の無政府状態と闘争への緩やかな衰退が始まったのは、一九六〇年にベルギーによる統治が終了した後のことだ」

「それは起きたことを単純化しすぎた見方ね」シャルロットは反論した。「コンゴの植民地支配だって非道な行ないや残酷な仕打ちと無縁だったわけじゃない。レオポルド二世が支配していた時代には何百万人もの人たちが殺されたでしょ」

「植民地支配が正しい答えだなどと主張するつもりは毛頭ない。しかし、より明るい未来を少しでも望むなら、この地域は新しい道筋を必要としている。数十年に及ぶ絶え間ない紛争を経て、コンゴの人たちが自治のできるような状況にないのは明らかだ。今もなお、彼らはレオポルド二世よりもひどい搾取を目論む中国人たちに支配を委ねているではないか」

「それなら、何が正しい答えなの？」

「簡単な話だ。経済的な自治だよ。コンゴ民主共和国は天然資源がとてつもなく豊富で、未開発の富がほぼ無尽蔵に眠っている。その利害を保護するため、国にはそれを導くCEOが必要だ。その先にある新たな未来では、すべての人の生活が向上し、改革が実行され、この国がアフリカ大陸の模範になる」

シャルロットは椅子の背もたれに体を預けた。国をその新たな時代に導くのにふさわしいとド・コスタが考える人物は誰なのか、容易に想像がつく。シャルロットは再び椅子に腰掛けた相手の頭上に浮かぶ黄金の王冠を見つめた。

ド・コスタが彫刻の施された箱に手のひらを置いた。「そこで話を失われたンゲディ・ヌ・ンテイと、その中に入っていた可能性のある治療薬に戻すとしよう。それがあれば数え切れないほどの死者が出るのを食い止められる」

シャルロットはこの男を手伝いたくなどなかったが、病気にかかった子供を見つめるディサンカの顔に浮かぶ苦悩や、自分のことを訴えかけるように見つめる彼女の目を無視することもできなかった。あの小さな男の子をはじめとして、この大陸に住むすべての人たちがその治療薬を必要としている。

「その失われたクバ・ボックスについて、何かわかっていることは？」ド・コスタが訊ねた。「どんな外見だったのか？　どんな装飾が付いていたのか？」

ジェムソンが肩をすくめた。「容器は植民地時代の人物の顔をかたどったものみたいだった。箱の中にはその人物の影像も入っていた」

ド・コスタがはっとして背筋を伸ばした。「ンドップ像だ」

銀色の木目が入ったコクタンの影像を思い浮かべ、シャルロットはついうなずいてしまった。

「誰の像だ？」

シャルロットはファラジの説明を思い出した。まったく意味を成さない答えだったので、素直に教えることにした。「羊飼い」

「羊飼い……？」ド・コスタが当惑の表情を浮かべた――だが、何かを理解したらしく、その目を大きく見開いた。ＣＥＯは椅子の背もたれに寄りかかり、笑みを浮かべた。「なるほど、そういうことか」

10

四月二十四日　中央アフリカ時間午前七時三十分
コンゴ民主共和国　キサンガニ

「このウィリアム・シェパード牧師というのは誰なんだ？」グレイは訊ねた。

「多くの人が彼を黒いリヴィングストンと評している」研究室のテーブルの向かい側からンダエが答えた。「彼はコンゴの人々にとっては宣教師だったが、同時に探検家でもあった。後に彼の名前が付くことになる湖も発見している」

グレイは白いスーツと同じ色のサファリハットという格好の長身男性をとらえた白黒写真を凝視した。黒人の長老派牧師は、草で編んだ高さのある盾や槍を手にした部族の人たちの間に立っている。その背後には村の人たちが暮らす粗末な小屋も写っていた。

グレイは写真の男性と仮面の顔、さらにはその横に置かれた小さな彫像を見比べた。

〈同一人物に違いない〉

少し前のこと、タッカーがケインとともに戻ってきた。元レンジャー部隊の隊員が研究室に連れてきたのは二人の地元民で、一人はICCNのエコガードのンダエ、もう一人はファラジという名前の年齢が十二、三歳くらいの少年だ。タッカーが増水したツォポ川から二人を救出した後、彼らに関する短い資料がペインターから送られてきていた。

シャーマンの見習いだというファラジは、百年近い古さがありそうな木製の容器を手にしていた。少年がキャンプからずっと大切に守っていたその容器は、ンゲディ・ヌ・ンテイ、またはクバ・ボックスと呼ばれる。その中には木像のほか、古い写真が数枚と折りたたんだ地図が一枚、保管されていた。モンクは写真と地図についてペインターと相談するために研究室を離れている。それらを理解するには別の専門家の知識が必要だったからだ。モンクと一緒にコワルスキも部屋を出ていったが、大男が気にしているのは食べ物を探すことのようだった。

「しかし、ウィリアム・シェパード牧師と現在のコンゴの状況にはどんな関係があるんだ?」グレイは訊ねた。

ンダエがファラジの方を見た。少年はICCNのエコガードの背中に半ば隠れたまま、まわりをきょろきょろと見回しながら、もじもじと体を動かしている。

タッカーが少年の肩に手のひらを置いた。「大丈夫だよ、ファラジ。俺に教えてくれたことを彼にも話してやってくれ。俺も巻き添えになって死にそうになるほどの苦労をしてまで、あの忌々しい箱をここまで持ってきたんじゃないか」

　ファラジがすっと背筋を伸ばした。タッカーから力をもらったのかもしれない。「ウォコ・ボシュ、僕たちのシャーマンが」かつての師の名前を出した時、少年の声が上ずった。ファラジは箱を指差した。「彼が何年もずっと持っていた。その前は彼のお父さんが、その前はおじいさんが」

　少年が途方に暮れた様子でうつむいた。

「それを今、君が手にしているんだぞ」タッカーが少年を励ました。

　ファラジが息をのんだ。自分がそれを受け継ぐに値するのか、疑問を感じているのだろう。少年は再び顔を上げた。「このンゲディ・ヌ・ンテイのことを知っているのはシャーマンだけ。ほかは誰も知らない」少年が首を左右に振った。「僕もほとんど知らない。大いなる邪悪から守ってくれるということだけ。ウォコ・ボシュから少し教えてもらったけど、全部じゃない」

　ンダエが説明した。「シャーマンはキャンプで箱から粉末を取り出した。それで病気を防げると主張していた。そのことをキャンプにいた赤ん坊で証明してみせたのだが――その子は襲撃者たちに連れ去られてしまった。粉末はキャンプに押し寄せたアリの大群に対しても効果があった。おそらく、ヒヒたちに対しても」

　アリからのサンプル採取作業に取り組むフランクとベンジーを安全キャビネットのそば

で見守っていたリサが、今の説明を聞いてこちらにやってきた。

「不思議な話ね」リサが話に加わった。「シャーマンはそれが治療薬だと信じていたの?」

ファラジが首を横に振った。「違う、ティバじゃない。治療薬じゃなくて。ウテテジ……」

少年が表情を歪めた。言いたいことをうまく言葉にできずにいるようだ。少年はンダエに目で助けを求めた。

「ウリンジ・ワ・ヴィルシ?」ンダエが助け船を出した。

それに対して少年は顔をしかめただけだった。「ハパナ。違う」ファラジは眉間にしわを寄せていたが、やがて肩をすくめてあきらめた。「もっと知っているのはウォコだけ」

ンダエが申し訳なさそうな表情でグレイとリサを見た。「その物質が何であろうと、何らかの形でウィリアム・シェパード牧師と関係している。彼はクバ族の保護に熱心だったが、当時その部族はなかなか人前に姿を見せなかった。そもそもアフリカ人以外で彼らと接触できたのは、シェパード牧師が初めてだったのだ」

グレイは七枚の写真を順番に眺めた。端が黄ばんでいて、多くは色あせているし、水に濡れた跡も残っている。裏側にはいくつかの単語と謎めいた記号が書き殴ってある。牧師がジャングルの中のある場所への道筋を暗号の形で残したのではないかと考え、グレイは写真をテーブルの上に広げた。それぞれの写真には日付が書いてあるので、時間の流れに合わせて日付の古い写真が上になるように重ねていく。

いちばん古い写真――一八九四年十月十七日のものには、深い森の中で太陽の光を反射する水面が写っていた。グレイは写真をひっくり返し、急いでスケッチしたと思われる裏側の絵を見つめた。川が流れ込む小さな池らしきものと、その横に縞模様の動物が描かれている。動物はシマウマに見えなくもなく、その下には Atti の文字が記してあった。

グレイにはさっぱり意味がわからなかったが、ファラジが縞模様の動物を指差した。「アティ……古い言葉。オカピの意味」

グレイは眉をひそめた。

ンダエが説明した。「オカピは絶滅危惧種のキリン科の動物で、コンゴのジャングルに生息している。かつてはアフリカ版の一角獣として、実在の動物ではなく伝説上の存在だと考えられていた。以前はジャングル内に広く生息していたが、その独特の毛皮を目当てにした狩りの対象になったため、数は減少している。今ではコンゴ民主共和国の北東部で見つかるだけだ」

ファラジがンダエの服の袖を引っ張り、早口の母国語で何かを伝えた。

しばらくやり取りがあった後、ンダエは少年の肩を軽く叩いてから説明した。「クバ族はジャングル内の多くの場所に部族独自の名前を付けている。特に古くからの狩猟地はそうだ。ファラジによると、かつてオカピが利用していた水飲み場があるらしい。今ではオカピの姿は見られなくなったが、名前はそのまま残っていて、代々受け継がれながら今でもクバ族の人たちが使っている」

グレイは動物の絵を見つめた。〈これがジャングルを抜けて進んだシェパード牧師の旅路を示す最初の案内板なのだろうか——だが、彼はどこに向かったんだ？　それになぜ？〉

グレイはファラジの方を向き、絵を指先でつついた。「この場所がどこなのかわかるか？この水飲み場の場所は？」

少年がうなずいた。

「ほかの記号はどうだ？」グレイはそれに続く何枚かの写真を裏返した。

ファラジはしばらく眺めていたが、やがてゆっくりと首を横に振った。

タッカーが可能性を提示した。「次の場所を見つけるためには、まず最初の場所まで行かなければならないのかもしれない。手がかりを理解するにはそうする必要があるんじゃないのか？」

グレイは再びファラジを見た。「それにクバ族でなければそれらを理解できないのかもしれない。シェパード牧師が地図を暗号で残したのは、このジャングルについての知識と伝承に馴染み(なじ)のある人だけが理解できるようにするためなのではないか、そんな気がする」

「でも、どうして彼はそうまでして秘密にしたの？」リサが訊ねた。

「時代背景を考えると納得がいく」ンダエがその質問に答えた。「シェパード牧師はベルギー人の入植者と、その味方になった現地のザッポザップ——バソンゲ族の中でも残忍な人食い人種の一派のことを信用していなかった。危険な何かが——クバ族の人たちが邪悪と見なす何かがジャングルに隠されているなら、彼はそうした情報をベルギー人に知られたくないと思ったはずだ。けれども、もしそれに対する何らかのウテテジ——防御手段があるならば、彼はその知識を残したいと考えたはずで、再びその何かが出現したとしてもクバ族が守られるよう、彼らに地図を託したんじゃないだろうか」

グレイはうなずいた。「君の言う通りかもしれない」

「でも、邪悪なものって何なの？」リサが訊ねた。「病気のことを指しているの？　それともほかの何かなの？」

ファラジが体をこわばらせて息をのみ、テーブルから後ずさりした。少年はさっきから重ねてあった写真を眺めていたのだが、ちょうどいちばん新しい日付のものを見たところだった。

何がそんなにも少年を怯えさせたのだろうかと思い、グレイはそちらに近づいた。その写真を手に取る。ジャングルがやや開けたところを写したもので、シダに覆われた断崖の左右につる植物が絡みついた二本の石柱が立っていて、その間の断崖面にはかなり上の方まで亀裂が入っていた。断崖は見上げるような高さがあり、空を背景にしてとがった岩の輪郭が浮かび上がっている。グレイは写真をひっくり返した。裏側には記号もスケッチも描かれていない。かすれた文字が書き殴ってあるだけだ。インクによる文字ではなく、濃い色から推測すると血を使ったものかもしれない。

二つの単語が書かれていた。

Mfupa
Ufalme

ンダエがグレイの肩越しにのぞき込み、書かれている文字を読み上げた。「ムフパ・ウファルメ。意味は『骨の帝国』、もしくは『骨の王国』だ」

ファラジはさらに一歩後ずさりしながら写真を指差した。「悪い場所。アラアニウェ。呪われている。クバ族はみんな知っている。絶対そこに行かない」

タッカーがため息をついた。「ところが、牧師はそこに行ったわけだ」

グレイはうなずいた。「残る疑問は……彼はそこで何を見つけ、それが今の俺たちにどう役に立つかだ」

「役に立つかどうか……」リサが付け加えた。

リサの半信半疑な態度はグレイにも理解できたが、病気が急速に広まりつつある現状ではあらゆる可能性を考慮する必要がある。

グレイは少年を見た。「この第一の場所に俺たちを案内してくれないかな。オカピの水飲み場まで」

ファラジは尻込みしている様子だったが、うなずいた。「ウォコ・ボシュ。彼は僕が手伝うことを望んでいる」

「私も同行するのがよさそうだ」ンダエが申し出た。「現地の人々やこの地域に関する知識を持っている人間が必要になるかもしれない」

グレイはうなずいて感謝の意を示してから、リサの方に顔を向けた。「君とモンクはここに残って、ドクター・ウィテカーの調査を手伝ってくれ。俺はコワルスキを連れていく。コンゴ軍からの許可が下り次第、まずは国連の支援キャンプに向かう。タッカーとケインをそこで降ろしてから、俺たちはこの水飲み場を目指す」

元レンジャー部隊の隊員と毛深い四本足の相棒はベンジーに付き添う計画になっている。大学院生はキャンプに戻って人間とヒヒの死体からサンプルを採取し、研究室に持ち帰ることに同意してくれた。フランクは自らキャンプに行くことを希望したが、彼はアリから採取されたサンプルの調査のため、ここにとどまる必要がある。フランクはウイルスの特定作業を独自の形で発展させた。その特有の手法を理解できるのは彼しかいない。

それでもなお、誰にもわからないことが一つ残っていた。それを理解したいのならば、その問題に関して豊富な知識を持つ専門家に相談する必要があった。

扉がチャイムを鳴らし、ロックが解除された。

モンクが部屋に入ってきた。その後ろに続くコワルスキは、脂まみれの紙に包んだ食べかけのサンドイッチを手にしている。大男は食べ物を口いっぱいに頬張っていた。スパイスとバーベキューのにおいが漂ってくる。

コワルスキはサンドイッチを持ち上げ、目玉が飛び出しそうになるほど大きく目を見開いた。「いやあ、こいつにはエッグマックマフィンでもかなわないぜ……」

コワルスキが横を通り過ぎると、ケインが鼻を鳴らしてにおいを嗅いだ。今の評価が正しいかどうか、確かめたいと思っているのだろう。

モンクは真っ直ぐグレイたちの方に向かってきた。全員に画面が見えるような角度で、テーブルの上にタブレット端末を置く。「テレビ会議の出席者がオンラインで揃った。ちょっと苦労したけれどな」

モンクはこのパズルの最後のピースもテーブルの上に広げた。

午前七時四十七分

モンクがクバ・ボックスの中に隠されていた地図を開くと、タッカーはほかの人たちの隣に移動した。タブレット端末の画面には二人の人物の顔が映っている。

机の奥に座っているのはシグマの司令官のペインター・クロウだ。もう一人はテーブルに身を乗り出していて、その両側には高さのある書棚があるので、図書館のような場所にいるのだろうか。黒髪の見知らぬ人物は全身黒ずくめだが、白のローマンカラーが映えて見える。

その姿にタッカーは眉をひそめた。

〈どうしてシグマは司祭に相談しなければならないんだ?〉

グレイが画面に映るよう体を傾けた。「ベイリー神父、カステル・ガンドルフォの再建はどんな具合だ？」

司祭が肩をすくめた。「新しい基礎部分ができたところだ。君たちがここに近づかないでいてくれれば、順調に進むはずだよ」

「努力はするつもりだ」グレイがにやりと笑いながら返した。

タッカーはほかの人たちを見たが、全員がこのやり取りを理解しているようだった。

〈どうやらシグマのとんでもない大冒険に参加し損なったみたいだな〉

リサが小声でかいつまんだ説明をしてくれた。「ベイリー神父は過去に私たちを助けてくれたことがあるの。彼は教皇庁キリスト教考古学研究所で働いている。もっとも、彼の教会における役割は、それよりも少し込み入った話になるんだけれど」

タッカーは手のひらを見せて制止した。「それ以上聞かせてもらう必要はないよ。君たちのせいですでに俺の人生は十分に込み入ったものになっているから」

グレイが司祭に話しかけながら、地図に視線を落とした。「クロウ司令官から画像が送られていると思うが、それについて君の見解は？」

タッカーはその謎をもっとよく見ようと体勢を変えた。かなり年代物の地図なのは確かで、ラテン語の文字が記されている。古い書物からページを引きちぎったものらしく、それを折りたたんでクバ・ボックスの底に隠したようだ。

ベイリーは襟が首に当たるのか、ローマンカラーの位置を直した。

「それを特定するためにはこのヴァチカン機密公文書館で少しばかり調査を要したが、君たちが持っているのはアフリカの古地図だ。一五六四年に地図製作者のアブラハム・オルテリウスによって作成された。だが、興味をそそるのは地図そのものよりも扱っている題材の方だ」

「題材というのは？」グレイが訊ねた。

「右下の四角い囲みの中に記されているラテン語を翻訳すると、『アビシニア人のプレスター・ジョンの帝国の描写』となる。アビシニアというのはエチオピアのことだ」

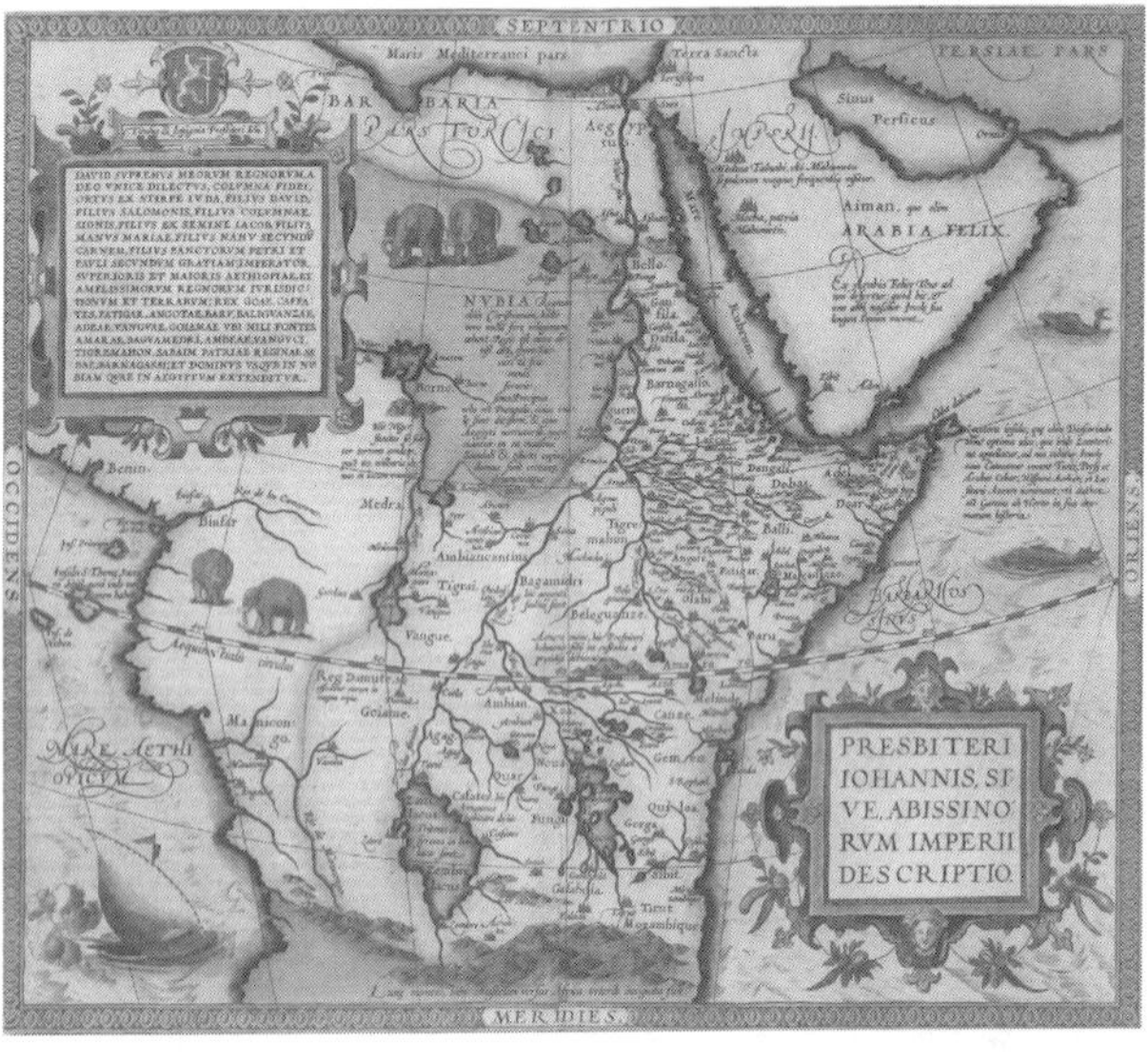

タッカーはジャングル内にある二本の石柱の写真に視線を移した。その裏に書いてあった文字を訳した時のンダエの言葉を思い返す。その場所の名前は「骨の帝国」だということだった。

全員が思い浮かべていたに違いないことを、グレイが代弁した。「シェパード牧師がジャングルで探し求めていたのがそれだという可能性は？　このプレスター・ジョンの帝国を探していたのでは？」

タッカーは眉をひそめた。「わからないんだが、プレスター・ジョンというのは誰だ？」

ベイリーが質問に答えた。「桁外れの富を有していた伝説上のキリスト教徒の王だ。東方の三博士のうちの、黒人だったバルタザールの子孫だと言われていた。最初期の言い伝えではアジアの王だったが、その後はアフリカにいるとされ、アフリカ大陸で最初のキリスト教徒の王となった。彼の話はあまりにも知れわたり、十二世紀には教皇アレクサンデル三世が伝説上の王に文書を送ったほどだ。ただし、その手紙を託された使者――教皇のお付きの医師はジャングルに姿を消したまま、戻ってこなかった」

タッカーは王国が呪われているというファラジの主張を思い返した。

〈教皇の医師はあらかじめそのことを警告されていなかったようだな〉

「ところが、数十年後に返事が届いたのだ」ベイリーの説明は続いている。「プレスター・ジョンの署名があったことから、伝説はさらなる盛り上がりを見せることになった。続いて十五世紀になると、この伝説の王を探していたポルトガル人の探検家たちから、ジャングルの奥深くに存在するキリスト教徒の帝国についての情報がもたらされた。宮殿や立派な街並みについての話のほか、最も詳しく伝えられたのは帝国の富に関してで、探検家たちの主張によればソロモン神殿の黄金はその帝国の金鉱から供給されたものだということだった」

タッカーはアフリカ版のシャングリラのような場所を想像しようとした。タッカーでさえもソロモンの失われた金鉱の伝説は知っていた。探検家たちは莫大な埋蔵量を誇る金鉱がジャングルのどこかに眠っていると信じ、長年にわたって探し求めていて、それは今もなお続いている。

「クロウ司令官からの問い合わせがあった後で、少し詳しく調べてみた」ベイリーが続けた。「プレスター・ジョンの物語は失われた財宝にとどまらない。契約の箱ともつながっていて、それがエチオピアに隠されていると信じる人は今でも多い。同じく興味深いのは、彼の話が若返りの泉と関係していることだ。エチオピア人は何百年も生きたと言われていて、その秘訣はとある湖にあり、そこで身を清めると肉体が若返り、若さに満ちあふれたそうだ。その水を飲めばどんな病気でも一発で治り、それから三十年間は病気知らずでいられるとされた」

コワルスキがサンドイッチを頬張ったままつぶやいた。「その湖とやらに潜ってみたいもんだぜ」

リサが大男を気づかってそっと肩に手を触れた。

ベイリーの話はまだ終わっていなかった。「それらの物語によると、湖には不思議な性質があった。そこの水には木であろうと何だろうと、何も浮かばなかったそうだ。プレスター・ジョンに関して人々が最後に聞いた話では、このエチオピアのキリスト教徒の王は五百六十二歳だったという。それ以降、王国は静まり返った」

「それはどういう意味だ？」グレイが訊ねた。

ベイリーが肩をすくめた。「プレスター・ジョンについての情報が入ってこなくなったのだ。十六世紀の後半、エチオピアを捜索していた探検家たちが黒人の王と出会ったが、そのアフリカの王はプレスター・ジョンとは何の関係もないと主張した。やがて地理の知識が広がるにつれて、アフリカのキリスト教徒の王に関する伝説は下火になった。十七世紀になると、ほとんどの人が彼の話をただの作り話だと考えるようになった」

タッカーは目の前に広げられた写真を見た。「誰かさんは明らかにそうじゃないと信じていた」

「あるいは、二つの話を結びつけた」リサが言った。「不死に近い寿命を持つキリスト教徒の王の伝説と、ジャングルに潜む呪われた帝国の噂を」

モンクが地図を見て顔をしかめた。「しかし、それらの話がどうしてつながるのかがわ

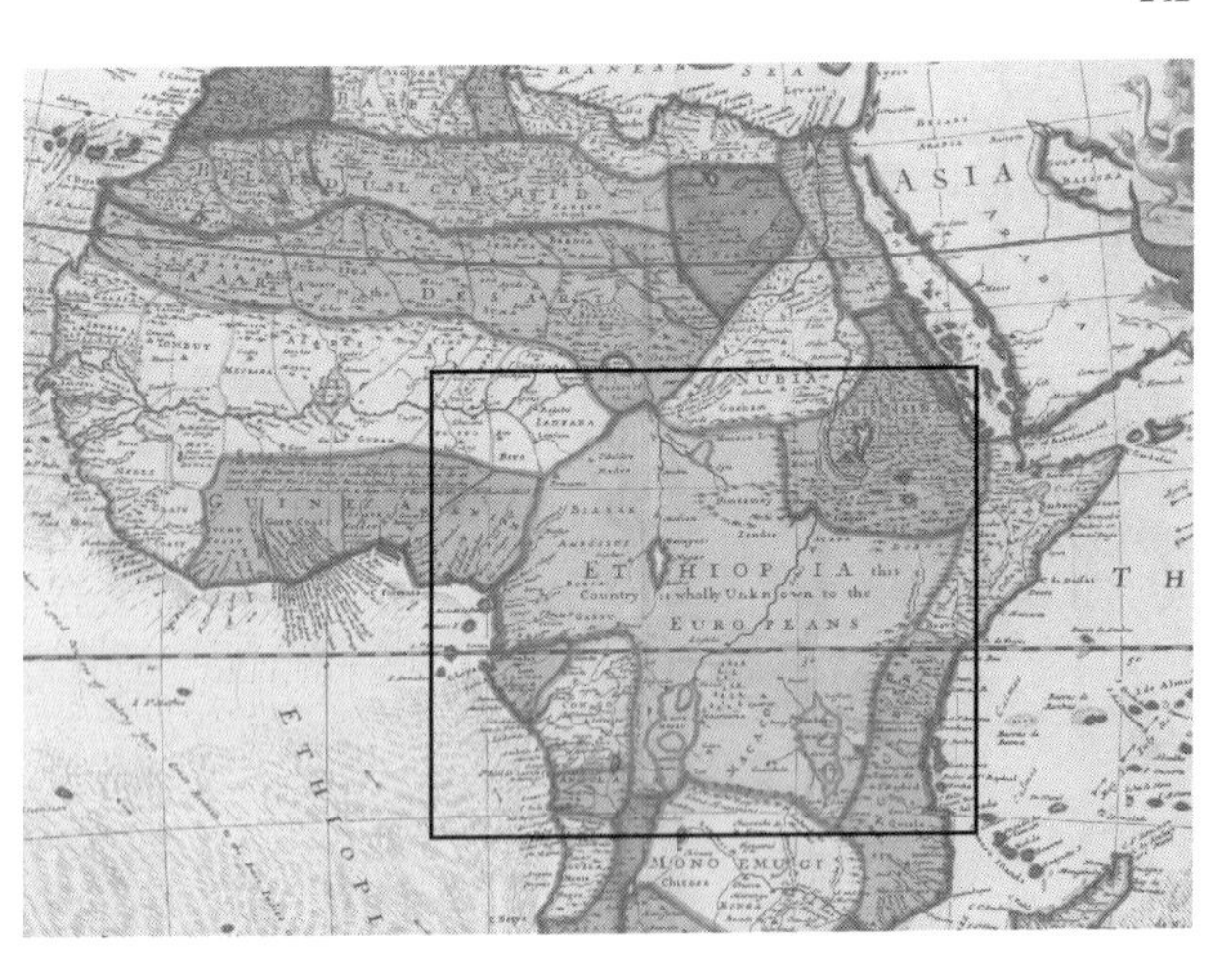

からないな。エチオピアがあるのはコンゴとは反対側の、大陸のもっと東じゃないか」

ベイリーが説明した。「探検家たちが地図を作成しては修正するという作業を繰り返していた時代には、国境線が流動的だったという事実を理解しなければならない。調査中、イギリスの地図製作者による一七一〇年のアフリカの地図を見つけた」

司祭が別のウィンドウを開くと、その地図が表示された。

「見てわかる通り」ベイリーが言った、「この地図でエチオピアはコンゴの全域を含むように描かれている。だから、プレスター・ジョンと彼の王国が存在していたならば、その場所がアフリカ中部だったという可能性は十分にある」

グレイは白黒写真の最後の一枚を手に取っ

て画面に向け、その中に写っている二本の石柱を指差した。「それはそれとして、何かがここに存在するのは確かだ。その何かが、現在発生していることへの知見を提供してくれるかもしれない」

　誰からも異論は出なかった。

　タブレット端末の画面上でペインターが咳払いして、片手を上げた。少し前まで司令官は横を向き、画面に映っていない誰かと話をしていた。今、その顔は再び正面を向いている。

「ちょうどキャットから報告が入った」ペインターが切り出した。「彼女が持つ情報網によると、コンゴ民主共和国軍による国連のキャンプの調査が終わったそうだ。ほとんど跡形もなく、煙を噴き上げる残骸と荒らされたテントが残っている程度らしい。発見された数体の死体は古びた軍服を着用し、旧式の武器を携帯していた。キャンプは民兵の一団に襲撃されたのだろうとの見解が大勢を占めている。あの地域で活発に動いているマイマイかもしれない。あるいは民主同盟軍か。コンゴに触手を伸ばしつつあるボコ・ハラムの仕業かもしれないとの意見もある」

　ンダエは馬鹿にしたように鼻を鳴らし、自らの見解を述べた。「あれは民兵なんかじゃない。あそこまで武器が揃っていて統率の取れた民兵なんているわけがない」

　タッカーはエコガードの判断を信用した。何が起きたのかをもっとよく知るためには、現地に赴いて自分の目――およびケインの鼻――で調査することが必要だ。ベンジーに付き添ってキャンプに着いたら、そうするつもりでいた。タッカーは責任のようなものを感じていた。川から引き上げた三人に対してだけでなく、連れ去られた人たちに対しても。

〈もっと早く到着してさえいたら……〉

グレイもすぐに行動に移りたいと考えている様子だったが、その前に注意を促した。「俺もンダエと同じ意見だ。だが、今のところはその計略が通用したと思わせておこう。うまくごまかすことができたと、敵に信じ込ませるんだ。俺たちが得た情報はこのグループ内だけにとどめておく。FARDCやコンゴ民主共和国政府にも、俺たちの疑念を伝えるべきではない」

ンダエがうなずいた。「それは賢明なやり方だな。私は自分の国と国民に誇りを持っているが、政府内にはいまだに腐敗がはびこっている。FARDCの兵士たちでさえも、近頃では密輸業者や密猟者、時には民兵と手を組んで副収入を得ていて、しばしば軍服を着たまま不正に手を染めているくらいだ」

タッカーはまわりにいる人たちを見回した。「つまり、信用できるのは俺たちだけということだな」

コワルスキが脂のしみたサンドイッチの包み紙を丸め、ごみ箱に投げ捨てた。「いつものことじゃねえか」

11

四月二十四日　中央アフリカ時間午前十一時三十四分
コンゴ民主共和国　キサンガニ

フランクはおなかが鳴る音でそろそろ昼食の時間だと気づいた。それでもスツールに座ったまま、機器の前から動こうとしなかった。検査結果が大学の電子顕微鏡室から自分のラップトップ・コンピューターにアップロードされるのを待っているところだ。画像が一つ現れるたびに、心臓の鼓動が大きくなる。

「こいつがデータの不具合であってくれ」フランクは声に出して祈った。

ほかの人たちが国連のキャンプに向けて出発した後、フランクは大学に残り、午前中はずっとサスライアリの女王アリと兵隊アリから採取したサンプルの準備を進めていた。細針吸引を行ない、採取したものにポリアクリルアミドゲル電気泳動をかけた後、低温電子顕微鏡法に備えてプランジ凍結する。慎重さが求められる作業だ。

〈しかし、その前にまずは……〉

フランクは最後の数枚のスキャンがラップトップにアップロードされるのをじっと見つめた。案じていたことが間違いないのを確認するため、さらに数分間をかける。女王アリと兵隊アリの両方のサンプルからの画像を比較して――大きなため息をついた。

「君たちもこれを見てくれ」フランクはモンクとリサに声をかけた。

ＤＡＲＰＡから派遣された二人の科学者はサンプルのＰＣＲ増幅の準備を手伝っているところだった。新たな病原体発生の前触れを示す特有のゲノムの発見に必要な作業だ。こちらにやってくる二人の奥では、二機のサーマルサイクラーが作動している。

「どうかしたのか？」モンクが訊ねた。

「この電子顕微鏡スキャンを確認してほしい」フランクは答えた。「私が恐れている通りだとすれば、我々は大きな問題を抱えていることになるかもしれない。この場合は巨、大、な問題と言うべきかもしれないが」

「見せて」リサが言った。

二人がフランクの左右から画面をのぞき込んだ。フランクはスキャン結果の画像の中からいちばんわかりやすいものを選んだ。そこには数個のウイルス粒子が写っている。

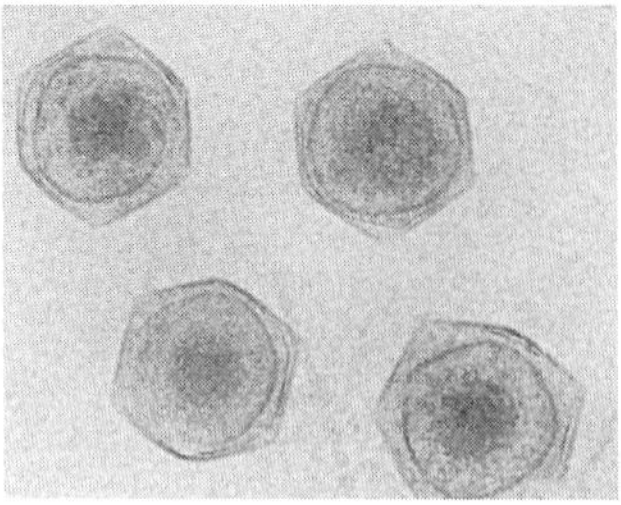

「最初はこれらがバクテリア細胞あるいは体細胞だと思った」フランクは説明した。「かなり大きいのでね。典型的なウイルス粒子は直径が五十ナノメートルから百ナノメートルの範囲内だ」

モンクが画像を凝視した。「こいつらの大きさは？」

フランクは肩越しに二人の方を振り返った。「七百ナノメートル。しかも、それはカプシドの殻の厚さだけの話だ。ウイルス全体の大きさじゃない」

フランクはウイロイドのより精細なスキャン結果の画像を表示させた。

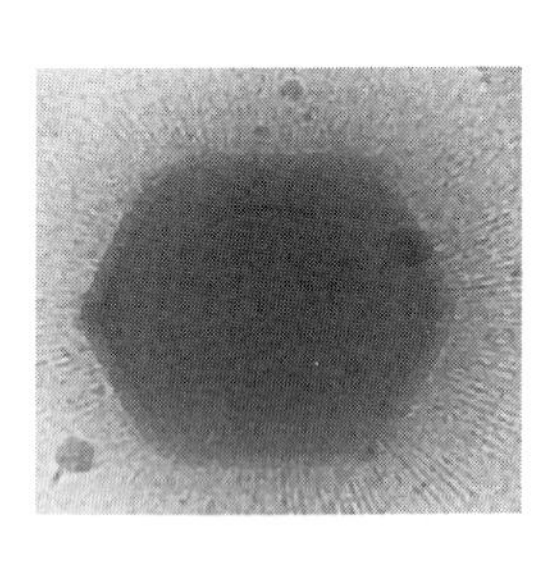

「カプシドから外に向かって放射状に出ている細い筋は蛋白質繊維だ。その分も計算に入れると、ウイルスの直径は千ナノメートルを優に上回る」

「巨大ウイルスね」リサが指摘した。

「同感だな」モンクが付け加えた。「巨大なウイルスだから、巨大な問題ということか」

リサが同僚に視線を向けた。「そうじゃなくて、これが『巨大ウイルス』という名前なの。『ジャイラス』と呼ばれることもある。そのような有機体が確認されたのはほんの数十年前のことで、ウイルスとバクテリアの境界を揺るがす存在に相当する」

「ドクター・カミングズの言う通りだ」フランクは言った。「こうしたとてつもない大きさのウイルスがアメーバの内部から初めて分離されたのは、一九九二年のことだ。その大きさのため、当初は誤ってバクテリアだとされた。さらなる研究が進んだ二〇〇三年になってようやく、ウイルスとして再分類された。それ以降、あらゆるところからほかにも多くの巨大ウイルスが発見されている。ピソウイルス、パンドラウイルス、ママウイルス、モリウイルス」

「こいつはどうなんだ？」モンクが訊ねた。「識別できるものなのか？」

フランクは首を横に振った。「二十枚の三角形から成る二十面体構造はミミウイルスの特徴と一致する。だが、これはそれよりもはるかに大きく、二倍近いサイズはむしろパンドラウイルスに近い。そこが気がかりな点だ」

「なぜだ？」

「ほとんどのウイルスはほんの一握りの数の遺伝子しか持っていない。狂犬病ウイルスは五個の遺伝子。ＨＩＶは九個、エボラウイルスは七個。インフルエンザウイルスも遺伝子の数は八個だけだ。だが、パンドラウイルスは二千以上もの遺伝子を持っている。そればかりか、そうした遺伝子の九十パーセントは地球上で見つかったほかのものとは似ても似つかない」フランクは画面に映る今回の件の容疑者に向かって眉をひそめた。「それらについてはまだほとんど何もわかっていない。もしこのウイルスが病原性だとしたら、我々はこれまでに見たこともないようなものを相手にすることになる」

「でも、それは病原性なの？」そう言うと、リサは腕組みをした。「私が理解していると
ころでは、巨大ウイルスは主にバクテリアやアメーバに感染する。人間に感染して病気を
引き起こすものはほとんどないはず」
「それは事実だが、巨大ウイルスの大半は――そしてこいつもおそらくそうだと思うのだ
が、ＮＣＬＤＶだ」モンクが顔をしかめていることに気づき、フランクは説明を補足し
た。「巨大核質ＤＮＡウイルスのことだ。このグループに属する多くのウイルスは病原性
が強く、天然痘もその中に含まれる。そのほかの例を見ると、脊椎動物だけでなく無脊椎
動物にも感染するものもある」
　リサが腕組みをほどき、安全キャビネットの方を見た。「無脊椎動物というと、アリが
そうね」
「これらの巨大ウイルスは宿主やほかの有機体からコードをあさった結果、そんなにも多
くの遺伝子を獲得するに至ったと推測されている」
「遺伝子版のこそ泥みたいなやつだな」モンクがつぶやいた。
「まさにその通りだ。様々なありとあらゆる種から得たコードを持っている。脊椎動物、
無脊椎動物、微生物、さらには植物からさえも。科学者の間では、ＮＣＬＤＶはあまりに
も特異な存在なため、古細菌、細菌、真核生物と同列に並ぶ四つ目のドメインとして分類
されるべきだとの意見もある。さらには、それが地球上のすべての生命の起源かもしれな

いとも考えられている」

「そんなことがありうるのか？」モンクが訊ねた。

「我々はかつて、ウイルスとは生細胞の劣化版にすぎず、細胞という仕組みを失って現在のウイルスの形に退化したのだと信じていた。しかし、最近になってウイルス内で見つかった特有の遺伝子の研究が進み、科学者たちはむしろその逆なのではないかと理論づけている。巨大ウイルスの一つであるメドゥーサウイルスを例に取ると、ＤＮＡの合成に必要な酵素のＤＮＡポリメラーゼの遺伝子コードを持っているが、その遺伝子は現在の動植物に見られるどんな遺伝子とも異なっている。そればかりか、どうやらはるか昔のものらしく、こんにちの動植物内の遺伝子の先駆けと考えられるほどの古さだとも見られている。このような例がほかにも多々あることから、ウイルス・ワールド仮説――すべての生命はウイルスから進化したとする説が有力視されつつある」

「でも、そのことと私たちが直面している危機にどんな関係があるの？」リサの質問がコンゴにおける危険に話の焦点を引き戻した。

フランクはため息をついた。「子供の頃、養母を本気で怒らせてしまった時には必ず、こんな言葉で脅された。『私はあなたをこの世界に産み落とさなかったかもしれないけれど、この世界から消し去ることならできるんだからね』と」

伝えたいことをモンクが理解したようだった。「君が考えているのは、俺たちをこの世界に産み落としたウイルスなら――」

「俺たちを消し去ることもできるかもしれない」フランクは締めくくった。

リサが眉をひそめ、画面を顎でしゃくった。「そうだとしても、この巨大ウイルスが病原性なのか、それともサスライアリの動物相におけるありふれた一部にすぎないのかもわからないじゃないの」

「確かにそうだ。しかし、アリの組織――兵隊アリの組織も女王アリの組織も、このウイルスであふれていた。アリの蛹からはまだサンプルを採取できていないが、そのことはあまり重要ではない。キャンプのサンプルが、そこで命を落とした人から採取したサンプルが必要だ。彼らの組織にもこれと同じウイルスが存在しているのかどうかを確かめないと」

リサが壁時計に目を向けた。「ベンジーは午後遅くに戻ってくるはず。わかるのはその後ね」

フランクはうなずいたが、残り時間が急速に少なくなりつつあるのではないかという嫌な予感がしてならなかった。あたかも誰かがそんな心の不安の声を聞きつけたかのように、テーブルに置かれたチームの衛星電話が着信を知らせた。フランクはそれがキャンプからの最新情報であってほしいと願った。

モンクが電話に応答した。用件を聞くうちに、その眉間にしわが寄る。「了解しました」モンクが返した。「こちらで確認します」

電話を切ったモンクの顔には、心配そうな表情が浮かんでいる。

「どうかしたの？」リサが訊ねた。

「ペインターからだ。キャットのところに奇病の新たな患者が複数出たとの報告が入ったらしい」

「場所は？」リサが訊ねた。

モンクが二人の方を見た。「ここキサンガニだ。大学病院で。患者は学校に通う子供たち。全員が同じ症状を示している」

午後零時七分

リサは真昼の太陽の強烈な日差しを浴びながら、救急車専用の円形の進入路を横切っていた。頭上の看板には「キサンガニ大学病院」の文字がある。大学の理学部の建物と同じように、病院も改装して間もないようだ。二階建てながらもかなりの広さがあり、コンゴ川に面した公園風の環境の敷地いっぱいに複数の建物が並んでいる。

モンクが入口前に停まった二台の救急車と、灰色がかった緑色に塗られたＦＡＲＤＣの軍用トラック数台を顎でしゃくった。「どうやら新たな患者発生の知らせを聞いたのは俺たちだけじゃなかったみたいだな」

リサは足早に車両の脇を通り過ぎた。ペインターの話によると、ジャングルを数十キロほど入ったところにある村の児童八人に、動きと反応が鈍くなるという同じ症状が見られ、今朝ここに運び込まれたのだという。リサは一刻も早く子供たちを診察し、ウイルス分析の作業で研究室に残っているフランクのためにサンプルを採取したいと思っていた。モンクが採取した血液と唾液を八百メートルほど離れた理学部まで届ける一方、リサはここに残って医療スタッフを支援する予定になっている。

ペインターとキャットが病院の院長と調整し、二人が作業する許可を取りつけてくれた。リサとモンクが建物の入口に近づくと、背が高くスキンヘッドで、青い手術着の上から白衣を羽織ったアフリカ系の男性が二人に向かって手を上げた。

「ドクター・カミングズとドクター・コッカリスですね」二人を迎えた男性の英語にはフランス語訛りがある。「当病院の事務長のアミール・ルンバーです。あなた方の支援の申し出に感謝します。一緒に来てください。これからご案内する病棟は軍によって立ち入りが規制されています。隔離および安全のために必要な措置なので」

リサは駐車したＦＡＲＤＣのトラックの近くで一本のタバコを分け合っている二人の兵士を一瞥した。「どうしてここに軍が？」

事務長は二人を先導して扉を抜け、人気のないロビーを奥に進んだ。「民兵による国連のキャンプの襲撃は地元のニュースで大々的に報じられています。それに加えて、二時間前には隣国のブルンジの病院が爆撃されたとの知らせが届きました。反乱軍が犯行声明を出しています」

リサはモンクと顔を見合わせた。キャットはブルンジの病院からも奇病の患者の報告があったと話していた。爆撃は昨夜の襲撃と関連があるのだろうか？

「医療施設への攻撃が相次いでいる理由は誰にもわかりません」アミールが言った。「民兵や反乱軍は数十年に及んだ過去の戦闘中でも、病院への攻撃は控えていたのですが」

アミールの案内で二人は広い病棟の裏口から出て中庭を横切り、ほかの建物からは少し離れたところにある隣の病棟に向かった。「病院の本館との接触を最小限に抑えるため、子供たちは裏手にあるこちらの病棟に収容しています」

三人は専用の病棟の扉を開け、ガウンにマスク姿のスタッフが忙しそうに歩き回る中を進んだ。リサたちも前室で同じ準備を整える。天井から吊るしたビニールシートで仕切られた奥が病室で、その手前で二人の武装した兵士が警備に当たっていた。

リサはアミールと並んで中に入り、すぐ後ろからモンクが続いた。モンクは行き交う人たちすべての顔を険しい目つきで確認しては、危険がないか警戒している。コンゴ民主共和国軍によって病院入口での立ち入りが規制されているにもかかわらず、彼は油断なく目を配っていた。ガウンの下にはホルスターに収めたシグ・ザウエルが見え隠れしているが、その手は片時も離れることなく武器に添えられている。

リサも自分の武器——小型のベレッタナノをアンクルホルスターに隠していたが、周囲の警戒はモンクに任せ、片側の壁に沿って並ぶベッドに意識を集中させた。そこにいるのは八歳から十三歳までの男の子や女の子たちだ。看護師や医師たちが小声で会話をしながら子供たちを診察している。人間を寝たきり同然の状態にしてしまうこの病気についての話はもう十分に聞いたので、リサは自分の目で患者を調べてみたいと思っていた。

アミールの方を見る。「子供たちの一人に私が検査を行なってもいいですか？　一緒に活動しているウイルス学者に持ち帰るためのサンプルを採取したいので」

「もちろんですとも」事務長が答えた。「どんな支援でも大歓迎です」

リサはうなずいて感謝を伝えた。殺菌済みの綿棒が入ったプラスチックケースや、唾液と血液のサンプル採取用の小瓶はすべてフランクが用意してくれた。

モンクがすぐ隣に並んだ。「ここにいる子供たちが病気にかかった学校は、具体的にはどのあたりにあるんですか？」

アミールは病室の奥にある窓の方を見た。「キサンガニから東に五十キロも離れていないあたりです」

モンクがリサと顔を見合わせた。病気が地域の要衝（ようしょう）に当たるこの街に迫りつつあるのは間違いない。「隔離について考慮する——」

ガラスの割れる音がモンクの言葉をかき消した。小さな黒い物体が病室の裏手の窓を突き破って飛び込んでくる。続いて別の黒い物体が近くの窓ガラスを割った。さらに右手からももう一つ。黒い物体はカタカタと音を立ててリノリウムの床の上を転がり、大きな音を立てて破裂したかと思うと大量の黒い煙を噴き出した。刺激臭のある煙が瞬く間に広がっていく。

モンクがリサの腕をつかみ、横に引っ張った——その直後、後方から立て続けに銃声が鳴り響く。病室の手前で見張りに就いていた二人の兵士がビニールシートを押しのけて室内に飛び込んできた。一人の医師が兵士たちに駆け寄ったが、一方の兵士が医師の胸に向かって至近距離から発砲した。

姿勢を落としたリサは、ＦＡＲＤＣの兵士の一部に信用できない人間がいるというンダエの警告を思い出した。そんな不安が的中してしまったのだ。

モンクはすでに拳銃を抜いていた。狙いを定め、引き金を二度引く。銃弾は二発とも一方の兵士の胸に命中した。もう一人が脅威を察知してライフルを向け、乱射しながら病室内を走り抜けていく。モンクは床に伏せて応戦しようとしたものの、広がる煙がすぐに兵士の姿を隠してしまった。兵士が走り去った方角から銃声と悲鳴が聞こえる。

リサは床に片膝を突いた姿勢でベレッタを抜き、煙が乱れる方向に狙いを向けた。煙幕の奥に銃口から発する閃光をかすかに確認すると、その方角に向けて四発、発砲する。耳鳴りがする中、新たなライフルの発砲音が聞こえないかと耳を澄ます。

「こっちだ」そう言いながらモンクがリサの腕をつかみ、安全な場所に連れていこうとする。

リサはその手を振りほどいた。新たな銃声は聞こえないものの、室内のあちこちからうめき声や泣き声があがっていた。ここにいる人たちを見捨てるわけにはいかない。深呼吸を四回繰り返し、それ以上の攻撃がないことを確認してから、リサはモンクの方を見た。

「怪我(けが)人を助けないと」

「武装したやつらがまた襲ってくるかもしれない」モンクが警告した。

「それはない」リサは応じた。「そうだとしたら今頃はもう新たな攻撃が始まっているはず。これは今回の感染の情報を封じ込めようと目論む何者かの最後の悪あがきみたいなもの。いずれにしても、この病棟の襲撃が本当の狙いではなかったと思う」

ヘリコプターのローターの回転音が建物の上空を通過した。ローターの巻き起こす強風が割れた窓ガラスから吹き込み、少しだけ煙が晴れていく。もやを通して目を凝らすと、倒れて動かない兵士と、床に伏せたり物陰に身を隠したりしている人たちの姿を確認できる。

上空を通過したヘリコプターは気がかりな方角に向かっていた。

リサはモンクの顔を見た。「フランクが……」

午後零時二十二分

〈今のはいったい何だ？〉

神経を集中させていたフランクの耳に、何かをコツコツと叩く奇妙な音が割り込んできた。ラップトップ・コンピューターの画面に顔を近づけ、バイオインフォマティクスのソフトウェアの準備をしていたところだ。ＰＣＲ増幅はほぼ完了していた。あともう一度、サーマルサイクラーにかければ、巨大ウイルスのＤＮＡコードの適切なサンプリングが生成されるはずだ。ドクター・カミングズたちが感染した子供たちからサンプルを採取し、病院から戻ってくる前に、この分析を終わらせておきたい。

〈子供たちにも同じウイルス量が見られれば……〉

フランクは自分の予想が合っていることを願った。そうであれば容疑者を正しくかつ迅速に特定できる。その一方で、午前中に詳しく説明した理由から、予想が当たることを恐れてもいた。ジャイラス種の遺伝的特徴と生態はあまり理解が進んでいない。しかも、巨大ウイルスが抱えている何千もの遺伝子は、理解が進んでいないどころか、誰も見たことがないものばかりなのだ。

フランクはコンピューターの画面の片隅に目を向けた。一個のウイルス粒子の画像が映っていて、二十面体の形状の外側にはスパイク蛋白質が付着している。不安は高まる一方だ。サスライアリの女王アリと兵隊アリの感染した細胞を調べたところ、その細胞質の中にはまるでヤマアラシの針が抜け落ちたかのように、そうしたスパイクがたくさんあった。捨てられたスパイクのほとんどは曲がっていたり、奇妙にねじれたりしているように見えた。

身の毛もよだつような懸念がフランクの胸の内に広がり始めた。

「それとも、単に考えすぎなのかもしれないぞ」フランクは自分に向かってつぶやいた。疑いの気持ちが浮かび上がるのを抑えつけようとする。その原因が過去の不安にあるのはわかっていた。多くを成し遂げてきたにもかかわらず、フランクの中にはまだぼろぼろのエアジョーダンをはき、動物園や水族館で説明文を暗記しているサウスサイドの少年がいた。高校時代には答えが正しいと確信していても、授業中に手を上げることはほとんどなかった。そうした知識をひけらかすと嘲笑されると思い込んでいた。教師たちさえも、一メートル九十センチを超える身長から彼の学力を決めつけていた。その後の輝かしい実績にもかかわらず、フランクは今でも授業中に手を上げたがらない高校生のように感じる時があった。

いびつな形の蛋白質に再び目を向け、そうした疑念を追いやる。

〈自分の考えはきっと正しい〉

再び奇妙な物音が割り込んできたので、フランクの注意が画面からそれた。何かをコツコツと叩くような澄んだ音は、サーマルサイクラーの静かな作動音よりも大きい。気分転換も必要だと思い、フランクは音源を探した。スツールに座ったまま体の向きを変えると、謎の音はベンジーの採取したサンプルがまだ保管されている壁沿いの安全キャビネットの方から聞こえていた。

フランクは立ち上がり、キャビネットの方に近づいた。前かがみの姿勢になり、試験管立てに置かれたガラスの管を調べる。閉じ込められたままの女王アリがいらだち、逃げる方法を探しているに違いない。ところが、長さが五センチを超える女王アリは試験管の底でじっと動かないままだ。死んでしまっているようにも見えるが、触角をかすかに震わせている。

〈それなら何が――?〉

またしてもコツコツという音が聞こえた。別の試験管からだ。フランクは音の発生源を持ち上げた。その試験管の中にはベンジーが採取した蛹が入っていた。茶色いキチン質の繭はピスタチオの殻くらいの大きさがあった。ただし、その殻は割れていて、試験管の底でばらばらになっている。その上によじ登ってガラス面にしがみついているのは、体長三センチ近い巨大なアリだった。蛹の中に収まっていたと思えないほどの大きさだ。もっとも、背中から生えている半透明の羽がそんな印象を与えるのかもしれない。羽が小刻みに震えるのに合わせて細い翅脈に体液が行き渡り、強度を高めるとともに長さも増していく。

サスライアリのオスにはこのような羽があるという説明をベンジーから受けていたものの、フランクはこれほどまで大きいとは想像していなかった。ガラスを叩く音で、フランクはアリの体の下部に注意を向けた。もっとよく見ようと試験管を回転させる。

試験管の角度を変えながら、フランクはガラス面を引っかく足の奥をのぞき込んだ。鉤爪状の何かが腹部の先端から突き出ていて、ガラスをつついている。粘り気のある緑色の物質がガラスに飛び散っていた。

フランクは自分が目にしているものの正体に気づいた。

「針だ」

サスライアリがこのような武器を持っているという話は、ベンジーの説明には出てこなかった。けれども、それは大学院生がうっかり忘れていたからではない。フランクが知る限りでは、スズメバチやミツバチのような大きな毒針を持つアリの種は存在しないはずだった。フランクは眉間にしわを寄せ、首を左右に振った。これは何らかの突然変異なのだろうか？　ウイルス感染によって触発されたものなのだろうか？

「いったい何が起きているんだ？」フランクはつぶやいた。

アリの体のもう片方の先端に目を移すと、左右の大顎をガラスにこすりつけていて、その表面に同じような緑色の液体がこびりついている。フランクはその粘り気がある物質には痛みをもたらす成分よりもはるかに恐ろしい何かが含まれているのではないかと危惧した。物質内に二十面体のウイルス粒子が大量に詰まっている様子を想像する。大きな羽に注意を戻したフランクは、ジャングル内での病気の拡散パターンが風向きと一致しているらしいという話を思い出した。

もしかすると、ウイルスは風に乗って運ばれるだけでは満足しなかったのかもしれない。風の気紛れに左右されたくなかったのかもしれない。

フランクはガラスの中で震える羽を見つめた。

〈だからウイルスは自らのために羽を生やしたのかもしれない〉

午後零時二十三分

モンクはオープンカーの軍用ジープのアクセルをいっぱいに踏み込み、病院の入口から急発進した。バックミラーをのぞくと、病院の事務長のアミール・ルンバーの横に立つFARDCの兵士二人の姿が見える。かつてFARDCの衛生兵だったという事務長の熱心な口添えもあって、モンクは兵士たちからジープを拝借することができた。モンクを乗せたジープが走り去るとすぐに、三人は襲撃された病棟を守るため病院内に駆け込んだ。

リサが無事でいることを祈りながら、モンクは理学部の建物の上空で急旋回し、屋上の真上でホバリングに入った黒いヘリコプターに意識を集中させた。病院内を走り抜ける間に、モンクはフランクに連絡を入れ、脅威が迫っていることを警告しようと試みた。しかし、応答はなかった。フランクが作業に集中していて気づかなかったか、あるいは敵が通信を妨害しているかのどちらかだ。

小声で罰当たりな言葉を吐きながら、モンクは八百メートルほど離れた理学部の建物に向かってジープを一直線に走らせた。アクセルを踏み込んだまま、芝生を突っ切り、歩道を飛び越え、未舗装の道を突っ走る。片手でハンドルをつかみ、もう片方の手でシグ・ザウエルＰ３２０を握っていた。上空のヘリコプターに銃口を向けようと試みるが、ジープが激しく揺れるので狙いを定めることができない。流れ弾が建物の窓を貫通し、学生や教授に死傷者が出るようなリスクを冒すわけにはいかなかった。

モンクは武器を下ろし、理学部の建物の入口まで到達することを第一に考えた。ヘリコプターの機体側面の動きに目が留まる。扉が開くと何本ものロープが現れ、研究室が位置している側の建物の壁に向かって揺れながら下りていく。

次の瞬間、建物の入口に到着したので、ヘリコプターの姿は見えなくなった。モンクは急ブレーキをかけ、芝生の上を横滑りするジープが完全に停止する前に飛び降りた。入口の扉を目指して疾走するが、結果は見えていた。

〈間に合わない〉

午後零時三十四分

「どうして誰も応答しないんだ？」フランクはチームの無線機を口元に当てたままつぶやいた。

　国連の支援キャンプに向かったベンジーたちに連絡を入れようと、さっきから何度も試みているところだ。フランクは試験管の内側でガラスを引っかくアリに視線を向けた。自分が目撃したことを伝えたいと思っていた。アリの蛹が孵化（ふか）し、こんな変異種が誕生したということを。〈ただし、これがほんとに変異種なのかは、まだわからない〉フランクは自分に言い聞かせた。百パーセントの確信が持てなかったため、サスライアリについて誰よりも詳しいベンジーの意見を聞きたかったのだ。

　フランクは呼びかけへの応答がないか耳を傾けたものの、聞こえるのは雑音ばかりだった。それに近くを飛ぶヘリコプターの音がするから余計に聞き取りづらい。主に観光客向けのヘリコプターが大学のキャンパス上空を何度か飛行していたので、音のことはそれほど気に留めていなかった。それよりも奇妙な発見の方に気を取られていた。

しかし、それにしても……

ヘリコプターが建物の上空を通過していかないことに気づき、フランクは無線を顔から離した。ローターの回転音が真上からずっと聞こえている。不意に心臓がきゅっと縮むような感覚に襲われる。イラクの記憶がフラッシュバックする。迫撃砲による攻撃を知らせるサイレンの音が鳴り響き、兵士たちはコンクリート製の掩蔽壕(えんぺいごう)や土嚢(どのう)を積んだシェルターに逃げ込む。

フランクが研究室の窓の方を向いたちょうどその時、いくつもの影が窓からの景色を遮った。ケブラーの防弾着姿の人物がロープにぶら下がったまま窓ガラスを突き破り、次々と研究室内に飛び込んでくる。武器が見える。銃声が鳴り響き、フランクは研究室のテーブルの陰に身を隠した。

ワシントンからやってきた新しい仲間から提供された拳銃は腰のホルスターに入っている。だが、ホルスターの固定用ストラップを外す時間すらもなかった。フランクがうずくまって身を隠したテーブルの両側に、銃を持つ男たちが集まってきた。怒鳴り声のスワヒリ語とフランス語で命令が発せられる。フランクはどちらの言語もよく知らなかったが、アサルトライフルを見ればその意図はわかった。

フランクは両手を上げ、ゆっくりと立ち上がった。

取り囲んだ男たちに武器を奪われ、銃を突きつけられて部屋の片隅に連れていかれる。別の人物——長身のコンゴ人兵士で、頬にぎざぎざの傷跡を持つ男が、ハーネスを手に近づいてきた。

窓の外にぶら下がるロープを見たフランクは、相手の狙いに気づいた。

〈私を殺すために来たわけではない〉

フランクはほっとすると同時に不安を覚えた。これが誘拐目的だとすれば、ここでの自分たちの作戦について何者かがすでに多くを熟知していることになる。別の兵士がフランクのラップトップ・コンピューターを電源から引き抜き、ケーブル類を外して運び去った。それによって襲撃者の意図が明らかになる。

〈私の知識を欲しがっている人間がどこかにいる〉

午後零時三十七分

上の階から鳴り響く銃声を耳にしたモンクは階段を駆け上がった。銃声に気づいたのはモンクだけではない。上からいっせいに逃げてくる学生や教授たちを押しのけながら進まなければならなかった。手に持った拳銃と大声の悪態が道を開けるのに役立った。立ち止まったのは逃げる教授の一人から必要なものを確保した時だけだ。逆方向に進む人たちがいなくなると、階段を一度に二段ずつ駆け上がって三階を目指す。

三階までたどり着いたモンクは廊下に顔だけを突き出した。すでにこのフロアには誰も残っていない。シグ・ザウエルを握り締め、脅威がないか左右を素早く確認する。ひとまず危険はないと判断すると、モンクは片側の壁から離れないようにしながら低い姿勢で廊下を走った。耳をそばだて、脅威への警戒は怠らない。

研究室の扉の前まで来ると、中から複数のこもった叫び声が聞こえた。室内に襲撃者が何人いるのかはわからないが、人数を確認できるまで待っている余裕はない。モンクはシグ・ザウエルを廊下の床に置き、つま先で脇に蹴飛ばした。

覚悟を決めると電子ロックの暗証番号を入力し、緑色の光が点灯するのを待ってから取っ手をつかむ。最後にもう一度、深呼吸をして決心を固めてから扉を押し開ける。勢いよく室内に飛び込んだモンクは、教授の一人から奪い取ったものを高々と掲げた。ルーズリーフの紙をまとめた分厚いフォルダーだ。中身が何かは知らない。学生の答案なのか、研究メモなのか、それとも密かに執筆中の小説の原稿なのか。

何であろうとどうでもよかった。目的を果たしてくれさえすれば。

〈果たしてくれることを願っているんだが〉

室内に入るとすぐ、モンクは手にしたフォルダーに目を落とした。「ドクター・ウィテカー！　ウイルス検査の結果が出ましたよ。衝撃的な結果です！　あなたもきっと――」

モンクはそこで前につんのめりながら立ち止まり、室内に黒ずくめの兵士たちがいることに気づいて驚いたふりをした。銃口が向けられる。数えたところ、相手は五人。一人で救出を試みても無駄だという判断を下したのは正しかったことが確認できた。

ハーネスを装着したフランクが部屋の片隅に立っていた。

モンクに向けて発射された銃弾が一発、耳をかすめて廊下に飛び出した。モンクは金切り声をあげて横に飛びのき、フォルダーを投げ捨てた。大量の紙が周囲に散乱する。

その間にモンクはフランクに鋭い視線を向け、自分の意図を無言で伝えようとした。緊迫した状況に置かれているにもかかわらず、フランクは勘のよさを証明した。

「撃たないでくれ！」フランクが叫んだ。「彼は私の研究助手だ。彼が何を見つけたのか知る必要がある！」

襲撃者たちが割れた窓の近くに立つ背の高いコンゴ人の方を見た。あいつがリーダーに違いない。男の肩越しに外の様子をうかがうと、理学部の建物に駆けつける軍用車両の巻き上げる土ぼこりが確認できる。顔に傷のある男は時間切れが近いことを悟り、一呼吸する間、モンクのことを見つめた――そして命令を怒鳴った。

モンクはフランクの方に引っ張られた。両手を高く上げたまま、抵抗はしない。別のハーネスが用意された。

ハーネスを装着されている間、モンクは横目でフランクの方を見た。元陸軍の獣医は眉をひそめている。いったい何を考えているのかと不思議に思っているのだろう。モンクは少しだけ肩をすくめてその疑問に答えた。最も賢い計画ではないのは確かだが、選択肢は限られている。ここに駆け込む前、モンクは敵の狙いが昨日の国連キャンプの医師たちと同じように、フランクを拉致することに違いないと推測していた。そうでなければ、理学部の建物の最上階を爆破すればすむ話だ。

そう判断したモンクは、古い格言に従ってこの危険な賭けに打って出たのだった。

〈長いものには巻かれろ、って言うからな〉

12

四月二十四日　中央アフリカ時間午後一時十四分
コンゴ民主共和国　ツォポ州

衛星電話を耳に押し当てたまま、グレイは廃墟と化したかつての国連のキャンプを見渡した。爆撃を受けた村の残骸が増水したツォポ川の真っ黒な水面から突き出ている。四方を取り囲む薄暗いジャングルからは、生き物の甲高い鳴き声や低いうめき声や小さな羽音が聞こえる。

すぐ近くにあるのは死の世界だ。

布で覆われた死体が薪の束のように何列にも並べてある。グレイはすでにその多くを確認していた。村人もいれば国連のチームのスタッフもいるし、薄汚れた軍服姿の民兵の死体もある。ンダエの意見によると、民兵の死体は襲撃の背後にいる首謀者を隠す目的で意図的に残されたものだろうということだった。

グレイは村人の死体の傍らにひざまずくベンジーを見つめた。死体はまるで皮を剝がれたかのように、どす黒い色の血で覆われている。グレイは武装集団による襲撃の前にここで何が起こったのかを想像しようとした。ベンジーの話によれば、反応を麻痺させる奇病の症状が避難民の中の何人かに現れていて、その人たちはアリの大群に体を蝕まれても抵抗すらしなかったという。作業を進めるベンジーの顔からは血の気が失われていて、目は見開いたままほとんどまばたきをしない。その脇ではンダエとファラジが死んだヒヒの腕をつかんで引きずっていた。フランクからはここの野生動物からのサンプルも採取してほしいとの要望を受けていた。

電話の向こうから聞こえるペインター・クロウの報告に耳を傾けながら、グレイはここでの努力が無駄に終わることを悟った。何者かが大学の研究室からフランクとモンクを拉致し、去り際にすべてを爆破していったという。グレイは唇を嚙みしめた。敵がここでのシグマの活動について、想定よりもはるかに多くの情報を握っているという紛れもない証拠だ。知らせがよからぬ人間の耳にまで届いてしまったのは間違いない。

「リサは大学病院の医師たちとの作業を継続する予定だ」ペインターの説明は続いている。「ドクター・ウィテカーが進めていたウイルス学関連の作業を、入手可能なデータと資料で続行することに最善を尽くす。また、フランクがガボンで一緒に作業をしていた国際医療研究センターの病理学者、ドクター・レミー・エンゴンガとも連絡を取る予定でいる。そこはバイオセーフティレベル4の封じ込め施設を備えたいちばん近い研究所だ」

　グレイは情報を頭に入れながら、すでに自らの計画も練り直していた。「モンクとフランクはどうするんですか？　二人はこの国連のキャンプを襲撃したのと同じグループによって拉致されたと判断するべきでしょう」

　その言葉を聞きつけたコワルスキがグレイの方にさっと視線を向けた。大男はペインターから支給された変わった形の武器のそばにしゃがんでいる。ジャングルでの戦闘用にDARPAが開発した試作品で、「シュリケン」のニックネームを持つその武器は先端が平たくつぶれた銃身を持つ。一見すると、アサルトライフルの先っぽにハンドクリーナーの吸入口を取り付けたかのような形だ。大きな円筒形の弾倉の中には、これもまた一風変わった形の弾が入っている。

　タッカーも奇妙な形のライフルを興味津々（しんしん）といった様子でじろじろ見ていた。ケインまでもが武器のケースのにおいを嗅いでいた。だが、タッカーはグレイからペインターへの問いかけを聞くと立ち上がった。目つきが険しくなっている。「フランクがどうかしたのか？」

　グレイは相手の表情から不安を読み取った。二人が湾岸戦争時代からの友人だという話は聞いている。グレイは手のひらを向けて待つように合図してから、ペインターの答えに耳を傾けた。

「それが私の方に入っている唯一のいい知らせだ」司令官が応じた。

「どうしていい知らせだと？」

「リサの考えでは――私も同意見なのだが、攻撃が迫る理学部の建物に急行したモンクは、フランクを救出できるとは期待していなかった。それよりもウイルス学者と一緒に連れ去られることが狙いだったと思われる」

グレイはうなずいた。〈なるほど、そうだろうな……〉「モンクのトランスポンダーからの信号はキャッチできているんですね？」

「もちろんだ。キャットが夫からの合図を見失うはずがない。彼の義手に組み込まれているGPSは今も作動している。現在、コンゴ民主共和国内を北東の方角に移動中だ」

グレイは小さく安堵のため息を漏らした。最新技術の驚異を結集したモンクの義手は本物の手とほとんど見分けがつかない。少なくとも、ざっと見たくらいで区別は不可能だ。敵は当然ながらモンクの所持品を調べたはずだが、現場から急いで立ち去ろうとする中で、はっきりと見えているはずのものを見落としてしまったに違いない。

〈だが、いつまでも気づかれないとは限らない〉

グレイの胸の内で疑念が頭をもたげていた。ンダエの方を見ながら、自国の兵士たちの間には軍服への忠誠心を欠いている者たちがいるという警告を思い出す。グレイは声量を落として警告した。「この情報は俺たちだけに限定しておくべきです。軍の支援を当てにしたいのはやまやまですが、俺たちが大学にいることを知っている人間がいたのも確かです。モンクとフランクを無事に取り戻すための最善の方法は、武力の誇示よりも秘密裏の行動ではないでしょうか。少なくとも、当面は」

　グレイは廃墟と化したキャンプを見回した。拉致された医師たちが連れていかれたのと同じ場所に、モンクとフランクも移されるはずだと期待するしかない。そうだとすれば、全員を一度で救出できる機会があることになる。しかし、情報が再びよからぬ人間の耳に届けば……

「それなら、君の計画は？」ペインターが訊ねた。

「ほかの人たちと話をさせてください。後でまた連絡を入れます」

「了解」

　グレイは通話を終え、衛星電話を下ろした。ペインターが一方的に命令を下すのではなく、作戦立案の裁量を与えてくれたことに感謝する。状況に合わせた最適な評価を下すのは現地に足を踏み入れた人間でなければならない場合もある。また、グレイは自分の直感を信じていて、ありがたいことにペインターもそう判断してくれたようだ。

　グレイはベンジーとファラジも含めて、全員に集まるよう合図した。大学で起きたことすべてを手短に伝える。グレイの説明を聞き、全員の表情が曇った。誰も口を開かなかったが、コワルスキだけは小声でぶつぶつと毒づきながら、奥歯に挟んだ葉巻の煙を大量に吐き出した。

グレイは情報を伝えてから、話を先に進めた。「シェパード牧師が残した道筋の捜索をあきらめたくはない。ジャングルのどこかに感染の発生源が――そして治療の可能性が存在するならば、できるだけ早期に発見する必要がある」

その言葉に対していくつものうなずきが返ってくる。残された時間が少なくなりつつあることを認識するには、ここで発生した惨状を見れば十分だ――惨状の原因は敵による襲撃だけではない。その攻撃の前から、キャンプは謎の病気の発生で混乱した状態にあったのだ。グレイはコンゴ民主共和国全土が瀬戸際に瀕（ひん）しているような気がした。古くから存在する邪悪な何かがジャングルのどこかでくすぶっている。それが火炎旋風となって吹き荒れる前に消し止めなければならない。

タッカーが身を乗り出した。グレイには元レンジャー部隊の隊員が何を言おうとしているのか予想がついた。「ケインと俺はフランクの後を追う。そこにほかの人たちもいることを期待しようじゃないか。おまえたちは例の手がかりを追ってジャングルに向かってくれ。追跡用の信号に関する情報を俺のところに送るよう、司令官に伝えてほしい。何か発見したら彼に知らせる」

グレイはうなずいて感謝を伝えた。モンクの運命を他人の手に委ねたくはなかったものの、戦争中にタッカーが本領を発揮したのはケインと協力しての捜索および救出作戦で、特に重要なターゲットを敵陣から奪取することを得意としていた。拉致された人たちを取り戻せるとしたら、このコンビしかいない。

グレイはンダエの方を見た。ＩＣＮのエコガードはヘリコプターを操縦してグレイたちをここまで運んでくれた。「タッカーの信号追跡作業を支援するため、彼をヘリで運んでくれないか？　この作戦は俺たちのグループの人間だけで遂行したいんだ。ほかの人間は信用できない」

「任せてくれ」ンダエが答えた。「了解した」

「その途中でベンジーとサンプルをキサンガニまで送り届けてほしい」

ベンジーが顔を上げ、首を横に振った。「だめだよ。そんなことをしても意味がない」

グレイは生物学専攻の大学院生に視線を向けた。

「僕もあなたと一緒に行きたいんだ、ピアース隊長」しっかりとした声だが、その言葉を発するために二度、唾を飲み込まなければならなかった。短い間隔でまばたきを繰り返す様子は、まるで体がモールス信号で恐怖のＳＯＳを送ろうとしているかのようだ。それでも、ベンジーは自らの主張を通した。「すでにキサンガニの病院に感染者がいるなら、僕のサンプルをそこに運ぶ意味はほとんどない。それよりもジャングルの中にいる方が役に立てる」

　グレイは若者からの手伝いの申し出を却下したかったが、一方で未知の問題があまりにも多く残っていた。例えば、感染がジャングルの生き物に奇妙な影響を及ぼしているのはなぜなのか？　大学院生の援助を無下に断ることはできない。そう思いつつも、グレイはベンジーに意見を変える最後のチャンスを与えた。

「君が本気でそう考えているのであれば、という条件付きで認めよう」グレイは提案した。「俺たち二人と、あとコワルスキ、できればファラジも」シャーマンの見習いの方を見て、少年に語りかける。「ただし、君にまだ手伝う気があるならばの話だ。俺たちにはシェパード牧師の古い写真に隠された手がかりを読み取れる可能性のある地元の人が必要なんだ」

　ファラジとベンジーは二人ともうなずき、続行する意思を示した。

「それなら決まりだ」グレイは言った。

　コワルスキがまたしても大量の煙を吐き出した。「やれやれ。俺たちは二手に分かれるわけだな。最高の結果が待っているやり方だよ」

第三部

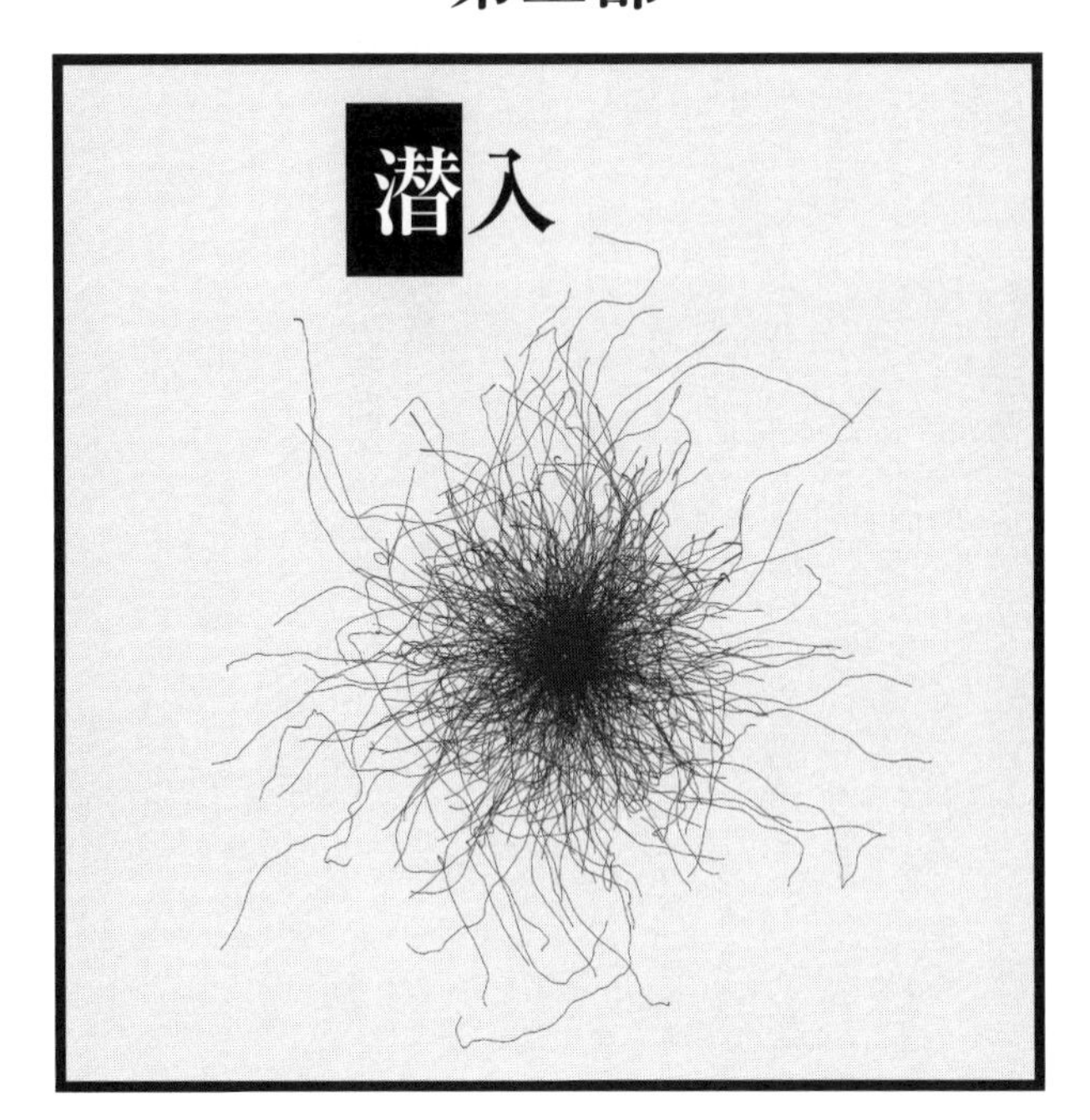

13

四月二十四日　中央アフリカ時間午後三時二分
コンゴ民主共和国　ベルカ島

〈これはよくない兆し……〉

シャルロットは間に合わせの病棟内でディサンカの診察を続けた。ルバ族の女性は簡易ベッドに腰掛けた姿勢を取っている。シャルロットの表情から不安の色を察知したに違いない。大きく見開いた女性の目に浮かぶ恐怖も大きくなる一方だ。ディサンカの視線が息子の方に動く。男の子は毛布にくるまれてベッド脇の揺りかごの中で眠っているが、睡眠中でさえも全身の倦怠感が顕著にうかがえた。横向きになって体を丸めることもなければ、夢を見ながら親指をしゃぶることもない。仰向けになって顔を上に向けたままで、手足はまるで骨がないかのようにだらりとしている。

男の子のことを気にかけているのは母親だけではなかった。

「容体が悪化しているな」ジェムソンが指摘した。アメリカ人の小児科医は赤ん坊の診察を終えたところだ。「酸素飽和度が九十パーセントを切っている。呼吸がますます浅くなっているせいだろう」

「酸素マスクを装着するべきかと」

「手配しておこう。君は母親の診察をすませてくれ。彼女も具合が悪くなっているなら……」ジェムソンはその先の言葉を濁した。

小児科医が立ち去った後、シャルロットは不安を覚えながら隣のベッドに目を向けた。黒い遺体袋が密閉された状態で置いてある。亡くなった年配の患者の遺体を隣の建物内にある病理学研究室に移すための準備中だ。患者のカルテによると、その男性がここにやってきたのは四日前、その時点ですでに奇妙な病気はかなり進行した状態だった。動きの鈍さをもたらした脳炎の症状が悪化し、患者はゆっくりと麻痺状態に陥ったのだ。あるいは、倦怠感のあまりのひどさに、男性は呼吸すらもできなくなったか、それとも心臓が鼓動を打ち続ける意思を失ったのかもしれない。その謎の解明は病理学者たちの仕事だ。もっとも、答えが判明したところで、教えてもらえるとは期待していない。

シャルロットは病室の奥に設置された機器を一瞥した。ここで活動する医療チームを率いるドクター・ンゴイから情報を得ようと繰り返し試みたものの、そのたびに拒絶された。

〈協調性のあるチームじゃないみたいね〉

だが、シャルロットにはより差し迫った懸念があった。ディサンカに注意を戻す。この女性は微熱が出始めていて、何度か確認したところ、頭痛がひどくなりつつあることを認めた。どちらも疲労と子供への不安が原因だと判断できる症状だが、シチューと油で揚げたパンという遅い昼食を取ったディサンカは、食べ物を喉に詰まらせかけていた。

シャルロットは舌圧子を手に取り、フランス語で依頼した。「ディサンカ、口を大きく開けてくれない？」同時に自分の舌を突き出し、身振りでも伝える。

ディサンカが指示に従うと、シャルロットは顔を近づけた。舌圧子を使って女性の口の奥を調べる。扁桃腺(へんとうせん)が少し腫れているようだが、それ以外に病変や炎症は見られない。シャルロットは一呼吸置いてから舌圧子を左の扁桃床に近づけ、木製の先端部分で腫れた箇所をこすった。通常であれば、患者はびくっと反応し、息を詰まらせる。ところが、ディサンカは触れられたことに気づいた素振りすらも見せなかった。

シャルロットは姿勢を戻し、舌圧子を有害廃棄物用の赤いごみ箱に投げ捨てた。ディサンカに心配はないと身振りで伝え、肩を軽く叩いて安心させようとする。シャルロットの仕草で相手の目に浮かぶ不安が消えることはなかったが、彼女が恐れているのは自分の健康のことではない。二人は揺りかごの中で毛布にくるまれた赤ん坊の方を見た。

ディサンカの手が伸び、シャルロットの手をつかむ。シャルロットは彼女と交わした約束を思い出した。何があっても子供を守ると約束した。

シャルロットは女性を安心させようと手を握り返した。

〈できる限りのことをするからね〉

ディサンカの目に映る恐怖が薄れ、新たな決意に置き換わっていく。その瞬間、二人は目と目を合わせた。その意味がはっきりと伝わる。

二人とも、子供のためにできる限りのことをするつもりだ。

ジェムソンが小型の小児用マスクを手にして戻ってくると、酸素供給用のチューブをつないだ。「それで？」ジェムソンはぶっきらぼうに訊ねた。

シャルロットはディサンカの手を離した。「昼食で飲み込みに苦労していたのは嚥下障害で間違いなさそうです。喉の奥の感覚が失われているせいだけなのか、それとも筋肉の麻痺もあるのかはわかりませんが」

「それが病気の初期症状だという可能性は？」

シャルロットは肩をすくめた。「発熱も頭痛も、どれもウイルス性脳炎の発症の兆候とも考えられます。でも、これほどまでの嚥下障害が続発症として現れるのは異例ではないかと」

「そうとも限らない」ジェムソンが意味ありげな視線を向けた。

シャルロットは理解した。「狂犬病ですね」

この人獣共通感染症に関しては、国境なき医師団の一員として当地を訪れる前から熟知している。恐水症の別名を持つこの病気で見られる嚥下障害は、泡を吹く、よだれを垂らすなどの症状とともに、狂犬病が致死性の脳炎を引き起こすことによる咽頭の機能不全が原因だ。

「しかし、これが狂犬病でないことは明らかだ」ジェムソンが言った。

〈確かに、それはありえない〉

ふと気がつくと、シャルロットは自分の喉をさすりながら、同じような症状が現れていないか確かめようとしていた。アリに噛まれた両手の跡はまだ赤く腫れている。頭痛はずっと続いているし、体がほてって汗ばんでいる。すべてはストレスと、全身を防護具で覆っていることが原因だと思いたかった。それでも、自分も感染しているのではないかという不安をぬぐい切れない。

ジェムソンが病室の奥の方を顎でしゃくった。「我々の見立てについて、ドクター・ンゴイに伝える方がいいかもしれない」

シャルロットはそちらに顔を向け、医長とそのチームに眉をひそめた。医師たちは建物の奥に置かれた血清と組織を調べる機材のところに集まったままだ。彼らにとってシャルロットとジェムソンはインターンおよび採血の担当者にすぎず、時間を割くに値しない人間だった。

「もうしばらく待つのがいいと思います」

「本当にそれでいいのか?」

シャルロットが何か言葉を返すより早く、ヘリコプターが上空を通過し、かまぼこ型の建物全体が揺れた。ローターの巻き起こす強風が金属製の屋根に吹きつける。すでに神経が高ぶっていたシャルロットは、思わず首をすくめて天井を見上げた。誰が到着したにせよ、かなりの緊急性を伴っているようだ。

シャルロットは興味をひかれ、ディサンカのベッドの横にある細長い窓に近づいた。ヘリコプターは川沿いのヘリパッドではなく、もっと近くに降下したような音だった。ジェムソンも窓のところにやってきた。

窓の位置からは古い入植地の中央広場にスキッドを着地させる機体が確認できた。両側の扉が開き、黒い防弾着姿の男たちが次々と降りてくる。ノラン・ド・コスタの私設軍の兵士たちだろう。長身のエコン中尉の姿も見える。エコンが先導しているのは銃を突きつけられた民間人らしき二人で、ノランのオフィスがある宿泊施設に連れていかれようとしている。

隣に立つジェムソンがはっとして体をこわばらせた。「ありえない」その口からつぶやきが漏れる。

シャルロットは彼の方を見た。「どうかしたんですか?」

ジェムソンは連行される二人の男性を顎でしゃくった。「前を歩く男性。あれはドクター・ウィテカーだ」

シャルロットがその名前を認識できるまでに一瞬の間があった。「ウイルス学者の？　あなたがキャンプに呼び寄せようとしていた人？」

「当の本人だ。だが、彼がここで何をしているんだ？　どうしてここに？」

シャルロットは二人の新たな訪問者がライフルで脅されていることを指摘した。「自ら志願してやってたわけではないのは明らかですね」続いてウイルス学者のすぐ後ろを歩くがっしりした体格でスキンヘッドの男性を指差す。「一緒にいるもう一人は誰だかわかりますか？」

「いいや。だが、誰だろうが関係ない。彼らも我々と同じく囚われの身だ。助けになってくれるとは思えん」

「そうでしょうか」

「どういう意味だね？」

「私たちには経験豊かなウイルス学者が必要ですから」

シャルロットは顕微鏡をのぞくンゴイを横目で見た。

〈信頼できるウイルス学者が〉

午後三時四十二分

　タッカーは薄暗い影の中でひざまずき、ここから先の道のりのために相棒の準備をしていた。

　背後ではンダエがヘリコプターの近くに立っていて、小さな川からほど近いジャングルがいくらか開けたところに降り立った機体からは、エンジンが冷えるのに合わせて小さな金属音が聞こえる。ヘリコプターは昨夜、タッカーがンダエたちを増水したツォポ川から救出した時に乗っていたのと同じ、アエロスパシアル・ガゼルだ。

〈ヘリが今一度のいちかばちかの救出任務をこなしてくれると祈ろうじゃないか〉

　この一時間ほど、ンダエとタッカーはモンクの義手のＧＰＳトランスポンダーからの信号を追跡していた。二人が一定の距離を保ちながら慎重に飛行していたところ、移動中のターゲットが完全に停止した――正確には、信号が消えてしまった。通信が途絶えたのは五分前のことで、二人はすぐに着陸可能な場所を探す必要に迫られた。最後に信号が送られてきたのは十キロほど離れた地点からだった。トランスポンダーが見つかって動作を止められてしまったのかどうかは確認のしようがない。もしそうだとすれば、これ以上は空から接近する危険を冒せない。ここから先の捜索は徒歩で続行することになる。

　タッカーとケインのコンビで。

ンダエはヘリコプターとここに残る予定だ。タッカーが捜索相手の発見と身柄の確保に成功したら、エコガードには大至急、救出に駆けつけてもらわなければならない。それまでの間、タッカーは一切の無線連絡を絶つことにしていた。どうしても必要に迫られた場合以外、ンダエと連絡を取るのはリスクが高い。何度も奇襲や裏切りを経験した後では、被害妄想にならない方がおかしい。その一方でタッカーは、『キャッチ＝22』の一文を頭に留めておいた。「被害妄想だからと言って、実際には誰も君を狙っていないとは限らない」

いずれにせよ、今のタッカーが頼れる人間は自分しかいなかった——ただし、一人きりではない。金色の斑点が入ったケインの濃いキャラメル色の瞳を見つめる。ここから先は、自分とケインだけ。

〈それこそが俺の望んでいるやり方だ〉

タッカーはケインが装着しているK９ストームのタクティカルベストの肩と腹部のストラップを調節し、こすれて痛くない程度にぴったりと体に合っていることを確認した。ケブラーで補強されているベストは防水性で、それよりも重要なのは防弾機能も備えていることだ。そうした保護があるにもかかわらず、タッカーの手のひらにブラックタンの体毛に隠れた古傷が触れた。タッカーにも同じような傷がある。目に見える傷もあれば、心の奥深くに隠れた傷もある。

作業を進めるうちに、タッカーは相棒の心臓が高鳴り、筋肉が興奮から震えているのを感じ取った。ケインも任務の始まる時間になったことを、毛深い仲間から密かに行動する兵士に変貌するべき時が訪れたことを理解している。タッカーはケインの耳の後ろをかいてやり、直接の触れ合いによって一人と一頭の間にある絆を強めた。そして顔を近づけ、その絆をさらに深め、相棒の体臭を嗅ぎ、黒い鼻先からあふれる熱い息づかいを受け止めた。

昔からの儀式にのっとり、タッカーは鼻と鼻をくっつけ、自分が相棒に要求していることを、他人の命を救うために自らの命を危険にさらすよう求めていることを意識した。

「仲よしは誰だ？」タッカーは最高の友人にささやきかけた。

ケインが舌でタッカーの鼻をなめる。

〈そうだ、おまえだよ〉

タッカーはベストの襟元の折り目に手を伸ばした。そこに隠されていたカメラを立て、ケインの左耳に無線用のイヤホンを挿し込む。この装備があれば、互いに目と耳でいつでも連絡を取り合うことができる。タッカーはカメラのレンズをケインの肩越しに前方が確認できる角度に調節し、電源を入れた。それに続いてＤＡＲＰＡ考案のゴーグルを自分の顔に装着する。ゴーグル側面のボタンにタッチすると、内側のレンズの片隅にケインのカメラからのライブ映像が表示された。

映像の状態を確認してから、タッカーは無線の送信機を口の中に入れ、奥歯の内側にはめ込んだ。超小型の無線機――「モーラーマイク」の通称を持つこの機器を用いて、タッカーはささやき声でケインに指示を伝えられるし、ケインの側から送られてくる通信も顎の骨伝導によってタッカーの耳に直接届く。電波の強さを抑えて敵に検知されにくくしてあるので、届く範囲は限定されている。タッカーはンダエに連絡を入れる必要が生じた場合のみ、出力を上げて送信するつもりでいた。

通信状態をテストするため、タッカーは口を動かし、ほとんど声を出さずにケインに語りかけた。「準備はいいか、相棒?」

ケインがしっぽを振った。その目は懸命に抑えつけている興奮で輝いていて、これから何が始まるのかわかっているし、行動を起こしたくてうずうずしている。

〈それなら任務開始だ〉

タッカーは立ち上がり、後ろを振り返った。じっとこちらを見つめるンダエは、そろそろタッカーが出発する頃だと考えていたに違いない。エコガードがタッカーに向かって親指を立てた。タッカーも同じ仕草を返してから、鬱蒼としたジャングルに向き直った。川に沿って進みながら信号が途絶えた地点を目指す予定だ。

タッカーはジャングルの方を指差した。「偵察」の指示をささやくよりも早く、それを予期していたケインは前に進み始めていた。

ケインがジャングルに分け入り、タッカーもその後を追った。すぐに相棒の姿が濃い影に溶け込んで見えなくなる。タッカーは自分の目と、ケインのカメラからゴーグルに送られてくる映像の両方を通して周囲の地形を観察した。葉に覆われた土壌、茂み、つる植物をとらえた上下に揺れる映像が、自分の目から入ってくる景色と融合する。最初の数呼吸の間は戸惑ったものの、すぐに目が慣れてくる。ケインの息づかいが骨を通して耳に伝わり、自分の呼吸とテンポが一致する。地面を踏みしめる靴音までもがケインの足音と同じリズムを刻んでいる。そんな時を超越した瞬間、人間と犬のコンビは一つになり、行動と意図が完璧なハーモニーを奏でる。

ゴーグルの別の片隅には、モンクからの信号の痕跡をたどるタッカーのリアルタイムの歩みを示す地図が表示されていた。ルートに沿って進むのに合わせて、地図上の点が一つ、また一つと消えていく。タッカーは川を左手に見ながら移動した。一定の速いペースで進み続ける。それが可能なのはジャングルの林冠が濃い影を作っていて、その下にはとげを持つ低木の茂みやつる草の巻き付いたタケの雑木林がまばらにしか生えていないおかげだった。

一方でジャングル本体の木々は六十メートルほどまで成長しており、見上げるような高さのヤシ、ゴム、マホガニーの巨木が連なっているほか、レッドシダーの茂みもあった。林冠の下のジャングルは湿ったエメラルド色の大聖堂を思わせる。ランやユリが光を発しているかのような鮮やかな色彩を添えていた。木々の間を舞う虹色のチョウは、まるではるか昔からそこで静止しているかのように見える。

自分がちっぽけな存在に思えて、タッカーはふと気づくとずっと息を殺していた。何百年にもわたって大地に降り積もってきた葉も、タッカーの足音をかき消してくれる。深い静寂が周囲に満ちていた。タッカーは昆虫の羽音や、鳥のさえずり、サルたちの鳴き声が絶え間なく聞こえるものだと予想していた。ところが、あたかも大いなる存在がタッカーのことをじっと観察しているかのごとく、ジャングルはひっそりと静まり返っている。タッカーは自分が侵入者になったような、このジャングルに足を踏み入れる権利などないよそ者になったような気分だった。

相棒にはそのことが当てはまらないようだ。

前を走るケインの体毛は濃淡のある影に溶け込んだかと思えば、再び現れる。音を立てずに進む様子は、ほかの生き物たちと同じく森の一部と化したかのようだ。しっぽを左右に振り、両耳をぴんと立てている。タッカーの耳に届く息づかいはほんのささやき声程度だ。

一人と一頭がジャングルに分け入るにつれて、空気は水分を多く含むようになり、濃厚さと重苦しさもいっそう高まった。腐敗と湿気のねっとりとしたにおいがタッカーの鼻孔（びこう）を満たし、時折そこに花を咲かせたつる植物の甘い芳香が迷い込む。息を吸うごとにジャングルが肺に種を植え付けようとしているかのようだ。一定のペースを保っていたものの、いつの間にかタッカーは息を切らしていた。いつもならば十キロを一時間弱のタイムで走ってもほとんど汗をかかない。ところが、その半分の距離にも達していないのに、額からはすでに汗が滴り落ちていた。迷彩模様のシャツは胸と背中に貼り付いてしまっている。肩に掛けたバックパックは大きな岩を背負っているかのような重さに感じられる。

それでも、タッカーはジャングルへの注意を怠らなかった。警戒を緩めることは許されない。それはこの先に正体不明の敵が控えているという理由からだけではなかった。このあたりにはヒョウやチーターがうろついているし、ジャッカルやハイエナもいる。そうした大型の生き物以外にも、この森にはあらゆるサイズのヘビが生息していて、その多くはパフアダー、ツリーコブラ、マンバなどの毒ヘビだ。サソリ、クモ、ムカデなども含めれば、とてつもない数の危険が存在していることになる。

足を前に踏み出すたびに、タッカーは防水性のハイキングブーツや厚手のカーキのズボンとシャツをありがたいと思った。それでもなお、張り詰めた緊張感で肩甲骨の間の筋肉がこわばってくる。

ジャングルに甲高い鳴き声が響きわたり、タッカーはびくっとした。

頭上に出現した鮮やかな色彩は長いくちばしを持つオオハシで、怒りの飛翔は侵入者が巣のすぐ近くを通ったためだろう。タッカーは鳥に対して謝りつつ、びっくりさせやがって悪態をついた。

なおも先を目指すにつれて、時間の感覚がおかしくなっていく。時の経過を正しく表しているのは、ゴーグルの内側の時刻表示だけだ。タッカーは地図上に連なる点が徐々に減っていくのを見つめた。最後の一つまで到達するのに九十分を要した。

そこまでたどり着いたところで、タッカーはささやき声でケインに止まるよう指示を出した。相棒はそれに従い、半円を描きながらタッカーのもとに戻ってくる。ケインははあはあと息を切らしていて、体内の熱い炎が光を供給しているかのように、両目が暗がりで輝きを発していた。タッカーは自分の水筒の水をケインに与えながら、前方に目を凝らした。トランスポンダーの信号はすぐ近くの川にほぼ沿うような形で移動していた。その道筋はここで途絶えているものの、この先も流れと並行に進んでいったと推測するのが妥当だ。

〈どこかに通じているに違いない〉

タッカーは前方を指差し、再び「偵察」とケインに小声で指示を出した。同時に自分の手首をつかんで胸に引き寄せ、無言で指示を追加した。〈離れるな〉

一人と一頭は再び歩き始め、川沿いを下流に向かって進んだ。ケインが前を歩くが、その距離はほんの数メートルほどだ。すぐにタッカーは用心のための指示を出しておいてよかったと思った。ジャングルは深くなる一方で、厳かな大聖堂という印象は消え、混み合った教会を思わせる。全方向で見通しが悪くなった。枝までもがより低く垂れ下がり、その先端が頭にかぶったフィールドハットをかすめそうなほどだ。湿度もさらに高くなり、植物の勢いに空気が圧縮されているかのように感じられる。

ジャングルを濃密にした原因が遠くで光り輝いていた。

別の川が行く手を横切っていた。すぐ隣を流れる川とこの先で合流しているのだろう。タッカーは歩くペースを落とした──より正確には、ジャングルのせいで落とさざるをえなくなった。前方を流れる川が木々に隙間を作っているため、太陽の光が直接差し込む川岸には植物が生い茂っていた。つる植物と低木がとげを持つ天然のバリアを構築している。エメラルドグリーンの苔や大きな菌類に覆われた倒木の幹を乗り越えて進まなければならない。

タッカーは別の問題にも気づいた。ケインのカメラから無線で送られてくる映像がゴーグルの内側でちらつき始め、一部が欠けてしまうようになったのだ。タッカーは唇をなめた。その理由は推測がつく。モンクのトランスポンダーからの信号が途絶えたあたりを思いながら、後方を振り返る。

〈何者かがこの一帯の無線周波数を妨害している〉

それがケインの装備にも影響を与えているのだ。

タッカーは顔をしかめたが、それは正しい方向に進んでいることも意味していた。より大きな問題は、ンダエに無線で連絡を入れるのが困難になったことだ。拉致された人たちを解放して連れ出すことに成功したとしても、ヘリコプターを要請するためには妨害電波が届く範囲の外まで出なければならない。それは任務の難度がより高くなったことを意味する。

〈だが、ほかに選択肢がいくつもあるわけじゃない〉

タッカーはほとんど這うような姿勢になりながら川岸を目指して前に進んだ。鏡のように穏やかな黒い川面に反射したまばゆい陽光が目に突き刺さる。ほとんど前が見えない状況の中で、タッカーは目よりも先に耳で危険を察知した。腹に響くようなバタバタという音。音は水面の向こう側から聞こえる。音源の方に目を向けると、二本の川の合流地点の中央に大きな島があった。その島の木々の間から銀色の輝きが浮かび上がる。何度かまばたきをして光の残像を振り払ったタッカーは、それが島から離陸するヘリコプターだということに気づいた。

すでに見つかってしまったのではないかと思い、タッカーは川から後ずさりした。木々の間に身を潜めつつも、機体の監視を続ける。あれは大学を襲撃したのと同じヘリなのだろうか？　ヘリコプターは木々の上空に達すると、反対の方角に向きを変えた。下流に向かって飛行していく。タッカーは機体を目で追った。やがてヘリコプターは流れが弧を描くあたりで方向転換し、川から離れていった。タッカーはその針路の先に幾筋かの煙が立ち昇っていることに気づいた。耳を澄ませば、遠くから何かを粉砕するような音がこだましている。その方角から甲高い汽笛のような音が鳴り響いた。

あそこには鉱山があるに違いない。コンゴ民主共和国内には多数の鉱山がある。拉致された人たちは向こうに連れていかれたのか？　それとも、この島で降ろされたのか？　タッカーは川の中にある木々に覆われた島を観察した。下流に向かって突き出た長い桟橋が確認できる。数隻のボートがそこに係留されていた。それにこの地域一帯の無線が妨害されていることも忘れるわけにいかない。

〈誰かが島で何かを動かしているのは確実だ。予感が外れているとしても、偵察をしないわけにはいかない〉

そのためには川を泳いで渡らなければならない。

タッカーは黒い水面を見つめ、水中にどんな危険が潜んでいるのだろうかと考えた。それでも、リスクを冒す以外の選択肢はない。ため息をついて太陽の位置を確認すると、地平線の近くに傾いていた。川を渡っての接近に対して監視の目が光っているならば、夜の帳が下りるまで待つのが最善の策だ。

日没まであと三十分ほどのため、タッカーは腰を落ち着けて待つことに決めた。頭の中ではすでに作戦が固まりつつある。

ケインはその計画がうれしくなさそうだった。喉の奥からのうなり声は音として聞こえるのではなく、その場にしゃがんだタッカーにぴたりと寄せた体の震えとして伝わってくる。タッカーはケインの方を見た。相棒は反対の方角をじっと見ている――木々に覆われた森の奥だ。まぶしい太陽の光を見た後なので、さっきよりもひときわ暗く感じられる。

ケインが再びうなり声をあげ、相棒に合図を送った。

〈何かがあそこにいる〉

タッカーはケインの本能を信じた。ジャングルの奥をじっと見つめる。犬が感じ取った何かを目で確認する必要がある。タッカーはケインの鼻先で手のひらを低く下げてから、ジャングルの方を指差した。〈低い姿勢で、危険を調査〉

その指示を受けると、ケインは影から影に移動しながらジャングルに入っていった。カメラの映像でその動きを追いながら、タッカーは心の中でもう一つの指示を与えた。〈気をつけろよ、相棒〉

ケインは木々の間を戻りながら、ジャングルの空気を吸い込む。目には見えないものを構築するために、においを取り込む。

ここまで来る途中で、一帯の臭跡はすでに記憶してある。木の幹にかかった尿の強くきついにおい、糞のより濃厚な香り、グアノのアンモニア臭。それらが朽ちた葉、埋もれた骨、熟して落ちた果実、ウジの湧いた腐敗のにおいの上に跡を刻む。

舌の裏側でこのじめじめした世界の湿気、空気中に漂う甘い花粉、足が踏みしめる香り豊かな土壌を味わう。

前に進みながら、腹部を地面すれすれに保って両耳をぴんと立て、注意を引いた不思議な音を追う。ここにはふさわしくない音。優位に立ちたいというホルモンの力に促され、喉の奥から挑発のうなり声が外にあふれ出ようとする。けれども、ケインは自らの血に逆らい、それを抑えつける。

一歩一歩、慎重に進んでいく。とげが体毛をかすめると、同じとげが生地の粗いベストをこすり、その音で居場所が露呈するといけないので、微妙に体の位置を動かす。やがて前方からの物音が大きくなる。

——湿った葉を踏みつける音は重く、そのリズムは一定すぎる。

——ウィーンという鋭い音に、全身の毛が逆立つ。

——金属の奏でるカチカチという特有の音がする。

その時、ケインの鼻は相手のにおいをとらえる。ジャングルの世界に似つかわしくない、異質なにおい。それは空気中を漂う電気で、かすかなガンオイルの香りを伴う（ケインはそのにおいをよく知っている）。燃えるプラスチックの味も舌で感じ取る。

その異質さがケインの血をさらに熱くする。

それでも、ケインは挑発したいという気持ちを抑える。

その代わりに歩を緩め、片足を前に出し、少し間を置いてからもう片方の足を前に出す。

しっぽを下に垂らす。影の最も濃い部分を選んで進む。その時、ケインはターゲットを目視する。相手は二体。ぎこちなく同調した動きで、はっきりとした目的意識とともにジャングル内を移動している。足を踏み出すたびにウィーンという機械音が鳴る。

全身の毛がさらに大きく逆立つ。胸の内で怒りが湧き上がる。

その時、言葉が耳に届く。緊急性を伴った強い指示。

〈隠れろ!〉

ケインは従う。恐怖のせいではなく、心の中で赤々と輝く忠誠心からだ。ケインはより濃い影の中に戻り、さらに低い姿勢になる。下半身の筋肉はかたく張り詰めたまま、すぐに逃げることも攻撃することも可能な状態に保つ。

それまでの間、ケインは異質な存在が近寄るのをじっと見守る。


タッカーはケインのカメラが映し出した光景に唖然とした。

〈何だこりゃ……〉

その少し前、視界に現れたのは二体のロボットで、光沢のある黒い体を持つ四足歩行型だった。まったく同じ歩調でジャングルを闊歩するその姿は、最新技術と脅威の振り付けによる危険なバレエを見ているかのようだ。タッカーは手前の一体を観察した。肩までの高さはケインとほぼ同じだが、頭部がない。代わりにあるのは環状に配置されたカメラのレンズで、その上の銃架には銃身の短いライフルが設置されている。

タッカーは自分が目にしているものの正体を理解した。

〈番犬だ〉

軍用犬に対しては個人的な関心があるため、タッカーはこうした装置の開発についての情報をかなり前から追っていた。正式名称は四足歩行無人地上車両、通称Ｑ‐ＵＧＶ。軍事施設の周囲でのより高度な警備体制の確立がその目的だ。ニューヨーク市警は短期間ながらも、建物内の捜索支援用として軍用ではない型を採用していたことがある。

タッカーは歯を食いしばった。

〈どうやらその雇用先はかなり広範囲に及んでいたらしい——コンゴにまで派遣されていたとは〉

タッカーは二体の奥にハンドラーがいる気配はないかと探したが、ロボットドッグは半自律的な制御が可能なことも知っていた。基地内の奥まった場所のパトロール用に製造されていて、それがあれば兵士たちはより重要な地域の監視に専念できる。ロボットはオペレーターがかぶるバーチャルリアリティー式のヘッドセットで操作することもできれば、あらかじめプログラムされた経路を回り、アルゴリズムに合わせて対応するように設定することも可能だ。

　ケインが隠れている場所に二体が接近すると、タッカーは固唾をのんだ。その仕様によると、環状に配置された十四個のセンサーは周囲三百六十度を検知可能だという。また、うずくまったり、ジャンプしたり、走ったりもできるし、零度を大きく下回るような凍てつく寒さの中でも、灼熱の砂漠においても作動する。さらには銃架に据え付けられたライフルがある。タッカーはロボットドッグに武器が搭載されたという話は聞いたことがなかったが、そのような仕様はここのジャングル版に特有のものなのかもしれない。

　二体のQ-UGVがケインのいる位置まで達した。タッカーは腰のホルスターからデザートイーグルを抜いた。だが、二体のロボットはぴったりと合わせた歩調をまったく乱すことなく、ケインが隠れている場所の脇を通り過ぎていく。タッカーは大きく息を吐き出した。ロボットはそのままパトロールを続け、やがて木々の間に姿を消した。二体のセンサーがケインの隠れ場所を検知できなかったのか、それとも人間だけに反応するように設定されていたのかはわからない。野生動物が多く生息していることを考えると、枝が折れたり鳥が飛び立ったりするたびにロボットドッグがジャングルを目がけて発砲するのは効率的ではない。

それでも念のため、タッカーはさらに三分間待ってから、ケインに小声で指示を伝えた。

「静かに戻れ」

ケインが向きを変え、戻ってくるのが映像からわかった。相棒が無事に到着すると、タッカーは愛情を込めて全身をさすってやった。

「誰にもおまえの代わりは務まらないよ」

ケインも激しくしっぽを振ってこたえた。

再会の挨拶が終わると、タッカーは川とその中央に浮かぶ謎の島に注意を戻した。ロボットドッグがここをパトロールしているからには、あの場所によからぬ何かが存在しているのは間違いない。タッカーはすぐにでも行動を起こしたかったが、その前に太陽の位置を確認した。すでに半分が地平線の下に隠れている。それほど長く待たずにすみそうだ。

そう思いつつ、タッカーは川面の先を見つめながら、自分がここにいる原因を作った人間に思いを馳せた。

「フランク、おまえはどんな厄介な問題に巻き込まれたんだ？」

14

四月二十四日　中央アフリカ時間午後五時四十五分
コンゴ民主共和国　ベルカ島

フランクはクッションの利いた革張りの椅子に座り、落ち着きなく体を動かしていた。島の施設に到着するとすぐ、フランクとモンクは服を脱がされ、所持品を調べられ、医師の診察を受けた。それを終えた後に、お揃いの青い手術着を手渡された。

モンクもアフリカンマホガニーから作られた幅の広い机の前の椅子に座っていた。身体検査の時、ここの連中はモンクの義手に気づいた。今、モンクは膝の上に置いた義手の指先をもう片方の手でいじっている。本物の手と見分けがつかないほどの立派な義手だが、モンクが不器用でうまく使いこなせないふりをしたため、没収されずにすんだ。

目の前にいるのが二人を拉致した首謀者だった。鉱業のコングロマリットのCEO、ノラン・ド・コスタ。幸か不幸か、フランクはこの男を知っていた。個人的な知り合いではないが、この男の会社の人道支援を担当する部署からアフリカでの研究資金の一部を援助してもらっていたのだ。

ＣＥＯが自身の無慈悲さと残酷さを経済的な必要性に置き換えて雄弁に語るのを聞きながら、フランクは伝えられた話をすぐには理解できずにいた。もちろん、二人は自分から進んでこの場にいるわけではない。顔に傷のある長身のコンゴ人兵士が後ろで見張りに就いている。

ノランはフランクを注視し続けた。「ドクター・ウィテカー、君が唇をかたく結んでいる気持ちは理解できる。私のことをどれだけ厳しい目で見ようがかまわない。だが、私がしたことは……過去のことをあれこれ言っても仕方がないではないか。どうしてこんなことになったのかと嘆くのではなく、目の前の問題に対処するのが賢い人間だ。ここではウイルス由来の病気が発生している。人々が命を落としている。死者はさらに増えることだろう。だが、君が手を貸してくれれば、ここでの我々の研究を加速させることができる。短時間で拡散を食い止められる」

「そうすれば、あなたは黒人にとっての白い救世主になれるわけだ」相手の頭の後ろのケースに飾られている黄金の王冠を見ながら、フランクは険しい口調で返した。

〈こいつはとてつもなく図々しいやつだ〉

ノランはため息をつき、唇の前で左右の手の指先を合わせた。「君の経歴は読ませてもらったよ、ドクター・ウィテカー。陸軍の獣医からウイルス学者になった。私の印象では、君は情熱的だが、同時に現実的な人間なのではないかな。従軍中にはきっと、同じ国の仲間の最高の面も最低の面も見てきたことだろう。進歩は時に血を代償にしなければ得られないことも理解している。ここコンゴではそれがさらに顕著なのだ。アフリカの歴史は悲劇と闘争によって記され、死体の数によって評価される。私はコンゴのためにそれを何としてでも転換しようと、その血塗られた趨勢（すうせい）を今こそ反転させようと意図している。そして願わくは、同じことがこの大陸全体にも広がってほしい」

「言い換えれば、目的は手段を正当化する、ということだな」

ノランが肩をすくめた。「時にはそういうこともある。特にその目的が、暴力、戦争、死というアフリカの絶え間なく拡大する一方の悪循環を断ち切れるのであれば。現在起きていることはアフリカの新たな時代の夜明けを前にした最後の生みの苦しみにすぎないと考えてみたまえ」

フランクが姿勢を正して口を開きかけたところで、モンクが割り込んできた。

「私たちが手伝ったら？」モンクは単刀直入に質問しながら、フランクの方を申し訳なさそうに見た。拉致されて以来、モンクは従順な研究助手の役割を演じている。モンクはごくりと唾を飲み込み、不安げな表情を見せた。「私たちはどうなるんですか？」

フランクの頭にはジャングルに浅く掘られた墓が浮かんだ。

「君たち二人には何ら危害を加えないと確約しよう。私は約束を守る男だ。もちろん、監視下に置かれることにはなるがね。生活の糧は十分に保証するし、どんな贅沢でもし放題だし、どんな望みでもかなえられる」

「ただし、自由はなくなる」フランクは言った。「残りの生涯を豪華な檻に閉じ込められて過ごすことになる。それがそっちのオファーだろ？」

「まあ、そういうことだ。しかし、それを選ばなければどうなるかな、ドクター・ウィテカー？　君には従軍経験がある。犠牲というものをわかっているはずだ。豪華な檻の中での生活という代償は、何千人もの――ことによると何十万人もの命を救うためには大きすぎるだろうか？」

フランクは椅子の背もたれに寄りかかった。論破してここからの脱出を試みるのは無駄なことだと悟る。相手に話を合わせるのが最善の策なのかもしれない。ここのいけ好かない連中がウイルス性の病気の研究でほかよりも先行しているなら、協力することが世界のためになる。少なくとも、今のところは。それに加えて、フランクは好奇心がうずいているることを否定できなかった。ここの連中が知っていることを知りたいし、今までにどんな進展があったのかも教えてもらいたい。

サスライアリから分離した、スパイクを持つ巨大ウイルスが脳裏に浮かぶ。

「君の助けを当てにしてもいいかな?」ノランが最終的な判断を要求した。

フランクは氷のように冷たい相手の青い目と視線を合わせた。「君たちが学んだことを見せてくれ。それから決断する」

「いいだろう」ノランが立ち上がった。その拍子にスーツの上着が少し動き、大きなショルダーホルスターと黒い拳銃の銃床が見えた。「君たちを我々の研究所に連れていくとしよう。そろそろ日が暮れるが、なるべく早く全員の認識を共通のものにさせておくのがよさそうだからね」

コンゴ人の兵士が前に歩み出た。「私がこの二人を連れていきましょう」男はフランス語で申し出た。

フランクはその意味を理解できたが、フランス語がわかることは相手に悟られないようにした。

ノランは首を横に振り、幅の広い机を回り込んでこちら側にやってきた。「いいや、エコン中尉。私も一緒に行く。今日の進捗(しんちょく)状況の説明をドクター・ンゴイから直接聞きたいのだが、かまわないかな?」

中尉は素直にうなずいた。「はい(ウィ)、もちろんですとも(ビャン・シュール)」

フランクとモンクは立ち上がり、顔を見合わせた。モンクが少しだけ目を大きく見開き、険しい眼差しを向けてくる。無言のメッセージを読み取るのは容易だった。

〈相手に合わせること〉

フランクにも現状ではそれが最善の策だとわかっていた。自由に会話ができないため、モンクに何らかの計画があるのかどうかはわからない。それでも、フランクはこの男性がそばにいてくれることをありがたいと思った。二人は銃を突きつけられたままオフィスを出て、コロニアル様式の宿泊施設を改装したと思われる建物の階段を下りた。外に出ると、エコンの先導で木の板を渡した通路を歩かされ、白い石造りの教会の前を通り過ぎる。向かっている先はかまぼこ型をした灰色の建物が何棟か並んでいるところだ。

案内役を務めるノランの声からは、自慢したくてたまらない様子がうかがえる。「我々の研究施設の設置を急ぐのに費用は惜しまなかった。病棟、病理学研究室、バイオセーフティレベル3の封じ込め施設、さらには動物実験用の場所まである」

CEOは軽量コンクリートブロック製の、窓がない建物を指し示した。金属製の屋根を持つその建物は、急ごしらえの施設と思われる。壁を通して外に漏れるこもった鳴き声や遠吠えに、フランクはぞっとした。

「前方に見えるのが我々の第一研究棟だ」ノランはいちばん大きなかまぼこ型の建物に向かいながら説明した。

バイオハザード対応の白い防護服姿の男が二人、ストレッチャーに載せた遺体袋を運び出す間、フランクたちは扉の前で待たなければならなかった。そのことを恥じるかのようにノランが頰を少しだけ赤らめたが、何も言葉を発することはなく、遺体の搬出が終わると手を振って中に入るよう合図した。フランクは隣の建物に運ばれていく遺体袋を目で追った。

ようやくフランクはモンクとともに垂れ幕で仕切られた前室に案内された。全員がガウンとフェイスマスクを身に着け、病室に入る。片側の壁沿いに十以上の病床が並んでいて、そのほとんどが埋まっていた。奥にある仕切られた一角の様子は半透明の垂れ幕のせいではっきりと見えない。どうやら臨床研究室のようだ。それ以外の場所ではガウンとマスク姿の人たちが作業を進めていて、彼らが入ってきてもほとんど注意を向けない。だが、フランクたちが建物内を横切り始めると、そのうちの一人がベッド脇から離れて駆け寄ってきた。

「ドクター・ウィテカー！」その人物が叫んだ。マスクのせいでこもった声だ。

フランクは眉間にしわを寄せ、困惑したが、フェイスマスクの下の顔に見覚えがあった。「ドクター・ジェムソン？」アメリカ人の小児科医で、国連のキャンプから支援を要請した人物だ。

男性医師がやってくると、ノランが間に入った。「そうか、君たちは知り合いだったのか。何という偶然だろうか」

フランクにはこれが偶然などではないとわかっていた。最初から仕組まれていたことなのだ。

「君たちみんなが力を合わせることで我々の研究がはかどることを期待している」ノランがもっと用心深く近づいてくる女性を指し示した。「ドクター・シャルロット・ジラールもその一員だ。彼女はここにいる中でいちばん新しい、最年少の患者を担当している。その患者が病状の進行に関してさらなる理解を提供してくれるといいのだが」

フランクがモンクを一瞥すると、小さなうなずきが返ってくる。拉致された二人の医師はどちらもここにいたのだ。しかも、ありがたいことに二人とも無事だ。この悲惨な状況にあって、それだけが小さな救いだった。

「ドクター・ンゴイのところに行こうではないか」ノランが全員を奥にある臨床研究室に向かわせた。「みんなで彼からの進捗状況の報告を聞くのがいいだろう」

隣を歩く女性のそれに対する反応が聞こえたのはフランクだけだったようだ。「ずいぶんと待たされたこと」フランス語でつぶやきながら、仕切られた研究室の中で働く医師たちに向かって顔をしかめている。

こんな状況に置かれているにもかかわらず、フランクは思わず小さな笑みを浮かべた。その態度も、いらだちから来る怒りもよくわかる。自分も同じ思いだった。

一行は病室の奥に到達し、半透明の仕切りをくぐってこぎれいな研究室に入った。フランクは顕微鏡、血液分析器、セルカウンターなどのずらりと並んだ機材を素早く評価した。ＤＮＡ解析に用いられるポリアクリルアミドゲル電気泳動の装置までもある。また、自分の機材のほとんどがキサンガニ大学からここに運び込まれ、無造作に置かれていることに気づき、怒りを覚えた。カスタマイズしたバイオインフォマティクスのソフトウェアがインストールされたラップトップ・コンピューターもある。これまでのところ、誰も彼の機材には手を触れてすらいないようだ。

ノランが痩せたコンゴ人の医師を紹介した。「こちらがドクター・ンゴイ、我々の施設の医長だ」

男が近づいてきた。フランクよりも頭一つ分ほど背が低いが、態度に関しては上から目線だ。フェイスマスクの奥の唇は、軽蔑を表すかのように歪んだまま動かない。フランクは一目見ただけで相手がどんなタイプの人間なのかわかった。背の低い人間によく見られるという通説があるナポレオン・コンプレックスの持ち主だ。

ドクター・ジラールが腕組みをしてンゴイをにらみつけた。ンゴイの方もこの女性を快く思っていないらしく、彼女を押しのけるようにしてフランクたちに歩み寄った。この医師がいくらかでも敬意を示している相手はボスのノラン・ド・コスタだけだが、それすらもかなり無理をしてそう見せかけているように思える。

「お待ちしていました」ンゴイがぎこちなく切り出した。「今日はかなり大きな進展があったと思います」

「それは素晴らしい。君が学んだことを我々の新たな客人にも教えてくれたまえ」

ンゴイはフランクとモンクのことを頭のてっぺんからつま先まで見た。「喜んで」その言葉とは裏腹に、ちっともうれしそうには見えない。

それでも、指示に楯突くのは賢明ではないと判断したようだ。ンゴイは一行をコンピューターのモニターの前に案内した。キーを操作し、多数のウイルス粒子をとらえた電子顕微鏡の画像を表示させる。

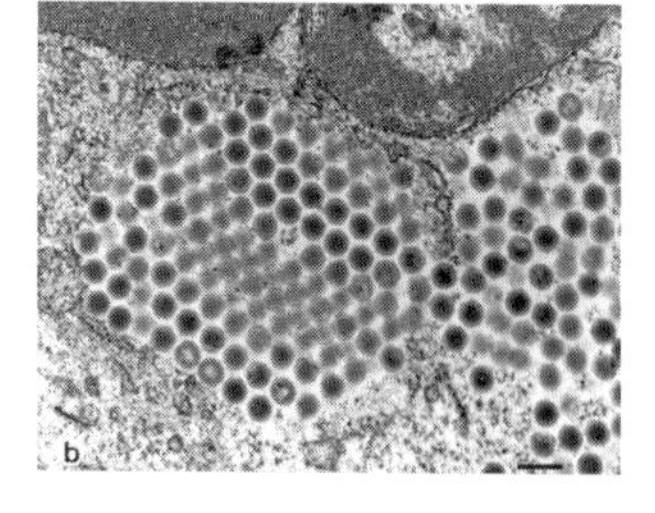

スパイクを持つ表面によってつながったいくつもの八角形の構造体にすぐさま気づき、

フランクは体をこわばらせた。モニターに顔を近づける。「私もサスライアリの複数の個体から同じウイルスを分離したばかりだ。だが、ウイルスがその種には珍しくない存在なのか、それとも病原性を持つのかは確かめられなかった」フランクはモニターの端の向こうに見える病床に視線を向けた。「自分の発見を確認するために、患者から採取したサンプルが欲しいと思っていたのだ」

ノランが眉を吊り上げた。「本当かね？　君はこの容疑者を一日もかからずに分離したというのか？」

「四時間もかかりませんでした」モンクが訂正した。

ノランがンゴイをじろりと見た。「我々のチームは同じことをするのに一週間を要したのだがね」

その発表を聞いてンゴイの目つきが険しくなった。怒りの矛先はフランクに向けられている。それでも、ンゴイは咳払いをしてから、誇らしげに背筋を伸ばした。「そうかもしれませんが、我々は本日、このウイルスの起源を特定できました。これがどこからやってきたのか、具体的にはもともとの宿主が何だったのか」

フランクも当初からそのことを疑問に思っていた。ウイルスはどこかからやってきたはずだ。自然界の宿主からより広い世界にこぼれ出て、やがて病原性を持つに至った。「それはどの動物に由来するものなのだ？」

ンゴイは満足げに小さなせせら笑いを浮かべた。「動物由来ではなかった」

「それなら何だ?」フランクは訊ねた。

「植物だよ」

午後六時三分

シャルロットはアメリカ人のウイルス学者の顔にショックの色が浮かんだことに気づいた。驚きの沈黙が支配する中、口を開く。「植物?」シャルロットは聞き返した。「そもそもそんなことがありうるわけ?　このウイルスが木や草に由来するっていうことなの?」

「あるいは、菌類という可能性もある」ンゴイが認めた。「ウイルスの遺伝子解析を終えたのだが、想定よりも時間がかかってしまった。二千二百三十六個もの遺伝子を持っていたのでね」

「そんなにも多くの?」フランクの表情に不安がよぎる。「それが事実なら、これは今までに発見された中でも最大の巨大ウイルスの一つということになる」

シャルロットはその発言に眉をひそめた。〈巨大ウイルスですって?〉

ンゴイはアメリカ人の反応を無視して、ボスに向かって話しかけた。「ウイルスのゲノムのかなりの部分は未知のもので、分類できていないのですが、ある程度の割合の――しかも最古のものと思われるゲノムは、菌類および古代の木生シダの種にも見られます。先史時代のクラドキシロプシドにまでさかのぼる可能性があるのです。クラドキシロプシドというのはシダに似た巨大な樹木群なのですが、何億年も前に絶滅したため現在では化石化した切り株しか残っていません。それが地球上で最初の木だったと考える人も多くいます」

シャルロットは首を横に振った。「でも、あなたはどうやってこのウイルスのゲノムを絶滅した植物までたどったの？」

ンゴイがいらだった様子でため息をついた。その一方で、目をきらきらと輝かせている。自分の成果に誇りを持ち、詳しい説明をしたくてうずうずしているのだろう。「クラドキシロプシドの遺伝的な子孫は今も存在しているからね。現代のシダ類やトクサ類がそれに当たる。我々は組み換え時計の手法を用い、このウイルスの遺伝子が現在生きているいずれの種の中に見つかる遺伝子よりもはるかに古いものだと特定できたのだ」

「つまり、ウイルスは古代の木に由来している」ノランがつぶやいた。「あるいは、それらの木に寄生していた菌類に由来しているのかもしれない」

「どうやらそういうことのようです」ンゴイが言った。「しかし、はっきりと確かめるために系統樹を作成し、ベイズ分析を行ないたいと考えています」

　シャルロットは話を遮った。患者たちが寝かされている病室の方に目を向けながら、より差し迫った疑問があることを意識する。「それはそれでいいとしても、植物のウイルスが動物に感染したり、ましてや人間に感染したりすることはありえないと思っていたんだけれど」

「それは必ずしも正しくない」フランクが反応した。「ウイルスの三つの科――ブニヤウイルス、レオウイルス、ラブドウイルスは、人間、動物、植物のいずれにも感染する。コショウの木のモットルウイルスも、人間に発熱やかゆみの症状をもたらす。とはいえ、そうした事例はまれだ。ほとんどの植物のウイルスは哺乳類の細胞で複製するために必要な生化学的な鍵を持っていない。しかし、進化と生存のためにウイルスが発揮する創意工夫を考えると、何があっても不思議ではない」

　その考えを聞いてシャルロットは胃に不快感を覚えたが、フランクの話はまだ終わっていなかった。

「ドクター・ンゴイのチームの推測が正しいならば、我々はもっと大きな問題を抱えることになるぞ」

「もっと大きな問題というのは？」シャルロットの隣からジェムソンが訊ねた。不安のせいで声が上ずっている。「どういう意味なのだ？」

「私はこれまでの研究生活の大半を通じて、動物から人間への病気の拡散を扱ってきた。

ウイルスが自然界の宿主から別の宿主に乗り換えるだけでも厄介だ。哺乳類から哺乳類へ。鳥類から人間へ。それは進化の道筋を示す系統樹において、ある枝から別の枝に飛び移ることを意味する。しかし、我々がここで話題にしているのは植物から人間に飛び移るウイルスのことだ。それだと話がまったく違ってくる。系統樹の太い幹から別の幹に飛び移るのと同じことだ」

フランクは集まった人たちを見回し、全員がその意味を理解するまで待ってから、説明を再開した。「他に類を見ないような災厄になりうる。このウイルスがかなり多くの種への感染力を持つらしいことも納得がいく。アリのような昆虫にも、ヒヒのような哺乳類にも」フランクは病床の方を指し示した。「そしてもちろん、我々人間にも」

シャルロットはぞっとして息をのんだ。「ほぼあらゆる生き物に感染する可能性があると考えているのね」

フランクが肩をすくめた。「すでにその状況にあるらしい」

これまでほとんど表情を変えることのなかったノラン・ド・コスタがうつろな視線になり、不安そうな面持ちを見せた。まばたき一つせずにコンピューターのモニターをじっと見つめている。コンゴ民主共和国における支配の確立のためにこのパンデミックを利用しようという彼の計画は、無慈悲でリスクがあるものにとどまらず、破局的な結果をもたらすおそれも出てきたのだ。

シャルロットはこの新しい情報で考えが麻痺するようなことがあってはならないと思った。絶望という名のブラックホールに追いやられてしまうわけにはいかない。息子を抱きかかえるディサンカの方を見る。必要なのはもっと現実的で有用な情報だ。

「ドクター・ンゴイ、あなたはこれまでずっと、このウイルスがどこからやってきたのかを突き止めようとしていたようね」シャルロットは皮肉をたっぷり込めた声で言った。「でも、実際のところ、ウイルスは何をしているの？　どんな病原性を持っているの？　今はそれらの方がどこに由来するのかよりも重要じゃないの？」

自分のやり方に疑問を呈され、挑発を受けたことで、ンゴイの表情が歪んだ。あたかもシャルロットの質問が聞こえなかったかのように、そっぽを向いてしまった。

代わりにフランクが答えた。「それに関しては、このウイルスが私のラップトップ・コンピューターの画面に初めて現れた時から、思うところがなくもない」

「それはどういう意味だね？」ノランが問いただした。どんな小さなことでもいいからすがりつきたい思いなのだろう。

フランクがンゴイを肩で押しのけ、コンピューターのモニターの前に立った。画面に表示された映像を拡大し、筏のように連なった細胞の端にある一個のウイルス粒子を指差す。「このウイルスはすでにかなりの大きさだ。しかし、その殻から蛋白質のスパイクがさらに外側へと伸びている」

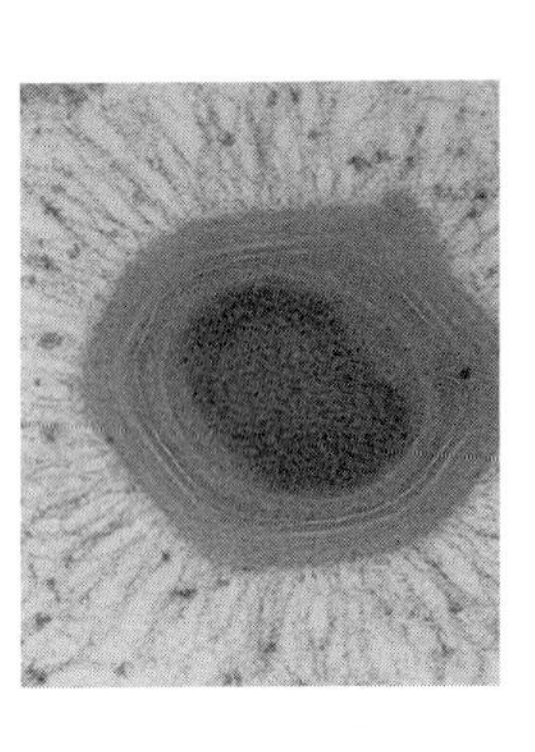

フランクがシャルロットたちの方に向き直った。「スキャンして調べたところ、感染した細胞の細胞質内には折れたスパイクが散乱していた。そのほとんどは同じような形や角度に曲がったりねじれたりしていた。これは怪しいぞと思ってね」

ジェムソンが眉根を寄せた。「怪しいだって？　いったい何が言いたいのだ？」

シャルロットは不意に思い当たり、体から血の気が引いていくのを感じた。「あなたはその捨てられたスパイクがプリオンのような働きをしているのかもしれないと考えているのね？」

「その可能性はある。ただし、もっと調査が必要だ」

「プリオンというのは何だね？」ノランがまわりの人たちを見回しながら訊ねた。

　フランクが説明した。「プリオンとは形の歪んだ蛋白質から成る感染性因子のことだ。それ自体は生物ではないが、複製する能力を持ち、自らの奇形を正常な蛋白質に伝達する。様々な病気を引き起こすが、その多くは脳神経関連のものだ」フランクが意味ありげな視線を病床の方に向けた。「最も一般的なのが人間に見られる神経変性疾患のクロイツフェルト・ヤコブ病だ。ニューギニアのクールーも同じで、これは人間の脳の組織を摂取することで感染する。もっとまれな例が致死性の不眠症で、患者は眠ることができなくなって死に至る。だが、今回のケースは牛海綿状脳症なのではないかと考えている」

「狂牛病のこと?」シャルロットが訊ねた。

「その通りだ。牛に見られるプリオン病で、人間が感染すると気分の落ち込み、筋肉の協調の喪失、頭痛、嚥下障害などの症状が現れる」

　最後に例としてあげられた症状を聞き、シャルロットはジェムソンと顔を見合わせた。ディサンカがシチューを喉に詰まらせたこと、舌圧子に反応がなかったことを思い出す。

「どれもこの病気の初期症状に当てはまるみたい」

「そうかもしれない」フランクが返した。「しかし、心に留めておいてほしいのは、牛の場合の最初に現れる症状は落ち着きのなさ、攻撃性、錯乱だという点だ」

「だから狂牛病なのだな」ノランが言った。

　フランクがうなずいた。「同じプリオン病なのに異なる二つの種で異なる二つの症状が現れる。人間の場合は朦朧とした状態、ウシの場合は激高した状態」

シャルロットは理解した。ヒヒたちの吠える声が脳裏によみがえる。シャルロットはキャンプへの獰猛な攻撃を思い返した。キャンプに押し寄せたサスライアリの大群のことも。

ジェムソンが二本の指で鼻筋を押さえた。「しかし、説明のつかないことがあるぞ。そうした退行性の病気は発症までに時間がかかる。数年とまではいかないにしても、数カ月を要するはずだ」

「確かにそうだ」フランクが認めた。「病気の進行がゆっくりなのは、プリオンが自力ではあまり速く複製できないためだ。しかし、この病気の場合、プリオンが頑張る必要はない。私の考えが正しければ、大変な作業をウイルスが引き受けている。ウイルスが短時間で複製し、ここにあるような蛋白質のスパイクをとてつもない速さで量産しているわけだ。我々が扱っているのは超高速で突っ走るプリオン病だよ」

しばらくの間、誰一人として口を開かなかった。

「そうした病気に治療法はあるのか？」ノランが訊ねた。

フランクの答えは厳しい現実を示すものだった。「現時点では治癒は不可能だ。我々が話題にしているのは鎖状の蛋白質であって、抗菌剤で殺せる生物ではない。症状に合わせた治療はもちろん可能だし、進行を遅らせることならできるが、結局は全員が死を迎える」

シャルロットはそんな見通しを受け入れたくなかった。「でも、あなたの考えが正しいとしても、私たちが対処するのはそうした特定のプリオンを生み出すウイルスでしょ。強力な抗ウイルス薬はきっと見つかるはずだし、そうすれば病気を食い止められるかもしれない」

「それを期待するしかないな。だが、たとえ成功したとしても、もう感染してしまった患者を助けることはできない。すでにプリオンを体内に植え付けられてしまっているのだから」

シャルロットはフランクの言う通りだということに気づいた。罪悪感を覚えつつ、ディサンカの方を見る。

〈彼女の子供を助けると約束したのに〉

「そして忘れないでもらいたいのだが」フランクが付け加えた。「我々が話題にしているのは、理論上はその通り道にあるものすべてに感染するおそれのあるウイルスだ。考えうるすべての場所に存在している可能性がある」

そうならないように努めていたにもかかわらず、シャルロットは絶望の淵に沈んでいくのを感じた。「まるでこのウイルスは自然界を私たち人間の敵に変えつつあるみたい。野生生物の獰猛さを高める一方で、私たちの反応を鈍らせ、なす術もない状態にしてしまうのだから」

「しかも、このウイルスに関してはそれも氷山の一角にすぎないかもしれない」フランクがつぶやいた。

ノランがウイルス学者の顔を見た。「どういうことだ？」

フランクが首を左右に振った。「ここまでの仮説はすべて、ウイルスの表面のスパイクにのみ当てはまる話だ。ウイルスの内部にある遺伝子のエンジンに関してはまだ考慮すらしていない。ウイルスは二千以上の遺伝子を持っているということだった。その多くは未知のままだが、判明しているものはこんにちの生命体に見られるどんな遺伝子よりもはるかに古かったと」

「しかし、それらの遺伝子がほかに何をしているというのだ？」ジェムソンが訊ねた。

フランクが口を開いて説明しようとしたものの、再び唇を結んだ。言葉にするのがはばかられるような何かがあるのは明らかだ。シャルロットはそれを本当に知りたいのかどうか、自分でも確信が持てなくなった。

がっしりとした体格の助手がフランクに説明を促した。「今の状況を考えると、何か知っているならみんなに話した方がいいと思います。隠し事をしているような場合ではないのですから」

フランクはその忠告を受け入れた、「私には……はっきりとはわからない。だが、大学の研究室でアリが蛹から孵化した。蛹から這い出てきた成虫には奇妙な変化が見られた。

羽が生え、鋭い針を持っていたのだ。変化はウイルス誘発性の突然変異なのではないかと思った。しかし、最初に言ったように、確信はない。自信を持ってその評価を下せるほど、サスライアリには詳しくないからね」

その話を聞いたノランがンゴイを脇に引っ張り、差し迫った調子のささやき声で話し始めた。

フランクは肩を落とした。「ベンジーが助けになってくれると期待していたのだが」心ここにあらずといった様子でつぶやく。「それであれば確信が持てるのだが」

聞き覚えのある名前が出てきたことに驚き、シャルロットは身を乗り出した。声を落として質問する。「ベンジー？　ベンジャミン・フレイのこと？」

フランクがうなずきを返した。

目をしばたたかせたシャルロットは、喜びが体から湧き上がるのを感じた。爆撃を受けた昨夜の村の光景を思い浮かべる。「彼は生き延びたのね……どうやって？」

フランクが説明を試みた。「我々が彼を増水した川に浮いていた筏から救った。ほかにも――」

助手が肘に手を触れたため、フランクはそこで口をつぐんだ。それ以上は詳しく説明しようとしない。どうやらまだ明かすことのできない秘密が存在するらしい。

シャルロットはフランクの隣に立つスキンヘッドの助手を観察した。ふと、この二人の間には表向きの話とは別の何かが存在しているに違いないと察する。

幸いなことに、短いやり取りは敵の耳に届かなかった。ノランはまだンゴイと頭を寄せて何事か話し込んでいるが、その内容が医長の機嫌を損ねているらしかった。

「いいから彼らに見せてやりたまえ」とうとうノランが厳しい口調で言い放ち、姿勢を戻した。

「何を見せてくれるのだ?」フランクが訊ねた。

ノランはンゴイと並んで病室内を戻っていく。一緒に来るようにということらしい。「君たち自身の目で見てもらうのがいちばんいいと思う」

午後六時二十二分

モンクはかまぼこ型をした建物から出る一団の最後尾を歩いていた。

〈こいつら、俺たちをどこに連れていくつもりだ?〉

敵に悟られないようにこっそり周囲をうかがう。外を歩くたびに、モンクは敷地内の様子を頭に入れようとしてきた。建物の配置を記憶し、巡回している見張りのだいたいの人数をつかもうと試みる。武器庫と思われる建物は特定済みだ。厳重な監視下に置かれた鉄格子の奥に木箱や武器が積み上げてあった。別の軽量コンクリートブロック製の構造物の屋根には何本ものアンテナと三基のパラボラアンテナが設置されていた。おそらくこの秘密基地の通信施設だろう。

あいにく日没を過ぎているため、夜の帳がほぼすべてを包み込んでしまっていた。数少ない明かりがところどころを照らしているだけだ。広場の中央ではかがり火が焚かれていて、炎を背景に数名の見張りの姿が浮かび上がっている。拉致犯人たちは空から怪しまれないよう、この場所を狩猟小屋に見せかけようとしているのだろう。絶えず低い動作音を発している何台もの発電機も、森の木々の下に隠されている。

モンクは義手をさすった。フランクとともに拉致されるという大きなリスクを冒したのは、電子信号という足跡を残してシグマにその後を追ってもらおうと期待したからだ。だが、その狙いが成功したかどうかを知る術はない。ここに到着した時、モンクは川沿いの桟橋近くに木製のポールが一本立っているのを空から目にしていて、それが怪しいとにらんでいた。ポールの先端には長方形のプレートが王冠のように何枚も並んでおり、通信妨害用のタワーとしか思えなかった。

ひとまずは自力で何とかする必要があると判断するしかなさそうだ。頭の中にいくつもの作戦が浮かぶものの、どれも再び捕まるという結果が訪れるのは必至だった。ほかの人たちとともに脱出に成功し、川を渡れたとしても、その先には何キロもの道なきジャングルが控えている。

その一方で、敵は義手を没収しなかった。そのおかげで、相手が予想もしないような形で不意を突く方法はある。人工の手のひらの下には起爆装置を挿し込んだ少量のＣ４爆薬が埋め込まれている。ただし、この武器を使うのは最後の手段だ。爆薬を使えるのは一回限りだし、義手を破壊すれば信号によって居場所を伝える望みがついえてしまう。

〈今のところは自重しておこう〉

ようやくコンクリートブロック製の建物の前に着くと、ノランの指示で全員が扉を抜けて中に入った。モンクはまだ監視の目を光らせているコンゴ人の兵士を警戒し続けた。その男に付き添われて入ったのは、動物の飼育施設のようなところだった。左右の壁に沿って高さのあるステンレス製のケージが連なっている。鳥がはばたいて鉄格子にぶつかる。サルが甲高い鳴き声を響かせる。ネコ科の動物と思われる何かが怒りの咆哮を発する。窓のない空間で逃げ場のない音が一行に襲いかかった。しかし、それよりもひどいのは糞尿の強烈なにおいだった。

モンクの隣でシャルロットが口と鼻を手で覆った――においのせいもあるだろうが、それよりもショックの方が大きいようだった。ノランが案内する先には飼育施設の奥を仕切る鋼鉄製の扉がある。

「この先だ！」ノランが叫んだ。

ハンドルをつかんで扉を開く。騒音と悪臭から逃れようと、全員が急いでその奥の部屋に入った。そこにはケージが一つしかなく、部屋の奥の全面を占めている。鉄格子はコンクリート製の床から天井までの高さがある。ケージの奥に何かが潜んでいた。開いた扉から差し込む光を避け、その何かが奥の暗がりに後ずさりしていく。

ンゴイが壁のスイッチに歩み寄り、電源を入れた。天井のＬＥＤライトが明るく点灯し、ケージに閉じ込められている生き物を照らし出す。

シャルロットが息をのんだ。フランクは悪態をついた。

体重百キロはありそうな巨大なネコ科の動物がうずくまっていて、背中を丸めて毛を逆立てながら威嚇のうなり声をあげた。尾を上下に振っている。ヒョウ、あるいはチーターのように見えるが、体色は斑点ではなく縞模様だ。まばゆい照明を浴びているにもかかわらず、筋肉の収縮に合わせて体毛が不気味な渦を巻いているかのように見える。しかし、何よりも恐ろしいのは牙だった。歪んだ口元の左右から二本の湾曲した犬歯が突き出ている。下顎の先まで届く長い牙はサーベルタイガーを思わせる。

「あれは何なの？」シャルロットがどうにか質問を声に出した。

「それが難しいところでね」ノランが認めた。

その声に反応した動物が飛びかかったが、鉄格子にぶつかって跳ね返った。動物はいらだちもあらわに片方の前足を振り回し、鉄格子と床を引っかいた。大きな黒い鉤爪がコンクリートの床をえぐり、濡れた深紅の爪痕が残る。モンクは動物が出血したのだと思ったが、ノランがその勘違いを正した。

「離れている方がいい。あの鉤爪には毒がある。神経毒で、パフアダーの毒液に含まれているのと同じようなものだ。我々は身をもってそのことを学んだのだよ」

フランクは小首をかしげながら、ケージに近づいていった。「ウイルスに感染しているのか?」

「間違いない」ノランが認めた。「先月、ハンターたちの罠にかかったのだ。ジャングルがどの程度まで影響を受けているのかを突き止めようと、私は調査チームを派遣していた。あのような変異を我々がここに連れてきたのは、これが第一号ではない。孵化したばかりのアリで目にしたものに対する君の懸念は正しかったのだ」

フランクがネコ科の動物を顎でしゃくった。「年齢は?」

この状況で発するにしては奇妙な質問だったが、ノランはうなずいて答えた。「一歳を超えてはいないと思う」

「ということは、子宮内で感染し、胚発育中に変異したのだろう」

「アリの蛹のように」モンクは言った。

ジェムソンは扉のそばから動こうとしない。「そうだとしても、そいつはいったい何だ?」

「遺伝子的にはチーターだ」ノランの答えはモンクの最初の予想が正しかったことを裏付けた。「少なくとも、九十九・八パーセントは一致した」

「つまり、何かが残りの〇・二パーセントを変えた」フランクが言った。

その何かの正体はウイルスだと全員が考えているのは明らかだった。それでも、モンクはそんなにもわずかな変化がこの動物に及ぼした影響に唖然とした。その一方で、人間のDNAとチンパンジーのDNAの違いが一パーセント未満なのも事実だ。

シャルロットがフランクに歩み寄った。「そんなことがありうるの？　遺伝子の無作為の変異によって、ほとんど見た目が変わらない生き物ではなくて、こんなにも恐ろしい姿になったものが誕生するなんて」

「変化が無作為でなければならないとは決まっていない」フランクが反論した。「ンゴイの遺伝子研究が正しければ、このウイルスは進化の歴史の最初期にまでさかのぼる遺伝子を持っていることになる。巨大ウイルスの多くと同じように、そのほとんどは我々がこれまで目にしたことのないものだ。ウイルスは既知のDNA配列と別の種のそれをぴったりと組み合わせる遺伝子のメカニズムを作り上げたのかもしれない。何がうまく合うのか、どの鍵穴にどの鍵が入るのか、わかるようになったのだ」

「もしかすると、ほかのすべての鍵穴をこじ開ける方法も」モンクは補足した。

フランクがうなずいた。「世代が移り変わるごとに、我々は生物の進化的変化のメカニズムを理解したと考える。けれども、想定外や例外は枚挙に暇がない。確かに、種における変化の多くは段階的に発生し、その一歩の歩みは極めて小さい。キリンの首が少しずつ長くなる、ヒタキのくちばしがちょっとずつ変化する、という具合に。その一方で、途中経過が省略されているような事例もある。何の前兆もなく変化が自然発生し、一足飛びに新たな種が誕生する。いまだに未知の部分や、あまり理解が進んでいないところがほとんどだ。現在に至るまで、進化における大統一理論は存在していない」

モンクはフランクがウイルス・ワールド仮説を支持していたことを思い出した。ウイルスは生細胞の劣化版なのではなく、それよりもはるかに古いもので、現在の動植物に先行する存在なのかもしれないとする理論だ。フランクはウイルスが進化の原動力に相当するという仮説も立てていた。

〈このウイルスはそのことを実証しているのだろうか?〉

全員の目がフランクに向けられていた——ケージの中の不気味なチーターまでもがフランクのことをにらみつけている。注目の重みに耐え切れなくなったのか、フランクが肩を落とした。

「確信は持てない」ウイルス学者はようやく認めた。「現時点ではただの憶測にすぎない。ただし、はっきりと断言できることが一つだけある」

「それは何なの?」シャルロットが訊ねた。

フランクの視線は動物に向けられたままだ。「誰もあのジャングルに足を踏み入れてはならない」

15

四月二十四日　中央アフリカ時間午後六時五十五分
コンゴ民主共和国　ツォポ州

グレイは車体を揺らして飛び跳ねるように走る大型四輪バギーのハンドルを握り、ぬかるんで雑草に覆われたジャングルの道を突き進んでいた。ヘッドライトからの二本の光が前方の暗闇を照らしている。

この乗り物——ロシア製のシャトゥンＡＴＶ４×４は、国連キャンプの警戒に当たるコンゴ民主共和国軍から拝借した。一般的な四輪バギーよりも重量二トンのトラクターと形容する方がふさわしく、ジャングルの移動には最適だ。幅の狭い車体は高さ一メートル七十センチのタイヤの上に載っている。この四輪駆動車ならば高い障害物でも乗り越えられるし、巨大なタイヤで水に浮かび、不格好なアヒルみたいに川を渡ることもできる。また、人が乗る前部に積荷用の後部が連結された形なので、車体を折るようにして急カーブを曲がれるだけでなく、その場でUターンすることも可能だ。

「あとどのくらいだ?」グレイはディーゼルエンジンの音に負けじと叫んだ。

ファラジが助手席で立ち上がり、開け放ってあるフロントガラスから身を乗り出した。前方を確認してから、再び座席に腰を下ろす。「それほど遠くない」少年が答えた。

グレイはあきれて目を見開きかけたが、どうにかこらえた。もう何キロもずっと、少年からは同じ答えが返ってきている。このジャングルの道のそばにあったキャンプを出発したのは四時間前のことだ。ATVは最高時速五十キロに設計されているが、険しい地形のためにそこまでのスピードを出せなかった。それでも、そろそろキャンプから百キロ近くは走ってきたはずだ。

グレイは夜の闇の中でハンドルと格闘し、さらに一・五キロほど車を走らせた——その時、ファラジがさっと体を起こし、前を指差した。「ニ・フコ!　あそこだ、あそこ!」

グレイは両側に連なる木々に目を凝らした。上下に揺れるヘッドライトが照らし出すのは壁のように隙間なく続く暗いジャングルだけだ。グレイはATVのスピードを歩く速さくらいにまで落とした。

ファラジが前方の木々の間に見えるわずかな切れ目を指し示した。

「俺たちが探している湖に通じる道はあれだっていうのか?」グレイは訊ねた。「確かなんだな?」

ファラジは何度もしっかりとうなずいた。「ンディョ」

コワルスキが後ろの座席から身を乗り出した。その隣には生物学専攻の大学院生、ベンジー・フレイが座っている。大男はここまでずっとうとうとしていたが、ＤＡＲＰＡから支給された武器――先端部分が平たい形状をしたシュリケンからは決して手を離さなかった。グレイの武器は肩に掛けた大型のケルテックＰ50だ。全長三十八センチのこのセミオートマチックは五十発を装塡可能で、銃弾は二百メートルの距離からでも防弾着を貫通できる。

車が曲がり角に近づくと、コワルスキは顔をしかめた。「あれはとても道には見えないぜ。雑草に埋もれた轍がいいところだ」

グレイも同意見だった。ファラジがいなかったら二本の見上げるような高さのヤシの木に挟まれた隙間を見逃していただろう。道には草が生い茂っていて、その下にあるはずの地面すらもまったく見えない。もうかなり長い間、誰もこの道を使っていないかのようだ。もっとも、このあたりのジャングルは植物の成長が驚くほど速く、栄養分を求める熾烈な競争が繰り広げられる中、隙間は瞬く間に埋まってしまう。

「あれが道だよ」ファラジが言い張った。

グレイは少年の言葉を信じるしかなかった。衛星を使っての道案内にも頼ることはできない。キャンプを出発して間もなく、グレイはＡＴＶを停め、車両に搭載されているＧＰ

Sシステムを停止して追跡できないようにした。腐敗が横行しているこの国では、軍の内部の誰かが敵に通報しないとは言い切れない。

グレイはシフトをドライブに戻し、急ハンドルを切って脇道に侵入した。巨大なタイヤは苦もなく下草を乗り越えていく。それでも、進む速度はたちまちゆっくりになり、前方の道がますます狭くなるのに合わせて、上下に揺れながら這うようなペースにまで落ちた。二本の巨木の間をどうにか通り過ぎた時には、ATVの車体側面の塗装がほとんど剝がれてしまった。

「デポジットを返してもらうのはあきらめた方がよさそうだな」後部座席から肩越しにのぞき込むコワルスキがつぶやいた。

グレイはすぐ後ろに迫る大男の存在にも、口にくわえた葉巻から漂う煙のにおいにさえも文句を言わなかった。全員の目で道を注視してもらいたかったからだ。ヘッドライトが行く手を照らしてくれるが、その行く手の見極めがいっそう困難になっていた。今では一面の下草に覆い尽くされた道と周囲のジャングルがまったく見分けのつかない状態だった。それでもなお、ファラジは自分たちが正しいルートを進んでいると確約した。

ベンジーも車体とコワルスキの体の狭い隙間から身を乗り出した。落ち着かない様子で何度もまばたきを繰り返している。「車を停めて夜が明けるのを待つ方がいいよ。真っ暗な中で完全に道に迷ってしまわないようにしないと」

移動中ずっと、大学院生はジャングルに警戒の目を向け続けていた。グレイには若者の不安が理解できた。ベンジーはジャングルに隠れているものを恐れているに違いない。ヒヒの群れによる襲撃と、それに続く混乱と流血という昨夜の出来事があったばかりだから無理もない。

「動き続ける必要がある」グレイは答えた。「新たな嵐が接近して立て続けにこの地域を襲うという予報が出ている。雨が激しくなってぬかるみにはまってしまうような危険は冒せない」

グレイには急がなければならない別の理由もあった。たとえ少しでも捜索が遅れれば、その分だけ失われる命の数が増えることになる。それに加えて、自分たちの任務に付きまとう未知の敵の存在も意識していた。

選択の余地はないため、グレイは夜の世界を進み続けた。そのうちに周囲のジャングルが目覚め始める。コウモリの群れがヘッドライトの光の中を横切る。大きな動物——おそらくはイノシシが前方の茂みを猛スピードで横切り、暗がりに姿を消す。ATVのディーゼルエンジンの音をかき消すように、甲高い悲鳴のような鳴き声と不気味な遠吠えが響きわたる。

ファラジが前に身を乗り出しながら手を伸ばし、フロントガラスを閉じて音を遮断した。

「やれやれだぜ」コワルスキがつぶやいた。

グレイは先に進み続けた。増水してあふれた流れを十数本は横切り、泥を跳ね飛ばしながら湿地帯と化したジャングルを抜けていく。グレイはこの先に控える任務の難しさに思いを馳せた。ウィリアム・シェパード牧師によるはるか昔の歩みをたどり、地元の人たちが呪われた場所だと見なす失われた王国にたどり着かなければならないのだ。不可能な挑戦のように思える。ジャングルやサバンナが広がるコンゴ盆地は二百五十万平方キロメートル以上にも及んでいて、アメリカ合衆国本土のほぼ三分の一の面積に当たる。その中には何が隠れていてもおかしくない。そこに埋もれている何かを見つけようとすること自体が困難なことなのだ。

グレイはシェパード牧師の写真の最後の一枚を思い返した。つる植物の巻き付いた二本の石柱に挟まれて、ジャングルに覆われた断崖面の亀裂が映っていた。写真の裏に書き殴ってあった二つの単語が頭によぎる。ムフパ・ウファルメ。骨の王国。

車が一キロ進むごとに、不安が増していく。

〈たとえその場所を発見できたとしても、そこが何らかの答えを提供してくれるのだろうか？〉

ふと気づくとアクセルを強く踏み込んでいて、さっきまでよりも車の速度が上がっていた。ＡＴＶはガタガタと激しく揺れながら、ジャングルを突き進んでいく。途中で体長二メートルを優に超える灰色のオオトカゲが車の進路から逃れ、通過するＡＴＶをにらみ返した。恐竜を連想させるその姿に、グレイはこのジャングルが持つ悠久の歴史を思い知らされた。まるで時間を過去にさかのぼっているかのような気すらしてくる。

ファラジが手を伸ばし、グレイの腕をつかんだ。「オカピ・ジワ！」

少年が指差す先には月明かりを反射する水面の輝きが見えた。グレイはあれも川なのではないかと思ったが、近づくにつれて鏡のような黒い水面がより広く、そしてより明るくなっていく。その端は周囲のジャングルの奥にまで達している。このところのモンスーンで湖岸から水があふれたに違いない。

グレイは岸に近づくと速度を落とした。ちょっと大きな池くらいの規模だろうと予想していたのだが、目の前の湖の幅は百メートル以上ある。穏やかな水面の近くにはブヨと蚊の群れが漂っている。車が接近すると無数のカエルが飛び跳ね、湖に逃げ込んだ。一羽の大きなシラサギがアシの茂みの間にある巣から飛び立ち、湖面すれすれの高さで遠ざかっていく。

「ここがそうなのか？」コワルスキが訊ねた。

ファラジがうなずいた。「オカピ・ジワ」

ベンジーが体をよじりながら前に出てきた。「ずいぶんと大きい。どこから捜索したらいいんだろう。何日もかかりそうだ」

グレイは若者の言う通りだと思った。ＡＴＶのエンジンをアイドリングさせたまま、防水性のスリーブケースの中から七枚の写真を取り出す。いちばん上の写真を手に取ると、そこに写る湖と目の前の景色を見比べた。二つが本当に同じ場所だということを示すわかりやすい地形がないか探す。古い写真の湖岸には大きな岩がある。それと同じような大きさと輪郭の岩が、増水した湖の北岸近くの水面から突き出ていた。

〈ファラジの言う通りだ。ここが写真の湖なのは間違いない〉

グレイは写真を裏返し、湖の端に描かれたオカピのスケッチを改めて眺めた。この絵には重要な意味があるに違いない。

その重要性を見抜くことができず、グレイは眉をひそめた。それでも、シェパード牧師がこの湖に導いたのには何らかの理由があるはずだ。だが、その理由とは？　グレイは自

分の力では答えを解明できないのではないかと感じた。しかし、ほかの人物なら答えに手が届くかもしれない。

グレイは運転席に座ったまま体をひねった。「ファラジ、シェパード牧師は君の部族の人たちに向けて手がかりを作成した」手にした写真を高く掲げる。「このスケッチには何か意味があると思うかい？ 彼の次の手がかりを見つけるためにはどこを探せばいいのか、何かヒントが隠れていないだろうか？」

ファラジは下唇を噛み、写真をじっと見つめていたが、やがて力なく肩をすくめた。

「ウォコならもっとわかるかも。でも、僕には無理」

少年が恥じ入るかのように表情を歪めた。申し訳ないと思っているのかもしれない。

グレイは少年がひしひしと感じているはずの重圧を理解できた。師でもあったシャーマンを失ったことで、自信までもなくしてしまったのだろう。

それでも、グレイはあきらめようとしなかった。オカピの絵がクバ族だけしか知らないこの湖を特定する助けになったのだ。かつてクバ族はここで珍しいキリン科の動物の狩りを行なっていたという。絵の中のオカピは後ろ足に鎖が付いているので、それがとらえた獲物だということを示唆している。

グレイは指先でその鎖に触れながら目を閉じた。シェパード牧師が鎖を描いた意図を見抜こうとする。クバ族の人たちが狩りをして一頭のオカピを捕まえ、逃げないように鎖でつなぐ光景を頭の中に思い浮かべる。彼らはどこでそれを行なったのか？

ふとグレイはその答えに思い当たった。

目を開き、ファラジをじっと見つめる。「君の部族の人たちはここに拠点を持っていなかったかな？　必ず滞在するような場所が湖岸のどこかにあったんじゃないだろうか？　捕まえたり殺したりした獲物を集めるような場所だ」

ファラジがうなずいた。体をひねって指差した先は大きく弧を描いた南側の岸で、小さな川が湖の入り江に流れ込んでいる。「僕たちはあのあたりで寝泊まりした。魚も釣れるし動物の狩りもできる。とてもいい場所」

グレイは前に向き直った。「それなら、そこから捜索開始だ」

グレイは再びＡＴＶを走らせた。増水した湖岸に沿って大きく迂回するのではなく、真っ直ぐ湖に突っ込んだ。アシの茂みを踏みつぶしながら湖の浅瀬を抜けていく。巨大なタイヤがシルトの沈殿した湖底をしっかりとらえるし、たとえ空回りしたとしても厚いトレッドが外輪の役目を果たして車を前に進めてくれる。それほど時間がかからずに小川の流れ込む入り江まで到達できた。

グレイが再び車を岸に上陸させると、ファラジがその先のジャングルが少し開けた地点を指差した。シダに覆われた小さな空き地があり、下草の間から木の切り株が何本か突き出ている。グレイは石を環状に並べた場所が三カ所あることにも気づいた。過去に火を使っていたところだろう。

「クバ族が野営したのはあそこ」ファラジが断言した。

グレイはＡＴＶを少し開けた空き地に乗り入れて停止させてから、仲間たちの方を見た。「二手に分かれて付近を捜索する。俺はファラジと一緒に行く。コワルスキはベンジーと組んでくれ」

コワルスキは大学院生をいぶかしげにじろじろ見てから、グレイの方を向いた。「そもそも何を探せばいいんだ？」

「わからない。不審なもの、もしくはこの場にそぐわないものだ。シェパード牧師が俺たちをここに導いたのにはきっと理由があるに違いない」

全員がＡＴＶから降り、脚を伸ばした。すると瞬く間に無数の蚊が集まってきた。グレイは手に持った写真を振って蚊を追い払った。そして写真を高く掲げる。この地点からだと、写真の中の湖の大きな岩の位置が実際の景色と一致している。シェパード牧師が百年以上前にこの野営地から写真を撮影したのは間違いない。

正しい場所を探そうとしていることに満足すると、グレイはほかの三人に声をかけた。

「捜索開始だ」

二組はＡＴＶを挟んで反対の方角に向かった。空き地のそれぞれの側を担当範囲として、捜索に取りかかる。環状に並べられた石は実際にかつて火を燃やしたところだった。

どの円の内側にも灰が厚くたまっている。周囲にはへこんだブリキのカップ、カビの生えた縄、角が折れたレイヨウの頭蓋骨など、野営地に関連したものの残骸が散乱している。古い薬莢（やっきょう）まであることから、クバ族の狩猟技術はすでに弓矢や槍の域を超えていたことがわかる。

捜索を続けながら、グレイはこの場所のかつての様子を想像しようとした。今や絶滅危惧種となっているオカピがこのあたりに数多く生息し、クバ族の人々がジャングルともっと調和した暮らしを送っていた時代。

四人の捜索は空き地からそのまわりを取り囲む木々へとゆっくり広がっていった。グレイは空き地の外れで作業の手を止め、シェパード牧師が撮影した二枚目の写真を取り出した。一枚目の写真から三日後の日付が記されている。

グレイはこの場所に立っていることで新たな意味が得られるのではないかと期待しつつ、月明かりの下で写真を凝視した。写真には白いリネンのシャツを着た牧師が写っているが、いつものサファリハットはかぶっていない。彼の奥には部族の男性たちが、まるで祈りを捧げるかのようにひざまずいている。そんな印象を強めているのは裏側に記されたスケッチだ。グレイは写真を裏返した。丘のてっぺんに十字架が描かれていて、そこまでジグザグの道が通じている。

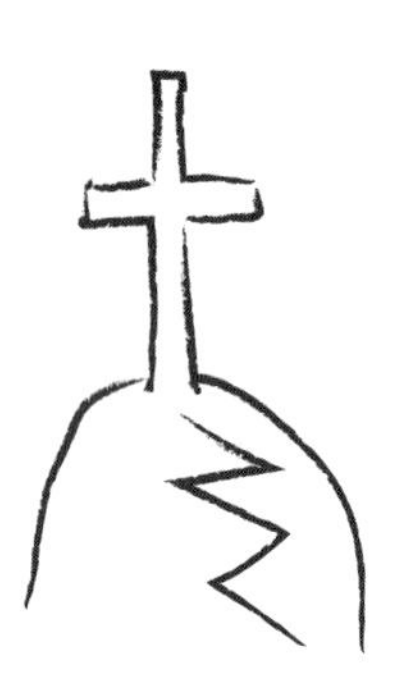

すでにファラジにはこの写真とスケッチを見せていたが、少年は申し訳なさそうに首を横に振るだけだった。その一方で、ファラジにはわからなかったという事実は、二枚目の写真で示された次の地点に導く助けになる手がかりがシェパード牧師の手によってこの湖に残されたに違いないというグレイの信念を強めることにもなった。

自信ともどかしさの両方が高まっていくのを感じながら、グレイは空き地の端に沿って捜索を続けた。ひっきりなしに蚊が襲いかかる。カエルが四人の努力を嘲笑うかのように鳴き声をあげる。急降下するコウモリたちの発する超音波で耳がむずむずする。足を踏み出すたびに靴が泥に埋まる。蒸し暑さで服が体にぴったりと貼り付いてしまっていた。

一向に成果が得られないまま、グレイは気持ちが沈んでいき、無駄な捜索だったのではないかと思い始めた。たとえシェパード牧師がここに手がかりを残したとしても、とっくの昔になくなってしまった可能性もある。

　悲鳴が聞こえ、グレイをあきらめの境地から引き戻した。ケルテックのセミオートマチックをつかみ、声の方に銃口を向ける。空き地の反対側でベンジーがつんのめるような格好でジャングルに突っ込んでいた。地面にぶつかった衝撃で悲鳴がやむ。

　コワルスキがそばに駆け寄った。

　グレイは武器を構えたまま声をかけた。「彼は大丈夫か？」

「どうやら自分の足につまずいただけみたいだ」コワルスキが手を貸して立たせてやろうとしたが、ベンジーはその手に見向きもしなかった。

　大学院生は転がった姿勢のまま下草の間を掘った。ようやく上半身を起こすと、泥まみれになった何かを両手で高く掲げる。若者が泥をぬぐい取ると、現れたのはいくつも連なった太い銀色の輪だった。

　鎖だ。

午後七時三十四分

　ベンジーは自分が見つけた鎖の調査をほかの人たちに任せ、その場を少し離れた。発見自体は喜ぶべきことだったが、頬は恥ずかしさで熱くなっている。足もとをよく見ていなかった自分が、キッチンでネズミを見つけた時の母みたいな悲鳴をあげてしまった自分が、情けなかったのだ。

ベンジーは両腕を回して胸をぎゅっと押さえ、その力で気持ちを落ち着かせようとした。自閉スペクトラム症のレベルは低いものの、一時的に高ぶった感情が収まるまでに時間がかかることには今でも苦労する。ベンジーは教わった通りに深呼吸を繰り返した。ようやくごくりと唾を飲み込み、両腕の力を緩めることができた。

コワルスキにぽんと肩を叩かれ、危うくその場に膝を突いて倒れそうになった。「よくやったぞ、坊や」

ベンジーはうなずき、これ以上は力のこもった感謝を受けたくなかったので、さらに後ずさりした。

グレイが鎖をたどっていくと、レッドシダーの幹に巻き付けて固定してあった。成長した樹皮が鎖をほとんどのみ込んでしまっている。そのことから鎖がかなり古いもので、はるか昔に巻かれたことがわかる。

グレイが鎖を持ち上げ、それが通じている先に目を向けてから、体の大きな仲間を見た。「コワルスキ、手を貸してくれ。どこかにつながっているに違いない」

二人は百年分以上の落ち葉や泥の下に埋もれた重い鎖を引き上げる作業に取りかかっ

た。大量の水分を含んだ土壌はやわらかくなっているにもかかわらず、鎖を少しずつ取り出すにはうめき声をあげたり、掘ったり引っ張ったりを何度も繰り返さなければならなかった。

ベンジーは作業を二人に任せた。何に気を取られていて転んでしまったのかを思い出したためだ。さっきは巨大な蛾がゆらゆらと飛ぶ姿を追っていたところだった。ベンジーが蛾やチョウに強い愛着を抱く理由は、その美しさとともに、驚異的なまでの適応力にあった。そんな関心は、進化が遺伝可能な特徴に与える力という自らの研究に通じるものがある。巨大な蛾はアフリカヤママユガと思われ、先端部分が燃える炎のように赤い羽を開いた大きさは二十センチ近くあっただろうか。ベンジーの知る限り、アフリカヤママユガの大きさはその半分程度のはずだ。しかも、その体は鮮やかな空色で、暗闇で輝きを放っているかのように見えたが、それは懐中電灯の光が羽の模様に反射していただけかもしれない。

ベンジーはさっきの蛾がまだ近くにいないか森の外れを探したものの、とっくにどこかに飛び去ってしまっていた。

がっかりしてほかの人たちの方に注意を戻す。すでにかなりの長さの鎖が掘り出されていて、さらに作業が続いている。泥に埋まった鎖の先端は湖の方に通じているようだった。

ふと気づくと、ファラジもまわりをきょろきょろ見ながら空き地の中を歩いていた。

ベンジーは少年に歩み寄った。ファラジが水際まで来たところで立ち止まった。片目を細めたまま、心ここにあらずといった様子で腕をさすっている。

「どうかしたのかい？」ベンジーは訊ねた。

ファラジは水面を見つめ、続いて夜空を見上げた。「ポポがいない」

「ポポ？」

少年は湖の上空を見つめたまま左右の手を組み、指を使って翼がはばたくような身振りを示した。その動作のまま、宙を舞うように両手を動かす。

「鳥のことかい？」ベンジーは訊ねた。

「ンデゲじゃない。ポポ」少年はもう一度、しっかりと指と手を動かした。

ベンジーは眉をひそめた。その時、ファラジが不思議そうに見つめているのはただの空ではないことに気づく。少年が見上げているのは夜空だ。「コウモリのことか」ベンジーはつぶやいた。

その時初めて、ベンジーはひっきりなしに聞こえていた耳障りな音がやみ、目まぐるしく飛び交うコウモリの姿も見えなくなっていたことに気づいた。どこかに消えてしまっていた。ベンジーはコウモリがいなくなったのは餌を取る時間が終わったからにすぎないと思いたかったものの、ジャングルが奏でるリズムに関してははるかに詳しいファラジの直感を無視することもできなかった。

もっと質問をしようとしたところに、ぶっきらぼうな大声が響いた。「邪魔だぞ、坊やたち！」

声の方を向くと、コワルスキが湖岸のぬかるみから力任せに鎖を引き抜いていて、泥から次々と飛び出す鎖の輪が二人の方に迫ってきていた。二人はあわてて両脇に飛びのいた。大男が自由になった鎖をたどって水際までやってくる。グレイもそのすぐ後ろを追っていた。コワルスキが水中から鎖を引き上げると、濡れた金属の輪が月明かりを浴びて輝いた。

「だいぶ楽になってきたぜ」コワルスキがそうつぶやき、もっと鎖を引き抜こうと膝まで水に浸かった。

大男は両手で鎖をしっかりと握り、両脚に力を込めるとぐっと引っ張った。しかし、鎖は素直に言うことを聞かない。真っ直ぐ伸び切って揺れているだけで、先端は真っ黒な水の中に見えないままだ。

「余計なことを言うべきじゃなかったな」コワルスキがつぶやいた。

グレイがより足場のしっかりした湖岸で鎖を握った。「君たち二人も手を貸してくれ。残りを引き抜くには全員の力が必要かもしれない」

ファラジとベンジーはグレイの後ろに回り込んで鎖をつかんだ。

「三つ数えたら、みんなで引っ張ってくれ」グレイが指示した。

ベンジーはできる限りの力を貸そうと身構えた。グレイのカウントダウンに合わせて、全員で鎖を引っ張る。まるでゾウと綱引きをしているかのような重さだ。

〈僕たちだけでこれを動かせるわけがない……〉

コワルスキの考えは違っていたようだ。「その調子だ」大男がうめく。「少しずつ動いているぞ」

手のひらが熱くなり、背中も痛くなったものの、ベンジーはあきらめるものかと思って頑張り続けた。鎖につながれた何かがようやく湖底の泥から外れたらしく、そのはずみで全員が後ろにバランスを崩して倒れた。

ベンジーは折り重なるように倒れたほかの人たちの体の下から抜け出し、絡まった鎖を振りほどいた。ほかの三人も全員が鎖から逃れ、立ち上がった。グレイは水中から現れた鎖をしっかりと握り、釣り糸を巻き取るかのように手繰(たぐ)りながら引っ張り上げている。表情が苦しそうに歪んでいるので、かなりの力が必要らしい。鎖の先には相当な重さの何かがくっついているようだ。

いちばん端の鎖につながれていた何かがようやく水中から姿を現した。密閉された箱のようで、長さは四十センチほど、ふたは鎖と同じ金属の掛け金で閉まっている。

「中に黄金が詰まっていると期待するのはいけないことかな?」コワルスキが問いかけた。

グレイが顔をしかめ、箱を湖の浅瀬から岸に引っ張った——あいにく、鎖が湖から引き上げたのはそれだけではなかった。

箱のすぐ後を追って、大量の水しぶきとともに大きな生き物が湖から飛び出してきた。全身が鎧のような鱗で覆われ、しかも動きは敏捷だ。現れたのは巨大なクロコダイルで、体重は軽く五百キロを超えているだろうか。クロコダイルはあっと言う間に箱を追い越し、湖岸を目指して突進した。真っ直ぐグレイの方に向かっている。

グレイがあわてて後ずさりし、尻もちをついた。肩に掛けた武器をつかもうとするが、間に合いそうもない。

コワルスキがすぐさま反応し、さっと武器を構えた。引き金を引くと、大きな銃声がとどろく代わりに解放された圧縮空気の高音が響く。変わった形の銃身から発射されたいくつもの銀色の物体が輝きを放ちながら宙を舞う。アシの葉が鎌で刈られたかのように切断された。銀色の輝きはワニの頑丈な鱗に当たって跳ね返ったが、体のやわらかい部分に命中して突き刺さったものもある。そのうちの一つがクロコダイルの左目を切り裂いた。

突然の猛攻撃を浴びたクロコダイルは動きを止め、身をよじりながら方向転換すると、湖の方に帰っていった。さっさと帰れと促すかのように、コワルスキが狙いを定めてさらに何発か撃ち込む。ワニはたちまち湖の深みに姿を消した。

「ありがとう」グレイは感謝しながら、仲間の手を借りて立ち上がった。

「礼には及ばないよ。こいつを試したくてうずうずしていたからな」

ファラジが湖岸の泥の中から奇妙な形の弾の一つを拾い上げた。ベンジーは少年のもとに近づいた。剃刀の刃のように鋭い円盤状の物体で、直径は三センチほど。とがった部分があるので日本の手裏剣の小型版みたいだ。「シュリケン」という名前はそこに由来しているのだろう。

ファラジはうらやましそうに武器をじろじろ見ている。

コワルスキが少年の視線に気づいた。「欲しがっても無駄だぞ。これは俺の宝物だ」

グレイが二人のやり取りを無視して、もう一つの宝物を湖から岸に引き上げた。鎖から外した箱を持ち上げ、ATVまで運んでいく。三人もその後を追い、ほかに何が潜んでいるかわからない湖から十分な距離を取った。

グレイが箱をATVのリアゲートの近くに置いた。しばらく箱を調べてから、留め具のピンを引き抜いて掛け金を外す。「この中には黄金以上の何かが入っていることを期待しよう」

グレイがふたを引き開けた。しっかりと密閉されていたらしく、水もしみ込んでいないようだ。箱の中には何かが丸めて収められていた。グレイが両手を伸ばし、それをそっと持ち上げる。中身を抱えたまま、ATVの後部の積荷用スペースに移動させ、慎重な手つきでその上に広げた。ビーズで編んだ祈禱(きとう)用のラグのようだ。複雑な模様が描かれていて、ガラスのビーズのほか、動物の毛皮の断片、三角形をした小さな銅のかけら、無数のコヤスガイの貝殻が、ラフィアヤシの繊維で編み込んである。

「それは何だ?」コワルスキが訊ねた。

「クバ族の手工芸品だ」グレイがファラジを見てうなずいた。「彼の部族は優れた織物で知られている」

「つまり、俺たちは命の危険を冒して立派な布を手に入れたわけか」コワルスキが言った。「そいつはまた素敵なことだな」

ベンジーもアメリカ人の大男と同じ思いだった。クバ族が織物とそこに編み込まれた精緻な幾何学模様で有名なことは知っている。だが、この作品はかなり急いで制作されたようだ。デザインに一貫性がないように見えるし、はっきりとした模様も確認できない。

「何か意味がなければおかしい」グレイが言った。「そうでなければシェパード牧師がわざわざ湖に沈めたりはしないはずだ」

ここから先のヒントを提供してくれそうなのは、この四人の中で一人しかいない。

グレイが体をかがめた。「ファラジ、君にはこの意味がわかるか?」

少年は表情を曇らせた。「たぶん……でも、真実が隠れてしまっている」

「どういうことだ?　見せてくれないか?」

ファラジはためらっていたが、すぐに車の後部に近づいた。積荷用スペースから持ち上げるつもりなのか、ラグの上の部分に手を伸ばす。ところが、少年はラグの上から下に向かって、まるで敬うかのようにその表面を手のひらでさすった。ビーズや貝殻の向きをそっと変え、あらかじめ決められていたそれ以上は回らない位置で止める。その作業を何度か繰り返す必要があった。手のひらを強く押し当てなければならないところもあれば、一本の指先で軽くなでるだけでいいところもあった。

最初は何の変化もないように思えたが、ラフィアヤシの繊維に編み込まれた小さなかけらが正しい向きになるにつれて、織物の表面に模様が浮かび上がり始めた。ファラジが手のひらでさするたびに形が鮮明になっていき、ついに作品が完成した。でき上がったのは幾何学模様ではなく、銅、貝殻、ガラスのビーズから成るモザイク作品だ。キュビズムあるいは点描画風の絵には、薄暗いジャングルに半ば埋もれたこぢんまりとした石造りの教会が描かれ、その手前に大きな十字架がある。

グレイがファラジの方を見た。「この場所が何かわかるかい?」

ファラジがうなずいた。「うん。宣教師の教会。

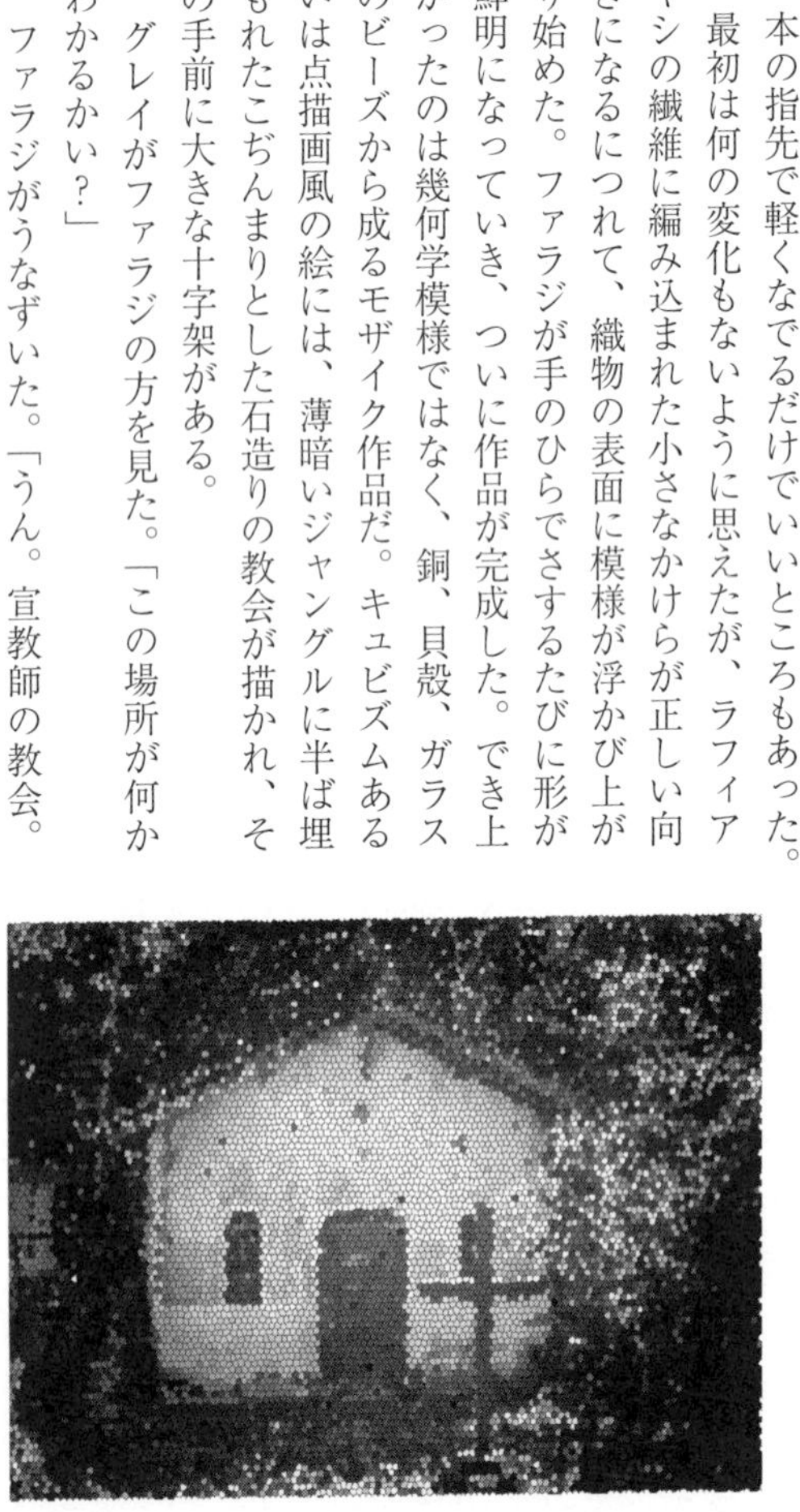

シェパード牧師の」少年はまるで祝福を求めるかのように十字を切った。「これは彼の最初の教会」

「どこにあるのか知っているのか？」

ファラジがジャングルのさらに奥深く、現在地から東の方角を指差した。

「そこまで案内することはできるか？」グレイが訊ねた。

少年は肩を落とした。「たぶん。ずいぶん前のこと。一回しか行ったことがない。道ももう残ってない」

コワルスキがうめいた。「つまり、俺たちはジャングルを突っ切るしかないわけだ」

その見通しに対して誰もうれしそうな顔を見せなかった。

それでも、グレイはタブレット端末を取り出し、明るい画面に地形図を表示させた。「俺たちが向かわなければならない場所のだいたいの位置を教えてくれないか？」

ファラジも力になろうとして画面をのぞき込んだ。

小声で話す二人を見ていたベンジーは、左手の方角のかすかな動きに目を留めた。はっとしてそちらの方に顔を向ける。うれしいことに、さっき興味をひかれた大きな蛾が戻ってきていた。空き地の上をひらひらと舞っている。先端が赤く染まった羽を動かすたびに、その体からベンジーを歓迎する光の信号が出ているかのように見える。交尾相手を求めるホタルよりも穏やかな光り方だ。

蛾の体が本当に発光していることに気づき、ベンジーは驚いて息をのんだ。

〈すごい……〉

すぐにその喜びが不安に変わった。蛾の背後のジャングルには多くの仲間たちがいて、そのすべてが同じように暗がりで光っている様子は、あたかも最初の一匹に呼び集められたかのように見えたからだ。ベンジーは目をぱちくりさせながら、その場で三百六十度、体を回転させた。どこを見ても、どの方角にも蛾の姿がある。何百匹もの蛾が頭上を舞っているし、四方からさらに多くの蛾が集まってくる。

ほかの三人はラグに意識を集中させているので、音もなく近寄る群れの存在に気づいていない。ベンジーは少し前のファラジのことを思い出した。コウモリの姿が見えないことを気にしていた。コウモリたちはこれから訪れることを察知してこの場を離れたのだろうか？

何かがベンジーの頬をかすめた。びくっとして飛びのく。一匹の蛾が秋の枯れ葉のように空から落下してきたのだった。ベンジーは熱さを感じ、手で頬に触れようとした。腕を持ち上げようとした時、蛾が手の甲に止まった。その羽の美しさに魅了され、ベンジーは蛾に見とれた。様々な濃淡を持つ黒は影が命を宿したかのようで、先端部分だけが炎を思わせる濃いオレンジ色に彩られている。

次の瞬間、あたかも松明（たいまつ）の火を押しつけられたかのような痛みが手の甲に走った。

あっと声をあげて蛾を振り落とす。蛾が止まっていたところは皮膚が真っ赤で、すでに水疱ができていた。頬も焼けつくように熱い。パニックに陥りながら、ベンジーはほかの人たちの方を見た。

コワルスキだけが迫りくる蛾の群れに気づいた様子だった。「何でチョウがこんなにうじゃうじゃ飛んでいるんだ?」

火傷を負ったベンジーの腕が震え、痙攣を起こし始めた。視界が狭まっていく。ベンジーは最悪の事態を恐れた。火傷を引き起こした物質には神経毒が含まれていたかもしれない。口を開こうにも胸が締め付けられて息苦しくなる。

目の前が暗くなる中、ベンジーはどうにか警告の言葉を発した。「僕たちは攻撃を受けている……」

16

四月二十四日　中央アフリカ時間午後七時四十五分
コンゴ民主共和国　ベルカ島

真っ暗な川を横断するタッカーの泳ぎは終わりに近づきつつあった。わずかな月明かりともやに包まれた星の輝きではほとんど光が届かない。だが、ＤＡＲＰＡのゴーグルを暗視モードにしてあることもあり、その程度の光量で十分だった。ゴーグルには塵(ちり)や煙に隠れた熱源を感知できるサーマルイメージングの機能も備わっている。

タッカーは敵も同じような装備を持ち、川を監視しているとの前提で行動していた。そのため、岸から転がして川に浮かべた丸太につかまり、その陰に頭を隠しながら川の流れに合わせて島に向かっていた。ケインも丸太を利用して身を隠している。ベストのおかげで体が水に浮くため、相棒は脚で水をかくだけでよかった。ケインにとってこのような泳ぎは慣れたもので、水音一つ立てることすらない。

　タッカーは川の流れと速度を合わせ、相棒と並んでゆっくりと川を横断していた。島と穏やかな川面の両方に目を配る。このあたりにクロコダイルが生息しているのかどうかはわからない。それよりも不安なのはカバだ。川の生き物の中でもサメに等しい脅威をもたらす存在がカバで、危険なうえに動きも速い。タッカーがゆっくりとした速度で川を横切っている理由はそこにあった。自分たちの方に注意を引きつけたくなかったのだ。

　ようやく足の裏がぬるぬるした藻に覆われた島の岸に触れ、タッカーはほっとため息を漏らした。目の前には森があり、光を増幅させるゴーグルの機能をもってしても真っ黒な壁となって立ちはだかっている。タッカーは丸太から手を離し、川の中央に押し戻した。丸太が川の流れに乗って運ばれていく。

　タッカーはうずくまった姿勢のまましばらく聞き耳を立てた後、川岸の深い茂みに潜り込んだ。ケインもすぐ後ろをついてくる。日没前、上陸地点としてこの場所に当たりをつけておいた。栈橋の反対側に位置していて、森がいちばん深いと思われるところだ。ほとんどの人員は島内の栈橋がある側に集まっているはずだとの判断によるものだった。

　タッカーは足を踏み出す位置に気を配り、体に当たってこすれるものにも注意した。ゴーグルと顔に施した迷彩模様のペイントのほかは濡れたボクサーパンツ一枚しか身に着けていないので、なおさら用心しなければならない。一分ほど進んだ後、その陰に身を隠せそうな倒木を発見した。タッカーはそこで立ち止まり、防水性のバックパックを肩から外した。ケインに見張りを任せ、靴をはいて乾いた服を着る――ただし、汗がしみたままの服なので、「乾いた」というのは「水に濡れていない」という意味だ。

また、デザートイーグルを腰のホルスターに収め、予備の弾倉二つもベルトに留めた。服装も武装も整うと、敵からの攻撃への対応力が百倍は上がった気分だ。また、バッグの中にある三つのエッグクレートも再確認した。そこに入っているのはシグマの司令官から提供された予備の武器――閃光発音筒、発煙弾、手榴弾だ。

問題がないことを確認してから、タッカーは相棒に注意を向けた。ケインの視線が森から外れることはなく、その耳は葉や枝がこすれるかすかな音すらも聞き逃さない。タッカーはケインのベストのジッパー付きポーチからカメラを取り出し、所定の位置に装着した。また、相棒のベストの外側に弾帯を巻き付ける。これはタッカー特製のちょっとした小道具だ。弾帯の無線アンテナをチェックし、バッテリーがフル充電されていることも確かめる。

それからその場に座り直し、満足の笑みを浮かべる――装備が万端なことに対してではない。装備を身に着けている犬に対してだ。

〈おやおや、このハンサムな犬は誰だろうな？〉

まるでその考えを読み取ったかのように――本当にわかっていたのかもしれないが――ケインがしっぽを振り、鼻先をタッカーの胸に押しつけた。

「おまえは早く行きたくてたまらないんだろう？」タッカーはささやいた。

しっぽの振りが激しくなる。

「それなら、ご近所さんを訪問しようじゃないか」

午後八時二分

シャルロットは病棟内の臨床研究室で作業を進めるフランクの肩越しにのぞき込んでいた。すぐ横ではウイルス学者の助手がカスタマイズされた装置の設定を終えたところだ。機器は二人がここまで運んできた。フランクはバイオインフォマティクスのソフトウェアを実行中のラップトップ・コンピューターの前に座っている。眉間に刻まれた深いしわからは動揺がうかがえる。

シャルロットは腕組みをしたまま、何の役にも立てない自分をもどかしく思っていた。

ジェムソンは病床の方に戻り、椅子に腰掛けて患者のカルテを読み込んでいるが、頭がこっくりこっくりと動いているので、居眠りをしているのだろう。

シャルロットはそれも無理はないと思った。自分も疲労困憊の状態だ。ディサンカと赤ん坊の男の子も眠っていた。それでも、シャルロットは注意を怠ることなく、あのいけ好かないンゴイが協力的な態度を示している間にできる限りのことを学ぶつもりでいた。

フランクも相手に対して支援を惜しまないと決めているようだった。誰もが解決策を必要としている。世界中が必要としている。彼女と同じように、フランクも飼育施設のケージの中にいた大型のネコ科動物のことを考えているのだろう。あの動物は子宮内でウイルスによって変異させられた可能性がある。フランクは捕獲されたチーターのゲノムマップを見せてほしいと要求し、それはすでにンゴイによってフランクのラップトップ・コンピューターに転送されていた。

この一時間ほど、フランクは例の動物のDNAを定義するバーコード状の列を観察し、対応する核酸塩基の連なり――A、C、G、Tのコードを、通常のチーターの遺伝コードと比較していた。ここの研究チームの手で、異質と判断された少数の遺伝子の位置に印が付けてあった。

フランクは指先で唇を叩きながら、それぞれの変異を見

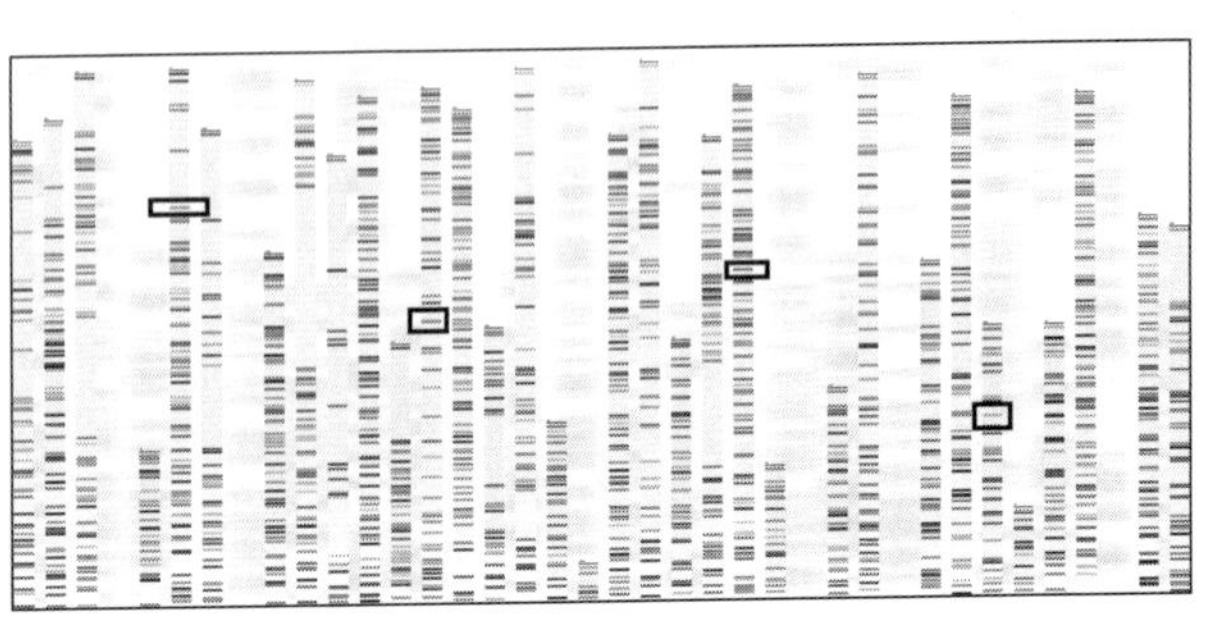

直している。

こんなにもわずかな変異があれほどまでに劇的な変化をもたらしたとは、シャルロットはいまだに信じられずにいた。それ以上に、これほど小さな遺伝子の変化が、より長い犬歯、筋肉の増強、さらにはチーターの前足の体臭腺が毒液生成のための細胞を取り込んだことなど、完璧に適応した表現型発現をもたらしたことに当惑した。

今、フランクが神経を集中させているのもその謎だった。

「きっとここに答えが隠されているはずだ」フランクが誰に対してともなくつぶやいた。

「どうしてこのウイルスはこれほどまでに懐が豊かなのかが理解できない」

シャルロットはフランクとの距離を詰めた。医師としてウイルスについてはよく知っている。もちろん、ウイルス学者には及ばない。それでも、シャルロットは力になりたかった。フランクの推測を聞いてあげるくらいしかできないとしても。

「『懐が豊か』というのはどういう意味なの？」シャルロットは訊ねた。

フランクはDNAのうちの印が付いている部分を指差した。「チーターの遺伝コードのこのような変異した断片は、そのDNAに寸分の狂いもなく取り込まれている。まるで遺伝子操作をされたかのように、ぴったりと縫い込まれているのだ。確かに、この古代のウイルスははるか昔から遺伝子のこそ泥として暗躍していて、無数の種から遺伝子を収集し、この惑星の生命の進化を追いながらそうした進化のコードを自らのDNA内にため込んできたのかもしれない。それでも、辻褄が合わない」

シャルロットはフランクが飼育施設でも同じように話していたことを思い出した。「どうして?」なおも問いかける。

「オムニウイルスは巨大だとはいえ、遺伝子の数は二千にすぎない」

フランクは今回の感染症の原因を「オムニウイルス」と呼ぶようになっていた。ウイルスにはあらゆる生命体に感染する能力があることを考えると、その呼び名はふさわしい気がする。

「統計的に見ると」フランクが説明を続けた。「このウイルスがチーターのDNAにうまく組み込める遺伝子のセットをたまたま持ち合わせていたと考えるのには無理がある。それにチーター一種に限った話ではない。サスライアリの変異は? あるいは、ヒヒの場合は? しかも、ド・コスタの話によると、彼のところのハンターたちはこの数週間でほかにも変異した動物たちを捕獲しているという。このオムニウイルスはいったいどうやって、そうした問題なく適応できる遺伝子を手元に揃えられたのだろうか?」

シャルロットは相手の意図を理解しつつあった。「あなたの言う通り。そんなこと、できるわけない」

フランクがいらだった様子でため息をついた。

ンゴイの様子をうかがうと、医長はほかの医師たちと頭を寄せて話をしているところだ。シャルロットは声を落とした。「あいつの話だと、彼の研究チームはオムニウイルスの二千個の遺伝子のマッピングをすでに終えているみたい。ウイルスが自らの遺伝子をチーターのＤＮＡに挿入したなら、それと同じ遺伝子がウイルス内にもなければおかしい。そうでしょ？」

フランクがうなずいた。「その通りだ。ドクター・ンゴイからはすでにウイルスのゲノムを渡されている。私が開発したソフトウェアを使ってちょっと試してみたいことがある」

フランクの指がキーボードとトラックパッドの上を目にも留まらぬ速さで動いた。いくつものウィンドウが開いては閉じる。画面の片側には核酸塩基の列がスクロール表示され、時折その一部が深紅や青の光を発する。フランクはそのまま十分ほど無言で作業を続けた――そして首を左右に振り、椅子の背もたれに体を預けた。

「余計に辻褄が合わなくなった」フランクがつぶやいた。

その頃には彼の体格のいい助手のモンクも二人の輪に加わっていた。「フランク、誰かにしてやられたっていう顔をしていますよ。どうしたんですか？」

「チーターの新しい遺伝子だが」フランクが二人を振り返った。「ウイルスの中には存在していない」

シャルロットは眉をひそめた。「そんな馬鹿な」

「遺伝子を構成するコードの断片やかけらは見つかったが、それらはウイルスのゲノム内のあちこちに散らばっている。そのままの形のものはない。あたかもオムニウイルスがそうした新しいウイルスのための基本的な材料——小麦粉と砂糖とイースト菌を持っていて、何らかの方法で新しい遺伝子というパンを焼き上げたみたいだ。ばらばらの部品を組み合わせて、チーターのための特注の遺伝子を製造したかのように」

「ウイルスにそんなことが可能なんですか?」モンクが訊ねた。

「可能かもしれない。はっきりとはわからないが、数年前のこと、フランスの研究者たちは別の巨大ウイルス——ミミウイルスが、自らの身を守るためにクリスパーのような技術を独自に進化させたことを発見した」

「クリスパー?」シャルロットはそのツールについて聞いたことがあった。遺伝学者たちがゲノム編集に使用していて、その精密なツールならばDNAコード内の一個の核酸塩基を切り取り、別のものと置き換えることも可能だという。「ウイルスにそんなことができるわけ? 自らの遺伝子を編集することが?」

「そのウイルスにはできたのさ。事実、クリスパーの技法が最初に認められたのはバクテリア内においてだった。科学者たちはそれを参考にしてこの技法を開発した。バクテリアのやり方を真似たということだ」

モンクの顔色が青ざめた。「つまり、このオムニウイルスは遺伝子編集装置の店を自ら経営しているようなものなんですね?」

「前にも言ったように、生き延びるためならウイルスは何でもする」フランクは頭痛を和らげようとするかのように、指の関節で眉間をさすった。「とりわけ巨大ウイルスの場合はそうだ。彼らに関してはまだほとんど何もわかっていない。例えばヤラウイルス。その巨大ウイルスが発見されたのはつい最近のことだが、そいつの遺伝子の中で識別可能なものは一つとしてなかった。科学者たちがこれまでにマッピングしてきたいずれの遺伝子とも、まったく異なるものばかりだったのだ」

「オムニウイルスのＤＮＡにもそのことがほぼ当てはまります」モンクが指摘した。

シャルロットは今の話を考えながら、フランクのさっきの説明も考慮に入れた。「もしかすると、そもそも遺伝子ですらないのかもしれない」

フランクが眉をひそめたが、うなずいて話を続けるよう促した。「何が言いたいんだ？」

「オムニウイルスの全ゲノム——あるいは、少なくともその大部分は、単にそうした材料の大きな貯蔵庫にすぎないのかも。使用されるのを待っている生の遺伝物質を保管しておくところなのよ」

フランクがはっとして座り直した。「そして目的に合うようそれらをつなぎ合わせ、遺伝子を作り上げる」

「でも、その目的とは？」モンクが訊ねた。「そいつは何をしようとしているんですか？」

「このウイルスについて私が理解していることはほとんどないが、その質問には答えることができる」フランクが二人の方を見た。「そいつの目的は生き延びること、つまり世界から自分の存在に対する脅威を排除することだ。自然界をより獰猛で危険な状態にさせる能力を持っているらしいことは間違いないだろう」

「その一方で、動きを鈍らせて眠ったような状態にすることにより、私たちを弱体化させる」シャルロットは病室内のベッドが並んだ方に顔を向けた。

「ウイルスはそれを意図的に行なっているのかもしれない」フランクが言った。「捕食者と獲物の間に奇妙な力関係を作り出す病原体の例はほかにもいくつかある。例えば、寄生原生生物のトキソプラズマがそうだ。トキソプラズマはネコに寄生するのだが、その獲物を、つまりネズミを媒介とする際、ネズミに奇妙な神経的影響を及ぼす。それによってネズミはより大人しくなり、捕食動物をあまり恐れなくなるので、ネコにとっては楽な獲物になる」

「同じようなことがここでも起こっていると考えているんですね？」モンクが訊ねた。

「ウイルスが放出するプリオンのスパイクは、より高度な知能がある動物の機能を遮断するように作られているのかもしれない。より大きな脳を持つ動物はウイルスの生存にとって最大のリスクに当たる。その一方で同時に、ほかのすべての動物をより危険にするわけだ」

モンクがうなずいた。「それにより、最大の脅威となる種を排除するための完璧な環境ができる」

「排除される対象は私たちということね」シャルロットは付け加えた。

夜も更けたジャングルから夜行性の動物たちの咆哮や鳴き声が聞こえた。

〈自然界のすべてが私たちに牙をむこうとしているみたい〉

フランクも同じ懸念を抱いているようだ。「どのような経緯でこの動きが発生したのかはまったく見当もつかない。しかし、母なる自然は常に均衡を求める。それが乱れた時にはバランスの取れた状態に戻そうとする。生態系の変化や進化上の変化を通じてそれを行なうのがしばしばだが、個体数の抑制という形を取ることもある」

フランクが後半部分を強調して二人に険しい視線を向けた。

「我々は以前にもそのことを目にしてきた」フランクは説明を続けた。「安定した環境への人間の侵入――ジャングル内を通る道路の建設や伐採計画などが、極めて危険な疾病を世界に解き放つ結果につながった。マラリア、黄熱病、エボラ。ＨＩＶもまさにここコンゴのジャングルから発生していて、最初期の症例は一九二〇年代にまでさかのぼり、その後は歴史ある交易路を通じて広まっていった」

「言い換えれば」モンクが言った。「母なる自然を怒らせるな、ということ」

フランクがうなずいた。「さもないと、災いが降りかかってくる」

シャルロットは病床の方を見つめた。今回のウイルスの起源に関してその可能性は否定できない一方で、まだパズルの重要なピースが欠けているという気がしてならない。ここでそれを発見することは絶対に無理だという予感もする。答えが見つかるとすればジャングルの中だろう。

「今のところは」シャルロットは切り出した。「ここの人たち――それとこの国の人たちを助けるための方法の発見に集中する方がいいのかもしれない。私たちの最優先事項は治療薬を見つけること、それがだめでもせめて何らかの治療法は見つけないと」

モンクが体を近づけ、かすかなささやき声で伝えた。「いいや。俺たちの最優先事項はこの島から脱出するための方法を見つけることだ」

シャルロットも彼の言う通りだと思った。ンゴイと彼のチームにはほとんど信頼が置けないし、彼のボスのノラン・ド・コスタはそれにも増して信用できない。フランクの助手を見たシャルロットは、彼の目の鋭い輝きに気づいた。従順さを装っていた仮面が剥がれ、鋼（はがね）のような強い決意が表に出ている。シャルロットはこの男性から危険なにおいを感じた。檻に入れられたライオンのすぐ隣に立っているかのような気分だ。

不意にシャルロットは、彼がただの助手ではないことを悟った。

〈この人はいったい何者なの？〉

午後八時二十八分

　タッカーはこぢんまりとした入植地の外れにあるシダの茂みの中で腹這いになっていた。荒れ果てた建物群を観察する。トタン屋根は錆びつき、石壁にはつる植物が絡まっている。この場所の中心となっているのは白煉瓦の教会だ。空からの偵察でここを気に留める人間はまずいない。放置されたままジャングルにのみ込まれかけたこのような古い町は百カ所を数えるくらいあるだろう。

　ただし、この入植地はつい最近になって人の手が入っていて、教会の隣にある二階建てのコロニアル様式の宿泊施設など、一部の建物は改装されている。また、この島のタッカーのいる位置とは反対側には、それよりも新しいと思われる桟橋が川に突き出ていた。

　上陸後、タッカーとケインは偵察を兼ねてこの場所を一周した。見張りを避け、Q-UGV独特の作動音やコツコツという足音に聞き耳を立てながら、ゆっくりと一回りしなければならなかった。見回りは二人の兵士、あるいは兵士一人とロボットドッグ一体という組み合わせで実施されていた。敵はその存在を隠そうともせず、おしゃべりしたり、ジョークを言ったり、笑い声をあげたりしている。声や物音を気にしていないのは、密かな攻撃がなされる心配をまったく抱いていないためだと思われる。もっと騒がしい敵、例えば地元の民兵の襲撃やゲリラの攻撃からの防御を想定しているのだろう。

いずれにしても、そのことはタッカーにとって有利に働いた。おかげで敵に気づかれることなく、入植地の周囲を一回りすることができた。タッカーとしては何らかの行動を起こす前に、まずはこの場所の状況を把握しておきたかったのだ。桟橋には五隻の流線型をした船のほか、数台のジェットスキー、さらには小型の砲艦を思わせる全長二メートルほどのクルーザーも一隻、係留してあった。船団は森の外れに土嚢を積んで作ったトーチカによって守られている。その防御地点からはロシア製の十二・七ミリ口径コード重機関銃の銃口が桟橋に向けられていた。

そこにいた見張りは一人だけで、のんびりとタバコを吹かしていた。川の方ばかり見ていたので、タッカーとケインが後ろを通ってもまったく気づかなかった。予期していた通り、敵の注意と警戒が集中しているのは島の桟橋側だ。そのことを確認すると、タッカーはケインをそちら側の森に残し、自分は島を半周してより薄暗く見張りも手薄な入植地の外れに戻ってきたのだった。

残る疑問は二つ。

〈そもそも俺は正しい場所にいるのか？　そして拉致された人たちはここにいるのか？〉

偵察中、タッカーは入植地の監視を怠らなかった。明かりは少なく、ナトリウムランプがまばらにあり、中央の広場でかがり火が焚かれている程度だ。それでも、暗視機能の付いたゴーグルがあれば暗がりでも見通すことができる。これまでのところ、モンクまたはフランクの姿は確認できていない。もう遅い時間なので、朝まで独房のような場所に監禁されているのかもしれない。

タッカーは二棟の建物への警戒を続けた。白衣姿の男たちが出入りしているかまぼこ型の建物は、おそらく病院あるいは研究所だろう。出発前にペインターから、拉致犯人たちがフランクの機材も持ち去ったという情報を聞かされた。それは連中がウイルス学者の知識を欲しがっているという意味だし、あの建物が本当に研究所のような施設ならば、フランクはあの中に閉じ込められているとも考えられる。

タッカーが注意を向けているもう一棟の建物はコロニアル様式の宿泊施設だった。ここでの人の動きから、あそこがこの入植地の拠点なのは間違いない。あいにく、両方の建物を同時に監視できる適当な場所がなかった。そのため、タッカーは宿泊施設にできるだけ近い地点を選んだ。その代わりに、ケインには入植地の反対側にとどまるように指示を出し、犬のカメラを研究所と思(おぼ)しき建物に向けておくことにした。この計画の唯一の問題は、ケインのカメラからの映像がより不安定になり、途切れがちになったことだ。その原因は妨害電波。見張りのロボットドッグを動かすための信号は、その影響を受けない暗号化された周波数で送っているのだろう。

ただし、今のところケインからの送信に大きな問題はない。

〈あとは待つだけだ……〉

その間、ケインが傍らにいないことは不満だったが、それでも相棒の存在が身近に感じられる。ケインのかすかな息づかいが耳に届く。葉の間で相棒の体が動く音も聞こえる。カメラが作動しているので、ケインの目と同じものを見ることができる。そんな一体感がタッカーに最初の警告をもたらした。

ケインがうなった。体を震わせる音だけが伝わってくる。

タッカーはゴーグルの内側に表示された相棒のカメラからの映像を注視した。数人がかまぼこ型の建物から出てくる。全員が同じ青色の手術着姿で、ライフルを持つ長身のコンゴ人兵士が同行している。離れた距離からの映像でも、タッカーはひときわ背の高い友人のフランクの存在を確認できた。ケインが再び体を震わせた。相棒も獣医に気づいたのだろう。陸軍時代、ケインはフランクにずいぶんと可愛がってもらったのだ。

手術着姿の一団にはライフルの銃口が向けられていた。その姿がすぐにケインのカメラの視界から消える。タッカーは固唾をのんで待った。やがてかがり火に照らされた彼らの姿が中央広場に現れた。さっきよりも距離が近づいたため、タッカーは炎の光を反射して輝くスキンヘッドの男性がモンクだとわかった。青い手術着姿の残る二人は、黒髪をポニーテールにまとめた若い女性と、白髪交じりで顎ひげを生やした年配の男性だ。ペインターからは行方不明になった国連の医師二人の写真を提供されていた。

〈あれがその二人に違いない〉

コンゴ人の見張りが四人を二階建ての宿泊施設に連れていくことから、あの建物がここの拠点なのではないかというタッカーの予想は裏付けられた。

〈夜の間はあそこに閉じ込めておくつもりに違いない〉

タッカーは全員が建物内に入り、それから三分が経過するまで待った。四人が安全な場所に、しかも一カ所に集まっていることが望ましい。タッカーの計画には完璧なタイミングが要求される。

これで十分だと判断すると、タッカーはケインにサブボーカライズで指示を伝えた。「陽動作戦。合図を待て」念には念を入れて、さらに二十秒数える。「行け！」

17

四月二十四日　中央アフリカ時間午後八時三十二分
コンゴ民主共和国　ベルカ島

自分たちの背後で監房の扉が閉まる音を聞きながら、モンクはあくびを嚙み殺した。コンクリート製の監房内を調べると、窓には鋼鉄製の鉄格子がはめられていて、片側の壁沿いに簡易ベッドが並んでいる。

〈実に住み心地がよさそうだ〉

国連の医師二人は使用した形跡のあるそれぞれのベッドに向かった。すでにここで一晩を過ごしたのだろう。フランクは室内の設備に顔をしかめている。

モンクは顔に傷跡のあるコンゴ人の兵士の方を振り返った。エコンとかいう名前の中尉だという。「夕食はまだですか？」モンクは鉄格子の向こうの男に呼びかけた。「長い一日だったんですよ」

相手はせせら笑いを浮かべ、鍵をかけた。

モンクは訴えをちゃんと聞いてもらおうとするかのように歩み寄ったが、本当の狙いは外の廊下の様子をうかがうことにあった。壁の高い位置に二台のカメラが設置してあり、一台は監房の扉に、もう一台は廊下の先に、それぞれレンズが向けられている。マイクの存在は確認できなかったが、カメラに備わっていると見ておかなければならない。つまり、ここでの会話には注意が必要だということだ。

モンクが監房内に向き直ろうとした時、大きな爆発音がこだました。音は外から聞こえ、しかも自分たちからそれほど遠くない地点だ。もう一発、爆発音が続く。全員がぴたりと動きを止めた。花火のように聞こえなくもなかったが、見張りの兵士の緊張した様子から判断する限りでは、コンゴ版の独立記念日のお祝いではなさそうだ。

その直後、あわてた調子の叫び声があがった。

〈何者かがこの場所を攻撃している〉

モンクはとっさに頭の中で策を練った。ゲリラの襲撃という可能性も否定できないが、タイミングを考えるとそうではないことが期待できる。全員の身を危険にさらすことになるかもしれないと思いながらも、モンクは即決した。

扉に歩み寄って鉄格子をつかむ。「何が起きているんですか？」モンクは新たな爆発音に怯えたふりをしながら、見張りに向かって叫んだ。

エコンは廊下で腰を落とし、ライフルを構えていた。銃口は廊下の先に向けられている。「下がってろ！」エコンがわめいた。

モンクは素直に従い、扉から後ずさりした。ただし、その前に義手を取り外し、鉄格子に残しておいた。義手が握っているのは鍵の少し上のあたりだ。

モンクは素早くほかの人たちの方を向いた。「彼の言う通りにしましょう！　下がって！」

モンクはジェムソンを監房の奥に押した。フランクもモンクの声から状況を察し、シャルロットを連れて奥に下がる。フランス人の女性はモンクの左手の手首から先がなくなっているのを見て、目を丸くしている。義手だと気づいていなかったのだろう。

〈ただの義手じゃないぞ〉

モンクは義手を固定するためのチタン製の磁気リンクにコードを打ち込んだ。最後の信号を送ってから、手を振って床に伏せるよう指示する。「伏せろ！　今すぐに！」

義手の手のひらに埋め込まれていたC４爆薬のペレットが爆発した。爆音で何も聞こえなくなる。閃光に目がくらむ。衝撃で全員が床に叩きつけられた。

モンクを除いて。

爆発を予期していたモンクは、両脚を踏ん張って衝撃をこらえた。高温の煙をかき分けながら扉の方に向かう。爆発で鍵が粉砕され、扉は片方の蝶番（ちょうつがい）から外れてしまっていた。

　エコンが廊下でうつ伏せに倒れていた。爆発の衝撃を受けていて、もしかすると扉にも直撃されたのかもしれない。だが、かなり体を鍛えているおかげか、すでにショックから立ち直り、四つん這いの姿勢になろうとしている。

　モンクは相手が頭を上げようとしたところに、靴のかかとで鼻先を踏みつけた。骨の砕ける音が響く。男は気を失って再び倒れた。

「急げ！」モンクは三人に向かって叫んだ。

　医師たちは呆然としていたが、フランクが二人を促した。

　モンクは兵士の持っていたアサルトライフルを奪い、フランクに手渡した。この武器は両手のある人が使うのに適している。モンクが使うのはエコンのホルスターから回収した拳銃で、クロームブラックのブローニング・ハイパワーだ。拳銃を握ったモンクは、その重量感を確かめた。

〈これでよしとするか〉

　フランクがライフルをチェックしてから、モンクに向かってうなずいた。

　モンクは二人の医師の方を見た。「離れないように。後ろからついてきてくれ。いいか？」

　ジェムソンは目を丸くしてぽかんとしているだけだ。騒ぎの間に眼鏡をなくしてしまっている。シャルロットも真っ青な顔をしていたが、しっかりとうなずいた。

四人は廊下に出た。

モンクが先頭を進む。

〈お客さんが誰なのか、確かめようじゃないか〉

午後八時三十七分

暗い森の中に身を隠しながら、タッカーは二発の発煙弾を入植地に向かって放り投げた。五秒後、ポンというこもった音を立てて二発とも炸裂する。木々の下に大量の煙が広がった。下流側から吹く風で煙が建物群の方に運ばれていく。

タッカーは煙の陰に隠れながら同じ方向を目指した。

これ以上は待てない。ついさっき、宿泊施設の方から大きな爆発音が聞こえてきた。

〈何が起きたんだ?〉

森の外に出ながら、タッカーはケインの動きにも目を配った。先ほどの指示に従い、相棒は入植地の反対側の森の中をジグザグに走り抜けている。タッカーには自分が宿泊施設にたどり着くまでの間、ケインに見張りの注意を引きつけてもらう必要があった。その支援のために、ケインの弾帯に発音閃光弾と手榴弾を仕込んでおいたのだ。体に巻き付けたケブラーのハーネスには十二個の爆発物が収納可能で、弾帯に吊るした爆弾はタッカーが手に持つ装置と無線接続されている。装置のボタンを押すたびに、ケインの通り道に爆弾を一個ずつ落とすことができる。十五秒のタイマーが設定されているので、ケインは爆発前に安全な場所まで逃れられる。

ケインは向こう側の木々の間を抜けながら、混乱を拡大させていた。激しく上下に揺れる映像を見ているとめまいがするが、タッカーはケインが見つかることはないと信じていた。ケインはその気になれば影そのものと化すこともできる。それに向こう側の見張りたちはゲリラなどの武装した人間を探している——俊足の影のような存在に気づくはずがない。

タッカーは煙幕を利用しながら小さな建物に沿って少しずつ進んだ。ゴーグルのサーマルイメージングには広場のかがり火がまばゆく映っている。タッカーは途中で立ち止まり、島の桟橋がある側に走っていく二人の武装した男たちをやり過ごした。

危険が去ると、タッカーは宿泊施設までの残りの距離を進んだ。デザートイーグルの銃口を前方に向け、両手でしっかりと握る。宿泊施設までたどり着く頃には、煙はもや程度にまで薄まっていた。残りはあと少しだ。タッカーは姿勢を落とし、地面から少し高さのあるポーチに通じる階段までの距離を走った。

叫び声と銃声で足が止まる。

前方の扉が勢いよく開いた。迷彩服を着た兵士が一人、ライフルの連射を浴びて後ろ向きに吹き飛ばされた。男はポーチから階段を転がり落ち、タッカーの足もとに倒れた。すでに死んでいる。

タッカーが後ずさりすると、青い手術着姿の見覚えのある一団が同じ扉から走り出てきた。

「フランク、モンク」タッカーは見張りと間違えられる前に小声で呼びかけた。

モンクが真っ先に階段を駆け下りてきた。周囲を見回しているのは、救出にやってきたのが一人だけではないはずだと思っているのだろう。それでも、モンクは即座に現状を受け入れたようだ。「タッカー、計画は」

「さっさとここから脱出する」

「賛成だ」

タッカーは四人に背を向け、教会の方に手を振った。「こっちだ」

午後八時三十九分

シャルロットは激しい心臓の鼓動を抑えつけ、ウイルスの感染とは別の理由で思うように動いてくれない体を叱咤した。動き続けなければいけないことはわかっている。

　立ち止まったのは階段の下で死んでいる兵士の手から落ちた拳銃を拾い上げた時だけだ。銃の扱い方ならば、一家が隣国のコンゴ共和国で暮らしていた子供時代から心得ている。身を守る術なしでジャングル内を移動する人間などいない。

　武器を確保したことに気づいたモンクが、それでいいと言うかのようにうなずいた。

　シャルロットたちは救出に駆けつけてくれた男性――タッカーの後を追った。森の中から爆発音や叫び声が聞こえるので、ほかにも味方がいるに違いない。ここから全員を助け出せるだけの人数がいてくれることを願うばかりだ。

　一行は影になっている場所を選びながら、高さのある教会の裏手を迂回した。タッカーが戦略的に場所を選んでは発煙弾を投げ、進路を隠してくれる。夜間のこもった爆発音や漂う煙幕が敵の注意を引きつけることはなかった。煙のおかげで周囲の暗がりがいっそう濃くなる。それでもなお、シャルロットは風に翻弄される木の葉になったような気分だった。森の方からの散発的な爆発音がやむことはなく、そのたびに体がびくっと震える。

　シャルロットたちはかまぼこ型の建物まで無事にたどり着いた。あたりには誰もいない。研究者たちは攻撃を逃れてどこかに隠れているのだろう。

　タッカーが腕を上げたのを見て、全員が立ち止まった。「ここで待っていてくれ」ささやき声で言い残すと、一人で先に進んでいく。

ほかの人たちと身を寄せている間、シャルロットは病棟の方を見つめていた。ディサンカと赤ん坊の姿が脳裏に浮かぶ。女性との約束を思い出す。

シャルロットはモンクを肘でつつき、病棟を指差した。「患者たちがいる。置き去りにはできない」

「時間がない」モンクが苦悩の表情を浮かべて答えた。「ほとんどは動かすことすらできないじゃないか」

その通りだということはわかっている。今では大半の患者が寝たきりで、ウイルスがもたらした傾眠状態に陥っている。けれども、全員がそうだというわけではないし……

「彼らが病気に感染しているのなら」モンクの話は続いている。「ここなら少なくとも手当てが受けられる。それに結局のところ、患者たちにとっていちばんなのは、俺たちができるだけ早く外部に助けを要請することなんじゃないのか?」

シャルロットは彼の言う通りだと思った。それでも、罪悪感で胸が痛む。ディサンカと男の子を見捨てるのは耐えられなかった。

タッカーが戻ってきた。顔のほとんどがゴーグルの下に隠れているにもかかわらず、きつく結んだ唇から不安が容易に読み取れる。タッカーは行く手にある森からこだまする叫び声と銃声の方向に顎をしゃくった。

「様子がおかしい」タッカーが警告した。「今頃はすでにケインが見張りたちを南側に誘導し、俺たちの進路を開けてくれているはずだったのだが」

フランクが反対側に顔を向けた。「それに後方からも一団が迫ってきているぞ」

中央広場から怒鳴り声の命令が聞こえた。板を渡した通路を鳴らす靴音が、シャルロットたちの方に近づいてくる。

タッカーが悪態をついたが、注意はほかのどこかに向けられたままだ。手に握った装置を高く掲げている。「どうした、ケイン」

シャルロットは森の方を見ながら顔をしかめた。

〈いったい向こうに誰がいるの？〉

午後八時四十一分

ケインは危険が三方向から迫る中でうずくまっている。

左と右、および前方から。

後方への退路は、話し声および汗と汚れのにおいで断たれている。後ろにいる人間たちをおびき寄せ、ここまで導いてきた。耳には指示がはっきりと残っている。彼らを惑わせよという指示が残っている。

しかし、別のハンターたちがケインの侵入を察知し、その指示の遂行を妨げる。ケインは怒りと挑発のうなり声をこらえる。

できるのは待つことだけ。

耳をぴんと立て、ウィーンという鋭い音を、カチカチという金属音を聞き逃すまいとする。枝が折れる。さらに近づいている。下半身を震わせながら身構える。

相棒が迫りくる脅威に気づいていないことはわかっている。自分のような鋭い嗅覚（きゅうかく）や聴覚を持っていない。危険を察知するためには視覚による認識が必要だ。けれども、ケインは相棒のことを心の底から信頼している。

だから、待つ。

ついに三体のうちの一体が前方から視界に入ってくる。油と電気のにおいがする。歯車が小さな音を立てる。銃架が獲物を求めて回転する。その感覚は限られていて、ケインと比べると鈍い。けれども、ケインは相手が危険で敏捷だとわかっている。

そんなハンターからのライフルによる攻撃をこれまでに二度、逃れなければならなかった。

続いて右側からもう一体が現れ、その直後に左側から三体目が姿を見せる。

ケインはじっと動かない。動きが彼らの注意を引きつけることは学習済みだ。けれども、間もなく彼らは体から発する熱を感じ取り、姿を見つけ出すだろう。これまでの何度かの遭遇では逃げることに成功したが、ただ走り去るだけで回避するには三体という数は多すぎる。

だから、ケインは待つ。相棒を信じて。

その時、はっきりとした震動が胸骨に伝わる。銀色の物体が体の真下の地面に落下する。相棒がようやく脅威を認識し、救いの手を差し伸べようとしている。

ケインは理解する。この作戦のための訓練は受けている。また、すでにこの場を離れていなければならないこともわかっている。

指示がそのことを裏付ける。

「移動。駆け足で！」

ケインは従わない。そうした物体が閃光、大音響、もしくは熱い破片とともに炸裂するまでに心臓がどれだけの数の鼓動を打つか、すでに学んでいる。ケインは相棒を信じるのと同じように、自分自身を信じて、待ち続ける。

三体のハンターが包囲網を狭める。一体の銃架がケインの方を向く。続いてもう一体、さらに残りの一体も。

発見されたことを知り、ケインは後方に飛びのく。

銃弾が降り注ぐが、もうケインはそこにいない。後ろ足に渾身（こんしん）の力を込めて走り去る。

さっきまでケインが隠れていた場所に三体のハンターが終結する——次の瞬間、爆発の炎が森を明るく照らす。きわどいタイミングだ。爆風に押され、ケインは森のさらに奥深くに進む。

破片が下草に突き刺さる。

ケインは前に走り続け、爆発の影響が及ばないところに達し、姿を隠してくれる暗がりと葉に身を委ねる。罠を逃れて暗闇を走りながら、ようやく任務の完了が、もっと多くのハンターたちを幻惑させるという作業の終わりが見えてくる。

言葉がケインのもとに届く。

誇らしげな声を聴き、その言葉の通りだと思う。

「よくやった、ケイン。いい子だ」

午後八時四十三分

タッカーは安堵のため息を漏らした。

〈ぎりぎりのところだった〉

ほかの人たちの方を向く。「ケインが再び動き始めた。だが、見張りたちを引き離すにはあと二、三分必要だ。それまで待てば桟橋までたどり着けるだろう」

「そんな余裕があるとは思えないぞ」フランクが警告すると、その証拠を示そうとするかのように広場に向かってライフルを数発発射した。

そちら側から驚きの悲鳴があがった。複数の影があわてて姿を消す。だが、その程度の反撃で相手を長く足止めすることはできない。

フランクもそのことはわかっていた。「俺たちは武器の数でも人数でも負けているし、遮るもののないところに突っ立っている。いちかばちか、森に飛び込む方がいいんじゃないのか」

「ちょっと待ってくれ」そう言ってモンクが近づいてきた。「タッカー、手持ちの手榴弾はまだ残っているか？」

タッカーはベルトを軽く叩いた。「破片手榴弾が二発、閃光発音筒が四発」

モンクが拳銃を手術着の腰の部分に突っ込み、手を差し出した。「いいね。穴を開ける必要があるんだけれどな」

タッカーは小型の手榴弾をベルトから取り外して手渡した。モンクは爆弾のあまりの小ささに眉をひそめている。

「どちらかといえば陽動目的なんだ」タッカーは説明した。「でも、切羽詰まった時には十分頼りになる」

フランクが再びライフルを発砲した。

「今の俺たちは切羽詰まった状況だ」モンクが返した。「ピンを抜いてから爆発までの時間は？」

「初期設定は十五秒だ。だが、もっと――」

「それで十分」モンクはうめくようにつぶやき、背を向けた。「ただし、俺たちもさっさと逃げないといけないぞ」

タッカーが見ていると、モンクは軽量コンクリートブロック製の建物に走り、扉を蹴り開けた。侵入者に対していっせいに鳴き声や咆哮が湧き起こる。モンクは数秒ほど姿が見えなくなったが、再び外に飛び出し、腕を大きく振りながら戻ってきた。

「走れ！」モンクが叫んだ。「森に入るんだ」

ほかの三人はモンクが何をしたのかわかっているらしく、すぐに走り出した。質問している時間がないので、タッカーもその後を追う。フランクは後方への警戒を続けながら、広場の方角に向かって発砲を繰り返している。五人が林冠の下に走り込む頃には弾切れになってしまい、フランクはいらだちもあらわにライフルをにらみつけた。

次の瞬間、コンクリートブロック製の建物から大きな爆発音がとどろいた。

「もっと奥に！」モンクが促した。

全員がその指示に従い、森の中に分け入っていく。

タッカーはモンクに近づいた。「あそこで何をしたんだ？」

問いかけに対してモンクは肩をすくめただけだ。「味方を呼んだのさ。敵の敵は味方だって言うじゃないか」

タッカーは顔をしかめた――その時、血も凍るようなぞっとする鳴き声がとどろいた。獰猛で怒りに満ち、ネコ科の大型動物特有の響きだ。タッカーは後ろを振り返った。

〈今のはいったい……〉

男たちの悲鳴が聞こえ始めた。恐怖に怯える声と、苦しみ悶える声の両方だ。銃声がたちまちのうちにパニックに駆られた銃撃戦に代わる。モンクの解放した何かが敵の兵力に穴を開けつつあるのは間違いない。

「あれでいくらか時間が稼げそうだ」フランクが言った。

モンクが前方を指差した。「タッカー、新しい味方が俺たちのにおいを察知する前に桟橋まで連れていってくれ」

タッカーは先頭に立った。背後に脅威が存在するものの、ケインができるだけ大勢の見張りを引きつけるための時間の余裕を見て、ゆっくりと進む。やがて行く手にもはや危険はないと判断すると、タッカーはペースを速めた。

また、相棒にもサブボーカライズで伝える。「作戦終了。アルファポイントまで静かに戻れ」

その後は何事もなく森の中を横切ることができた。前方に光が現れた。川沿いの桟橋だ。タッカーはほかの人たちを待たせ、一人で偵察を行なった。桟橋を守るトーチカまで達すると、そこには血だまりの中に倒れた死体がある。ちっぽけな爆発物でもかなりの威力がある証拠だ。ケインは最初の爆弾を見張りのすぐ後ろに落としてから走り去り、その後でほかの兵士たちとの追いかけっこを始めたのだった。

タッカーはほかに誰もいないことを確認してからトーチカに忍び寄った。ボートのキーを保管してあるスチールフレームのガラスケースに近づく。ダガーナイフでケースの鍵を破壊すると、全部のキーフォブを奪った。

姿勢を低くしたまま、口笛を吹いてほかの人たちに安全だと伝える。

四人が小走りに森から出てきた。

タッカーのもとにやってきたフランクは、コード重機関銃を感心するように眺めている。弾切れになったライフルを投げ捨てると、重火器を支柱から取り外す作業に取りかかり、大きな弾薬が連なった弾帯と一緒に持ち上げた。「こっちの方がしっくりくるな」

モンクがにやにやと笑った。「大男の知り合いがいるんだが、そいつがそれを見たらうらやましがるぞ」

「何をぐずぐずしているの？」シャルロットが訊ねた。ナトリウムランプに照らされた目はどこかうつろだ。

「仲間を待っているところさ」タッカーはつぶやいた。

その言葉が聞こえたかのように、森から走り出た影がタッカーのもとに駆け寄った。

「やっと来たな、ケイン」

ケインが不満そうに体をぶつけてきた。

シャルロットが口をあんぐりと開けた。「それがケインなの？　強力な助っ人が一緒だと思っていたんだけれど」

タッカーは相棒の体をぽんと叩いた。「一緒にいるじゃないか」

ジェムソンが唾を飲み込み、桟橋の方を指差した。「どのボートを使うのだ？」

タッカーはすでに決めていた。「こっちだ」

タッカーは一行を桟橋の先端まで導いた。葉巻型をした黒と赤のレーシングボートが係留されている。カーボンファイバー製の船体は真っ黒な水に浮かぶ短剣のように見える。

タッカーの希望は島の周囲に張り巡らされた妨害電波の範囲からできるだけ短時間で脱出できる高速の船だった。

〈これならぴったりだろう〉

タッカーはまず二人の医師を乗せ、自分もその後に続いた。モンクとフランクが係留索を外している間に急いで操縦席に座り、船体と同じ黒と赤のキーフォブを探し出す。キーを挿して回すと、馬力のあるエンジンからうなり声に似た轟音があがった。

あいにく、ボートの咆哮に対する反応が森の中から聞こえてきた。

怒りに満ちた鳴き声が響きわたり、全員が桟橋の付け根の方に目を向けた。森の中から現れたのは大きな黒い影だ。ネコ科の動物の巨体は筋肉の塊で、全身の毛が逆立っている。野獣がタッカーたちに一吠えすると、大きく湾曲した二本の長い牙があらわになった。

〈何だ、あいつは……〉

モンクとフランクが急いでボートに飛び乗った。フランクは奪い取った重機関銃の銃口を動物に向けようとしている。

ケインが桟橋に残ったまま、ネコ科の動物に相対した。体の前半分を低くし、口を歪めて相手を威嚇している。首回りの毛が逆立ち、ライオンのたてがみのように震えている。

「俺のところに来い」タッカーは指示を出した。

ケインはその命令を無視し、相手から決して目をそらそうとしない。生まれながらに持つ本能に反応しているのだろう。

「早くしろ！」タッカーは断固とした口調の大声で命じた。

〈勝てるような相手じゃない〉

それでもなお、ケインは微動だにせず、野獣をにらみつけている。

「いいからボートを出せ」ジェムソンが促した。

タッカーは拒んだ。どんな状況であろうと、ケインを置き去りにするつもりはない。

幸か不幸か、膠着(こうちゃく)状態は最も騒がしい形で終わりを迎えた。森の中から発射された口ケット弾がトーチカに命中する。爆発で煙と炎が噴き上がり、土嚢が空高く飛ばされた。ネコ科の動物が脇に飛びのいた。大きな水音とともに川に飛び込むと、水をかきながら向こう岸に泳いでいく。

挑発する相手がいなくなり、ケインはしっぽをぴんと立てて向きを変えるとボートに飛び乗った。

全員が乗船したので、タッカーは前に向き直り、スロットルを全開にした。黒と赤の短剣が桟橋から急発進し、タッカーの体が操縦席の背もたれに押しつけられる。

〈すごいな、こいつはかなり速いぞ〉

ボートは加速しながら水面を滑るように進んだ。流れに逆らって上流に向かうのではなく、川の力の後押しを受けながら下流を目指す。十分な距離まで達した頃合いを見計らって、タッカーは盗み出したほかのキーを川に投げ捨てた。

〈さあ、俺たちを追跡できるものならやってみな〉

モンクが近づいてくると、エンジン音にかき消されまいとして大声で叫んだ。「次はどうする？」

タッカーはヘリコプターの機体にもたれかかるンダエを思い浮かべた。「味方に連絡を入れる」

モンクが顔をしかめ、船尾方向を振り返った。

「どうかしたのか?」タッカーは訊ねた。

「そう簡単には事が運ばないと思うぞ」モンクが向き直った。「あの施設を取り仕切っているやつが相手の場合は」

午後八時五十分

ノラン・ド・コスタは宿泊施設の二階にある自らのオフィス内を歩き回っていた。握り締めた拳を太腿に打ちつける。ずっと歯を食いしばっていたせいで顎が痛い。

最初に複数の爆発音が鳴り響いた後、保安対策が作動して彼の私室は封鎖された。バルコニーには金属製のシャッターが下りた。厚さ五センチの鋼鉄製の芯が入っているオフィスの扉も、数本の大きなかんぬきでさらに補強された。

室内に閉じ込められたものの、ノランは羽目板の下に隠されていたいくつものモニターの映像から施設内の隅々まで状況を確認することができた。入植地が襲撃される様子を目の当たりにした。これほど多くのカメラがあるにもかかわらず、攻撃を主導しているのが何者で、どれだけの人数がいるのかを見定めるには困難を極めた。

ただし、間違いなく関与している人間を一人、特定できた。

一階での爆発の衝撃は建物全体を揺るがした。その後、ノランは監禁用の部屋の映像を再生した。映像にとらえられていたのは、ドクター・ウィテカーの助手だというスキンヘッドの男が義手を外して監房の扉に取り付ける場面――次の瞬間、閃光と爆発でカメラは破壊された。また、同じ男が変異したチーターを檻から逃がし、部下の兵士たちにけしかけた映像も確認した。あの男がただの助手でなかったことは明らかだ。

すっかりだまされていたことを悟り、ノランは首を左右に振った。あいつは目の前に座り、従順で怯えた男を演じていたのだ。これまでずっと、ノランは自分には人を見抜く目があると思っていた。

〈だが、私は完全に一杯食わされた〉

そのことが何よりも彼の怒りを募らせた。

ノランはモニターに注意を戻し、煙、混乱、横たわる死体などの映像を見つめた。少なくとも研究施設は無傷のようだ。作業はこの先も継続できる。ただし、対策が必要だ。

チャイムの音が鳴り、ノランは扉の外をとらえたカメラの映像に注意を向けた。一人の人物がそこに立っていた。傷のある顔がレンズをにらみつけている。腫れてねじ曲がった鼻からは血が二筋、流れ落ちていた。

「やっと来たか」ノランはそうつぶやいてボタンを押し、扉のロックを解除した。

エコン中尉が大股で室内に入ってきた。その目には激しい怒りが燃えている一方、恥じている様子もうかがえる。囚人たちを逃がした責任はこの兵士にある。その汚名を返上したいと思っているのは間違いない。

エコンが頭を下げた。「指揮官」

ノランは無言のまま、落胆の思いが相手に伝わるのを待った。別のボタンを押すと、バルコニー側のガラス扉を封鎖した鋼鉄製のシャッターがゆっくりと上がっていく。ノランは何も言わずにそちらを向き、扉を押し開けてバルコニーに出た。

エコンも後についてくる。

ノランは手すりの前で立ち止まり、森の林冠から川の方に目を向けた。夜空の星を反射して、黒い川面に点々と光が見える。さらにその先の地平線近くには嵐の雲が湧いていた。遠い雷鳴がノランのところまで届く。

「やつらは下流に向かったようだな」ノランは口を開いた。

「はい（ウィ）。あなたのティラナで」

ノランは自分が所有していたレーシングボートを思い浮かべた。あれはお気に入りの船だった。「ドレイパーに連絡を入れろ。今すぐに」

ノランは遠くの川沿いに見える明かりに視線を向けた。鉱山町のカトワで、会社が所有する複数の鉱山のうちの一つだ。ドレイパーは日没の少し前、問題に対処するためヘリコプターであの町に向かった。現地の鉱夫の間にパニックが広がっているという。ノランはドレイパーならどんなトラブルであろうと、それが本格的な騒動に拡大する前に解決してくれると信頼していた。

大尉には追加でもう一つ、務めを果たしてもらわなければならない。

「鉱石運搬用のはしけを川に並べるよう、ドレイパーに伝えろ。迫撃砲と投光器を備え、川の通行を封鎖するのだ」

「はい、司令官」

ノランはエコンの方を見た。「あと、すべてのジャマーを作動させろ。一つ残らず、全部だ。この地域一帯の通信を完全に遮断する」

この拠点を設立した後、ノランは一部の支流も含めた川沿いに妨害電波用の塔を設置し、個人的な地盤のプライバシーを確保していた。

〈私の捜査網から逃れることは不可能だ〉

ノランはオフィスを振り返った。視線の先にはガラスケースの中で輝く黄金の王冠がある。

〈私がこのジャングルの支配者でいる間は〉

18

四月二十四日　中央アフリカ時間午後九時二分
コンゴ民主共和国　ツォポ州

グレイは疾走するシャトゥンＡＴＶの後部で踏ん張っていた。車はガタガタと音を立てて激しく揺れながら、ジャングルを猛スピードで飛ばしている。車体の前半分と連結されている後部が左右に激しく振られる。

「スピードを落とせ！」グレイは叫んだ。

運転席に座るコワルスキは先端が赤く燃える葉巻をくわえ、ハンドルに覆いかぶさるような姿勢になっている。その隣に座るファラジは絶対に減速しようとしない運転手の道案内に最善を尽くしていた。フロントガラスに付着した光る筋は、ガラスに激突したりワイパーではじき飛ばされたりした有毒な蛾の残骸だ。

ＡＴＶは蛾の大群からどうにか逃れることができたようだ。

ただし、チームが無傷ですんだわけではなかった。

グレイはベンジーに注意を戻した。大学院生は仰向けに横たわっていて、まだ朦朧とした状態にある。口と鼻には酸素マスクが装着されていた。

ベンジーを車に乗せた後、グレイはＡＴＶの車内に備え付けられていた軍隊用の医薬品を取り出した。神経毒の正体が不明なので、症状に合わせて対応した。手足の震えを抑えるためにジアゼパムを、アナフィラキシーの兆候に備えて抗ヒスタミン薬とアドレナリンを注射した。また、毒素をできるだけ取り除くため、手と頬の水疱を消毒した。

「その坊やの様子は？」コワルスキが運転席から問いかけた。

「意識を取り戻しつつあると思う」

まだ目線が定まっていないものの、ベンジー本人もその判断を聞いてうなずいた。酸素マスクを取り外そうとするので、グレイはその手を押しのけた。二匹の蛾が体をかすめただけですんだのは運がよかった。もっと多くの蛾に襲われていたら、ベンジーの命はなかっただろう。

それでも、容体が再び悪化する可能性がないとは言い切れない。

わからないことが多すぎる。

ジャングル内を走り続けながら、グレイは連絡を入れて救助を要請するべきだろうかと考えた。しかし、その通信が間違った人間の耳に届けば、敵に情報が伝わるおそれもある。それにたとえわずかな遅れでも、その分だけゴールにたどり着くまでの時間が余計にかかることになる。

その一方で、グレイたちはこの若者に借りがあった。彼が早いうちに警告を発してくれなかったら、全員が蛾の奇襲に屈していただろう。

助手席のファラジがいきなり叫び声をあげた。首をすくめて上を指差している。一匹の蛾がコワルスキの頭上の天井を這っていて、羽の模様がやわらかな輝きを発していた。グレイは車内に入り込んだ蛾を一掃できたと思っていたが、急いで調べた時に見落としていたに違いない。髪の毛を短く刈ったコワルスキの頭頂部に舞い下りようとしている。

蛾が止まる前に、コワルスキは葉巻をつかみ、赤く燃えた先端を使って天井に押し戻した。蛾は羽をはばたかせているが、体からジュッという音とともに煙が出る。蛾が動かなくなると、コワルスキはサイドウインドーを少しだけ開け、葉巻と死んだ蛾を外のジャングルにはじき飛ばした。

「今のやつで最後だといいんだけれどな」コワルスキが言った。「死ぬとしてもあんな忌々しいチョウが原因だなんてごめんだぜ」

「あれは蛾だよ」ベンジーがこもった弱々しい声で訂正した。グレイが再び制止しようとする前に、若者は酸素マスクを押しのけた。「アフリカヤママユガ、学名はホロセリナ・アングラタ。コンゴに生息している」

グレイはベンジーを休ませたかったものの、彼の専門知識が必要だった。「通常は毒を持っていないんだろう？」

「成虫はそう」ベンジーがかすれた声で答えた。「でも、幼虫のとげには毒が含まれていて、刺されると痛いんだ」

「おまえの場合はただの刺し傷とは思えないぞ」深い下草を縫って進むＡＴＶのハンドルと格闘しながらコワルスキが指摘した。

ベンジーが上半身を起こそうとしたが、一回ではうまくいかず、二回目もグレイの助けが必要だった。「何かが種を変異させたに違いないよ。サスライアリの時と同じように。でも、そうした変異は行動面だけで、生理学的なものではないと思っていた」若者の目はグレイに向けられている。「何かがジャングルを大きく変えつつあるみたいだ」

グレイは窓の向こうで車に合わせて上下に揺れる暗いジャングルの景色を見つめた。「君はその何かがウイルスだと考えている」

「確かなことは言えない。でも、そうだとしたら、僕たちは間違った方向に進んでいる」

「どういう意味だ？」

ベンジーは暗闇を貫くヘッドライトの二本の光を見た。「奥に進めば進むほど——その源に近づけば近づくほど、状況はもっと悪くなる。それにその時には……」ベンジーの声がか細くなった。

グレイは大学院生が何かを隠していると気づいた。「何だ？」

ベンジーが水疱のできた頬をさすった。「アリ、ヒヒ、さらには蛾。彼らの変化は最近のものであるはず。そうした新しい変異はウイルスの拡散の外側の縁で生じたものだ。僕たちが向かっている先では、ウイルスははるか昔から活動していたかもしれない。そんなにも長い間にウイルスがどんなものを生み出してきたか、そうした変異がどんな形で現れてきたかなんて、見当もつかないよ」

グレイはベンジーの発言が持つ意味に考えを巡らせた。

コワルスキは物事を深く考えるタイプではなかった。隣に座るファラジを肘でつつき、前に向かって顎をしゃくる。「もうそれほど遠くはないと言ってくれ」

ファラジはまずコワルスキを、続いてグレイを見た。「ここだよ」

グレイは前に身を乗り出し、フロントガラスの先に目を凝らした。ATVの巨大なタイヤ越しに見えるのは相変わらずの道なきジャングルだけだ。「確かなのか？」

ファラジが横を指差した。グレイはすぐにはわからなかったが、やがて腰くらいの高さの石があることに気づいた。その上に粗雑な造りの十字架が載っている。苔に覆われてつる植物が巻き付いているので、まわりのジャングルとほとんど見分けがつかない。その時ようやく、グレイは車の両側にほかにも同じような石がいくつもあることに気づいた。

墓石だ。

石が集まっているのは周囲のジャングルと比べてかなり幹が細い木々のあるところだ。

グレイはシェパード牧師と信者たちがこの墓地の場所を確保するためにジャングルを切り開いている様子を想像した。小さな木々はまだ若く、伝道所が遺棄された後にその隙間を埋めて育ったものなのだろう。

コワルスキもそのことに気づいた。「やってくれたな、坊や。俺たちを墓場に案内するとは。これは絶対にいいことがあるぞ」

コワルスキがアクセルを踏み込んで速度を上げた。急いで墓地を通り抜けようとしたため、墓石を一つ、巨大なタイヤで押し倒してしまう。その時、ジャングルに埋もれた大きな何かが前方に現れた。ヘッドライトの光が石造りのファサード、崩れ落ちた漆喰、壊れて朽ち果てた窓、苔に覆われたトタン屋根を照らし出す。その片側に立つ大きな十字架にもつる植物が絡みついていて、あたかもジャングルがそれを引き倒そうとしているかのように見える。

「ここだよ」少年は前を見てうなずきながら繰り返した。

はるかに荒れ果てた状態ではあるものの、ラフィアヤシのラグに描かれていた伝道所の教会と同じものなのは間違いなかった。

コワルスキが大きな十字架の横にＡＴＶを停めた。建物の入口を照らすヘッドライトのスイッチは入れたままだ。扉ははるか昔に朽ちてしまっていた。二本の光も古い身廊（しんろう）の奥の暗がりまでは届かない。明るさに驚いた数匹のコウモリが大きな弧を描きながら夜のジャングルに飛び出てきた。

「まさかあの中に入るつもりじゃないよな、そうだろ?」コワルスキが運転席から質問した。

グレイはスリープケースから古い写真を取り出した。日付が二番目に古い写真を手に取る。クバ族の人たちがひざまずく中で祈りを捧げるウィリアム・シェパード牧師をとらえた写真だ。牧師の背後に見える木々――なかでもV字型をした二本のマホガニーは、目の前の建物の左側の光景と一致する。グレイは写真を裏返し、そちら側に描かれたスケッチを調べた。それが手がかりなのは間違いない。

その時、グレイは気づいた。写真を握る指に思わず力が入る。前にこのスケッチを見た時には、丘とそのてっぺんの十字架まで通じる道を描いたものだろうと思った。だが、そ

れは思い違いだった。

〈これは墓石だ……〉

「教会の中に入る必要はないと思う」グレイはコワルスキの問いかけに答えると、体をひねって後ろの窓の外を見つめた。「だが、どっちにしてもおまえは嫌がるんじゃないかな」

「だったらどこに――」振り返ったコワルスキがグレイの視線の先にあるものに気づき、罰当たりな言葉を吐き捨てた。

グレイはその予想が正しいことを教えてやった。「俺たちが捜索するのは墓地だ」

午後九時十三分

ベンジーはグレイのすぐ後ろについて歩いた。ＡＴＶの車内に残った方がいいと言われたものの、その勧めは拒んだ。ただし、グレイと彼が持つ大きな拳銃からはなるべく離れないようにしている。

墓地の中に入りながら、ベンジーは懐中電灯の光を四方に向け、周囲のジャングルを警戒した。ここでは林冠がほかと比べてまばらなものの、風に乗ってやってきた黒雲が星や月を隠してしまっているため、夜の闇がいっそう暗く感じられる。遠くから聞こえる雷鳴はコンゴそのものがうなり声をあげているかのような音だ。

近くをよく見ていなかったため、ベンジーはグレイの背中にぶつかってしまった。グレイは墓標を確かめようとして立ち止まったところだ。ぬかるんだ地面に立つ墓石は斜めに傾いている。グレイが絡みついたつるを剝ぎ取り、大理石の表面を調べた。

ベンジーは裏側を見ようと回り込んだ。

「何かあるか？」グレイが訊ねた。

「いいや、名前と日付が彫ってあるだけ」

「だったら次に進もう」

ＡＴＶを離れる前に、全員がグレイから墓石の絵に描かれていたジグザグの線を見せられていた。四人が探しているのはその模様だ。コワルスキとファラジはすぐ隣に連なる墓石の列を調べている。湖で起きた出来事を意識して、それぞれのグループは互いに離れないように行動していた。

ベンジーの顔と手は水疱のせいでまだひりひりしていた。

二組は歩調を合わせて墓地内の捜索を続けた。ベンジーはジャングルへの注意を怠らずにいた。蚊やサシバエが四人に付きまとう。刺されるたびにベンジーはびくっとした。この虫たちにも変異が発生しているのではないかと思うと気が気ではない。空気中に腐った葉などの悪臭が漂っているし、墓地の中を歩き回っているのだから余計に薄気味悪い。足もとに埋まる朽ちかけた骨のことを想像し、ベンジーの体に震えが走った。森の静けさが不安をさらに刺激する。ジャングルさえもここに眠る人たちを妨げまいとしているかのようだ。重苦しい沈黙がベンジーにのしかかる。ほかの人たちも背中を丸め、慎重に足を踏み出しながら歩いているので、全員が同じものを感じ取っているのだろう。

ベンジーは額に浮き出た汗をぬぐった。

十五分が経過し、四人は墓石の確認を終えた。全部で二十二個、教会まで向かう途中にコワルスキがタイヤで押し倒した墓標も、全員が力を合わせてひっくり返し、裏と表の両面を調べた。

四人は墓地の外れに集まった。

グレイの唇はいらだちのせいかきつく結ばれている。コワルスキはまわりをじろじろにらんでいるだけだ。ファラジは両腕で胸を抱えていて、しょんぼりとしているように見える。どの墓石にもジグザグの模様は刻まれていなかった。

「俺たちの探し物は埋まってしまったのかもな」コワルスキが指摘した。「このあたりは地面がどろどろで、今にも沈みそうじゃないか」

「それとも、ほかにも墓石があるのかも」ベンジーは意見を述べた。「教会の裏側も探す方がいいんじゃないかな」

グレイがうなずいた。「選択の余地はないな。この周辺のどこにあってもおかしくない」

コワルスキがため息を漏らした。「腐った干し草の中から一本の針を探すようなものだぞ」

「この場合は……」ベンジーは指で空中にジグザグの模様を描いた。「干し草の中から稲妻を探すと言うべきかも」

その身振りで呼び出されたかのように雷鳴がとどろいた。ベンジーはあわてて腕を下ろした。

「捜索を続けよう」グレイが言った。「一カ所に長くとどまりすぎるのはよくない」

ベンジーも同意見だった。しかも、新たな嵐が迫りつつある。一行は再び教会の方に戻り始めた――ところが、ファラジはその場にとどまったまま動こうとしない。その視線は墓地の方に向けられたままだ。

ベンジーは少年のそばに歩み寄った。「どうかしたのかい?」

ファラジは腕組みをほどき、さっきのベンジーの仕草を真似て指でジグザグの模様を描いた。「稲妻……」少年は墓地の方を見たままつぶやいた。

「それがどうしたの?」

ファラジが再び墓地の中に向かったので、ベンジーもその後についていった。ほかの二人もそれに気づき、墓地の方に戻ってくる。ファラジが墓石を調べ始めた。少年がさっきコワルスキと一緒に確認していた側だ。ようやくある墓石の前で立ち止まると、ファラジはその表面から苔をこすり取った。名前と日付がはっきりと浮かび上がる。

PETER UMEME

Died Oct 18, 1894

　グレイが墓碑銘を読み上げた。「ピーター・ウメメ」

　これはクバ族の墓標で、洗礼を受け、部族本来の姓を残しつつキリスト教の洗礼名を与えられた人物だろう。

　ファラジが姓を指差した。「ウメメ」少年は再び腕をジグザグに動かした。「『稲妻』の意味」

　全員が無言で顔を見合わせた。

「つまり、ここが正しい場所だということなのか？」コワルスキが訊ねた。「俺たちは当てずっぽうでいくつもの墓を掘り返さなくてもいいということなのか？」

「そうに違いない」グレイが答えた。

「どうしてそこまで断言できるの？」ベンジーは質問した。

　グレイは肩に掛けた折りたたみ式のスコップを手に取り、掘る準備に取りかかった。スコップの先端で墓碑銘の下の文字列を指し示す。「一八九四年十月十八日没。写真に書かれていたのと同じ日付だ」

ベンジーはグレイの考えが正しいことに気づいた。「シェパード牧師の一行のうちの一人が移動中にここで命を落としたんだ。もしかすると、写真にあった祈りの場面は死者を悼むものだったのかもしれない」

「君の言う通りかもしれないな。ただし、それを確かめる方法は一つしかない」グレイがコワルスキに手伝うよう合図した。「作業を始めるぞ」

二人は協力して掘り始めた。水を含んだ土壌のおかげで作業は順調に進んだ。掘り返した土がたちまちのうちに積み上げられ、それに合わせて穴も深くなる。やがてコワルスキが穴の底にスコップの先端を突き刺すと、金属と金属のぶつかり合う音が鳴った。

「間違いなく、何かがここにあるな」大男がつぶやいた。

そこから先は四人全員が手を使って作業を続けた。黒っぽい色の土の中から見覚えのある鋼鉄製の箱が現れた。湖から引き上げた容器と同じもののようだ。四人が箱を持ち上げると、その下には頑丈な木の板が隠されていた。ベンジーはひるんだ。これはきっとピーター・ウメメの棺(ひつぎ)のふたに違いない。

ファラジも同じことを思ったようだ。グレイとコワルスキが箱を穴の外に運び出している間に、少年は板の上に手のひらを置いた。部族の言葉で静かに何かをつぶやいている。この宝物を守ってくれたことに感謝しているのか、それとも安らかな眠りを妨げたことを詫びているのか。

たぶん、両方だろう。

ベンジーが箱を運び出した二人の方に注意を向けると、グレイが留め具のピンを引き抜いて箱を開けたところだった。ベンジーは箱の方に近づいた。

「中身は何だ？」コワルスキが訊ねた。

「どうやらこれもクバ族の手工芸品らしい」グレイが中に手を突っ込み、シルクハットのようなものを取り出した。羽根やビーズの装飾が施され、象牙でできた魔除けや呪物がぶら下がっている。「王冠の類いじゃないかと思う」

祈りを終えたファラジも箱の方にやってきた。「そう。王様がかぶる冠。サナ・タカティフ。とても神聖なもの」

ベンジーは顔をしかめた。「でも、どうしてここに埋められていたんだろう？　どんな意味があるのかな？」

グレイがその答えを求めて少年の方を見たが、ファラジは肩をすくめただけだった。何もヒントを得られそうにないため、グレイは王冠を手の中で回し始めた。上の部分を調べたり側面に触れたりしながら、何か手がかりがないか探している。

グレイがついに首を左右に振り、神聖な王冠を箱に戻した。「何も……わからない」グレイが認めた。

そう言いながらも、グレイはしゃがんだ姿勢のまま顎をさすっていた。あきらめようとしていないのは明らかだ。その視線が箱から掘り返したばかりの穴に動く。やがて視線を戻し、写真の束を手に取った。その中から三番目の日付の写真を引き抜く。ムフパ・ウファルメ、すなわち「骨の王国」までの道のりを示す次の手がかりだ。

グレイが手を振って全員を呼び寄せた。写真の中のシェパード牧師が立っているのは荒れ果てた古い部族の村だ。「ファラジ、この場所がどこなのかはまだわからないかい？」

「うん。サマハニ。ごめんなさい」

ベンジーは少年のことを責められなかった。村にはこれといった特徴があるわけではない。数本の朽ちた柱とつぶれた藁葺き屋根が写っているだけだ。コンゴ各地にはこのような遺棄された村が、何千とまではいかないにしても数百カ所はあるだろう。

グレイは写真を裏返し、そちら側に描かれているスケッチを見せた。

　木炭を使って描かれた模様のようだ。菱形と矢印の先端を組み合わせた中心に渦巻状の結び目がある。絡み合った結び目がループ状につながった一本の線でできているので、それを見たベンジーは無限大の記号みたいだと思った。

　グレイがファラジに助けを求めたが、少年は肩をすくめただけだった――ところが、左右の肩を持ち上げた姿勢のまま、その動きがぴたりと止まった。目を大きく見開いている。

「どうしたんだい？」ベンジーは訊ねた。

「サマハニ」ファラジは再び謝り、肩を元の位置に戻した。その視線が掘り返した墓から王冠に移り、そしてスケッチに戻る。「さっき気づくべきだった」

「気づくって、何にだ？」グレイが問いかけた。

　ファラジはスケッチの中の菱形が二つの矢印に挟まれた部分を指差した。「これはムブル・ブウィン。ムラバハだけの模様」少年が顔をしかめた。翻訳するのに苦労していたようだが、やがてうなずいた。「王族、そうだ。王族」

　グレイが王冠の方を見た。

　続いてファラジは中心に描かれた結び目を指差した。「これはイムボル。そう、王様だけの記号。王様はみんな、別の記号を持つ」

　ベンジーは意図を理解しながら顔を近づけた。「つまり、名前みたいなものだ。王はそれぞれが特有の記号を持っている」ファラジの方を見る。「そういうことだよね？」

ファラジがうなずいた。

グレイがファラジをじっと見つめた。「この模様に見覚えは？　これが表している王を知っているのか？」

ファラジが誇らしげに笑みを浮かべた。「僕たちはみんな、すべての王様のことを学ぶ。王様をたたえるため。これはクバ族の有名な王様。部族の英雄。ニム・チュイ。ヒョウの王」

コワルスキはあまり感心していないようだった。「はい、よくできました。でも、そのことが何か役に立つのか？」

グレイは掘り返した墓を無言で見つめていたが、やがて口を開いた。「シェパード牧師は何らかの理由でこの墓に王冠を埋め、そして王の名前をほのめかした。彼はその王の墓に俺たちを導こうとしているのかもしれない」

「でも、彼の墓は部族の村にあるんじゃないの？」ベンジーは質問した。「ずっと戻ったところに」

ファラジが首を横に振った。「僕たちクバ族は新しい王様が誕生すると動く。その王様の村に動く。古い場所を離れる」

ベンジーはその様子を思い浮かべようとした。

〈新たな王が生まれるたびに、この流浪の部族は活動の拠点を変える〉

グレイは手の中の写真をひっくり返し、村の廃墟が写った方を再び見せた。「これはヒョウの王が生まれた村じゃないだろうか？　君たちの部族の祖先が新たな地に移り住む前に、彼の墓を残した場所なのでは？」

全員がファラジの方を見た。

「さっきも言った。僕たちはすべての王様の名前を教わる」ファラジが言った。「彼らのことを誇りに思っている。彼らの物語についての歌を歌う。何をしたのかとか、どこからやってきたのかとか」

「それはつまり、ヒョウの王の村がどこにあるのか知っているということだな？」

ファラジが顔をしかめ、あまり自信なさそうに首を縦に振った。「行ったことがない。でも、だいたいの場所はわかる」少年はさらに東の方角を指差した。そして左右の手のひらで何かをすくうような仕草を見せる。「深いボンデにある。深い盆地」

グレイが立ち上がった。「まずはそっちに向かって、見つかることを期待するしかなさそうだ」

コワルスキが墓地を見て眉間にしわを寄せた。「つまり、俺たちは墓地から王様の墓に向かうわけか。なるほど、『骨の王国』と呼ばれる場所を目指しているんだから、当然そうなるよな」

「みんな、ＡＴＶに戻るんだ」グレイが指示した。

四人は急いで墓地を通り抜けた。ベンジーは最後の墓石を後にしてほっと一息ついた。歩き続けるうちに、前方の暗がりの中から古い教会のシルエットが黒く浮かび上がってきた。大きな影の手前にある小さな影は、巨大なタイヤで支えられたＡＴＶの車体だ。

早くここから移動したくてたまらず、ベンジーは車に向かって急いだ。

その時、遠吠えがジャングルの静寂を破った。長く引き伸ばした鳴き声は近くから聞こえているようにも、遠くから聞こえているようにも感じられる。もの悲しさと寂しさを帯びた声だが、いるのはその一頭だけではなかった。

最初の遠吠えに呼応して、四方八方からいくつもの鳴き声が響きわたった。

人類が洞窟で暮らしていた頃に感じたであろう恐怖で、ベンジーの首筋に寒気が走った。

すぐ前を歩くファラジが歩を緩めた。「ムブウェハ」少年が警告する。

生物学を専攻する者として、ベンジーはアフリカを訪れる前に現地の動物名を表すバントゥー語の単語の多くを暗記していた。ファラジが口にしたのは群れで狩りをするこの地域の獰猛な動物の名前だと気づき、動きが止まる。

〈ジャッカルだ〉

午後九時三十三分

グレイはケルテックの銃口を前に向け、両手でしっかりと握った。かかとに重心をかけて体を回転させながら、周囲の真っ暗なジャングルに目を凝らす。コワルスキもシュリケンの銃床を頬に添えて構えている。

「車に乗れ」グレイはほかの人たちに促した。

四人はひとかたまりになってATVまでの距離を詰めた。その時、グレイの目は教会の暗い入口付近での動きをとらえた。教会の中から一体の影が表に現れる。続いてもう一体。その動物の体毛は黒く、首回りの毛が逆立っている。長い耳がぴんと上を向いていた。黄色い目が四人をにらみつける。じりじりと視界に入ってきた二頭は鼻先を地面に近づけていて、グレイたちを威嚇して歪めた口元からは上下の牙がのぞいている。

ファラジが立ち止まった。

ベンジーも動きを止めた。「撃ったらだめだ」ベンジーが声にならない声で警告した。

グレイはコワルスキとともに銃口を前に向けたまま、二人の左右を固めた。

「あいつらは何だ？」コワルスキが小声で訊ねた。

「ジャッカル」ベンジーが答えた。「でも、かなり大きい。普通の二倍はある」

グレイはその説明を信じた。大人のオオカミのように見えるが、よりスリムで、敏捷に動けそうな体型をしている。向こうがその気になればほんの一瞬で襲われてしまうだろう。左右の木々の間で動くいくつもの影も目の端で確認できる。

〈俺たちの背後にもいるはずだ〉

群れの数は十頭、あるいはそれ以上か。

「撃ったらだめだ」ベンジーが再び警告した。

コワルスキが武器を握る手に力を込めた。「冗談はよせ」

「だめだってば」ベンジーが訴えた。「動いてもだめ」

グレイは最初に動きを止めたのがファラジだったことを思い出した。この少年はこうしたジャングルの生き物についてほかの誰よりも詳しい。

「言う通りにしろ」グレイは指示した。それでもなお拳銃を構えたまま、ベンジーの方に視線を動かす。「どうすればいい？」

「こいつらは賢い。恐ろしいくらいに。あと、縄張り意識がとても強い。いいかい、彼らの領域に侵入しているのは僕たちの方だ。いつでも攻撃できたはずなのに、僕たちがATVに戻ろうとしたら初めて威嚇してきた。何か理由があるはずだよ」

グレイはジャッカルが今までずっと教会の中に隠れていたに違いないと思った。だが、目の前の二頭はその存在を知らせることなく、静かに脅威を観察しながらどう対応すればいいかの戦略を練り、侵入者の一団に立ち去る機会も与えた。

〈ところが、俺たちが戻ってきて、隠れ場所に再び近づいてきたから……〉

にらみ合いの中に新しい音が割り込んできた。教会の中から空腹を訴える甘えた声が響く。

「子供のジャッカルだ」ベンジーが言った。

グレイは顔をしかめた。

〈彼らがこの場所を守っているのも当然だ〉

四人のまわりの影が包囲網を狭めつつあり、ほんの一瞬だけ姿を現したかと思うと、また見えなくなる。信じられないような速い動きだ。

「どうする？」グレイは質問を繰り返した。

「ゆっくりと動くこと。とにかく少しずつ、ゆっくりと」ベンジーは声を震わせていたが、恐怖を抑えつけて指示を出した。「教会には近寄らないようにして、ＡＴＶの後ろ側に向かおう。あと、絶対に相手の目を見ないこと」

ベンジーが身をもって示した。まず片足を、続いてもう片方の足を動かす。視線は下に向け、背中を丸めて肩を落とす。「姿勢を低くしてゆっくりと」ベンジーがささやいた。

「犬がしっぽを丸めるような感じで」

「俺にはしっぽなんてないぞ」コワルスキが言った。「だけど、俺のタマはきゅっと縮み上がっているよ」

「それでいい」ベンジーが返した。「そのままの位置を保つように」

四人はリアゲートを開けたままのＡＴＶの後部にじりじりと近づいた。ほんの十メートルも離れていないのに、はるか遠くにあるように思える。足を一歩踏み出すたびに教会の前に立ちはだかる二頭が毛を逆立てるので、余計にそんな気がしてくる。

グレイは息を殺していた――不意にそのうちの一頭が体を前に突き出し、四人に向かって牙をむいた。グレイは姿勢を落とし、狙いを定めた。

「だめだよ」ベンジーがささやいた。

グレイは引き金にかけた指の力を緩めるのにかなりの意志を要した。照準器を通してジャッカルをにらみつける。

ジャッカルは後ずさりしたが、恐れたからではない。

「ただの見せかけだよ」ベンジーが説明した。「敵意を示しているだけ。無視すればいい」

コワルスキが不満をこぼした。「先に教えてくれよ。少しちびったじゃないか」

「その方がいいかも」ベンジーが返した。「尿を漏らすことは降伏の印だから」

コワルスキが顔をしかめた。「だんだんおまえのことが嫌いになってきたぞ」

四人はゆっくりとＡＴＶに接近した。大きく開いた荷物スペースのリアゲートが今か今かと待っている。

〈あと少し〉

さらに一歩近づいた時、教会の中で甲高い鳴き声が響きわたった。小さな影が飛び跳ねながら現れ、二頭の大きなジャッカルの間を抜け、一目散にグレイたちの方に向かってくる。子供のうちの一頭だ。後ろを向いたまま走っているので、人間の存在に気づいていない。

子供のジャッカルをパニックに駆り立てた原因が姿を見せた。

教会の入口から大きなヘビが飛び出してきた。体をくねらせながら信じられないようなスピードで獲物を追っている。その体はグレイの前腕部と同じくらいの太さだ。

子供のジャッカルが脚をもつれさせてひっくり返り、横倒しになったまま濡れた葉の上を滑った。ヘビは距離を詰めながら鎌首をもたげ、深紅のフードを広げた。シューッという威嚇音とともに牙をむく。

〈コブラだ〉

大人のジャッカルたちが怒りの鳴き声をあげたが、自分たちのすみかに対する脅威とも直面しているせいで、混乱したまま動けずにいる。中にはほかにも子供がいるのだろう。

幸運にも、コワルスキはそうしたためらいとは無縁のタイプだった。手に持った武器が甲高い音を発したかと思うと、銀色の輝きが空気を切り裂く。二枚の円盤状の弾に首を切断され、コブラの頭部が宙を舞った。残された体はしばらく空中でもがいていたが、やがて地面に落下して動かなくなった。

子供のジャッカルはすぐに飛び起き、甲高い声で一鳴きしてから暗い教会という隠れ場所に駆け戻っていった。二頭の大きな親のジャッカルの間を抜け、たちまちのうちに姿を消す。

大人たちは再び毛を逆立たせ、牙をむいて威嚇の姿勢を示したが、それ以上は近寄ろうとしない。両側に見え隠れしていた複数の影もジャングルの奥深くに戻っていった。

「動き続けて」ベンジーが促した。「彼らの善意が長続きすることは当てにしない方がいいから」

グレイたちはその忠告を受け止め、少しだけ歩を速めて残りの距離を歩き切った。

車にたどり着くと、グレイはずっと殺していた息を吐き出し、全員を中に押し込んだ。自分も車に乗り込んでリアゲートを閉める。

「コワルスキ、車を出せ」

「言われなくてもわかっているよ」

コワルスキが大きな音を立てて運転席に腰を下ろし、キーをイグニッションに入れた。シャトゥンのエンジンが周囲に轟音を響かせる。車を走らせるよりも早く、大きな影が車の前に飛び出し、ヘッドライトから伸びる二本の光の間に立ちはだかった。ジャッカルがジャンプし、大きな前足をフロントガラスに押しつけた。鉤爪でガラスを引っかきながら牙をむき、激しい怒りで唾を吐き散らす。

コワルスキが相手をにらみ返した。「びっくりしたじゃねえか、この野郎！」

コワルスキはギアをバックに入れ、後ろ向きのままＡＴＶを急発進させた。ジャッカルは車から飛び降り、しっぽを大きく振りながら教会の入口前を行き来している。

コワルスキがその場でＡＴＶを方向転換させた。車体の後部が大きく揺れ、それに合わせて三人の体も飛ばされる。車が東の方角を向くと、コワルスキは再びアクセルを踏み込んだ。

ベンジーが座席に体を落ち着け、教会の方を振り返った。全身をぶるぶる震わせている。けれども、それは神経毒の影響が再発したからではない。あふれ出たアドレナリンが収まっていく時の反応だ。

それはグレイにとって長い付き合いになる感覚だった。若者の肩をぽんと叩く。「さっきはよくやってくれた」

ベンジーがごくりと唾を飲み込んだ。「身をもって経験したよ。自然に対して敬意を払えば、向こうもそのお返しをしてくれるということを」

コワルスキがその言葉を聞きつけた。「向こうが食べようとしてこなければの話だろ。そうなったらすべておじゃんだ」

グレイはその反応を無視して、前方の暗闇を貫くヘッドライトの光を目で追った。まわりは一面がジャングルだ。じっと外を見つめているうちに、グレイは自然の残忍さについて述べたテニスンの言葉を思い出した。詩人はその獰猛さを「血で赤く染まった歯と鉤爪」と形容した。

　そのことに考えを巡らせているうちに、グレイは子供を守っていた二頭のジャッカルの姿を思い浮かべた。ジャッカルのオスとメスはつがいになったら一生行動を共にすると言われる。さっきは群れのほかの個体も仲間を守るために集まり、協力関係にあることを見せた。

　その意味では、テニスンよりもベンジーの方が自然について詳しいと言えそうだ。

　グレイはその教えを心に留めておこうと思った。

〈そのおかげで命が助かったのだから〉

　その一方で、グレイは大学院生がこのジャングルについて、コンゴの中心部について、この地で起きつつある変化について、警告したことも忘れていなかった。

〈奥に進めば進むほど、状況はもっと悪くなる〉


（下巻へ続く）

シグマフォース シリーズ 15
ウイルスの暗躍　上
Kingdom of Bones

２０２２年１２月２２日　初版第一刷発行

著……………………………………………… ジェームズ・ロリンズ
訳……………………………………………………………………桑田 健
編集協力………………………………… 株式会社オフィス宮崎
ブックデザイン…………………………橋元浩明（sowhat.Inc.）
本文組版…………………………………………………… ＩＤＲ

発行人………………………………………………………… 後藤明信
発行所……………………………………………… 株式会社竹書房
〒102-0075　東京都千代田区三番町８－１
三番町東急ビル６Ｆ
email：info@takeshobo.co.jp
http://www.takeshobo.co.jp
印刷・製本…………………………………… 凸版印刷株式会社
